DULCE DUEÑO

BIBLIOTECA DE ESCRITORAS

EMILIA PARDO BAZÁN

DULCE DUEÑO

Edición
de
MARINA MAYORAL

EDITORIAL CASTALIA

INSTITUTO DE LA MUJER

Zurbano, 39 - 28010 Madrid - Tels. 419 89 40 - 419 58 57

Cubierta de Víctor Sanz

Impreso en España, Printed in Spain

por Unigraf, S.A. (Móstoles) Madrid

I.S.B.N. 84-7039-533-5

Depósito Legal: M. 17.468 - 1989

SUMARIO

Introducción

Nació Emilia Pardo Bazán en 1851, en La Coruña, en el seno de una familia de clase social alta y desahogada economía. Ve la luz en la calle de Riego de Agua, pero pronto la familia se traslada a la casa de la calle Tabernas, donde hoy tiene su sede la Real Academia Gallega y la Casa Museo de la escritora.

Las noticias más interesantes sobre sus primeros años nos han llegado a través de la misma pluma de doña Emilia, que evoca su infancia, adolescencia y juventud en los *Apuntes autobiográficos* que publicó como prólogo a la primera edición de *Los Pazos de Ulloa*.

Doña Emilia fue una niña feliz. Su madre, doña Amelia de la Rúa, era una mujer cariñosa y de buen carácter. Su padre, don José Pardo Bazán, de talante liberal y comprensivo, no se opuso nunca a la vocación literaria de su hija, sino que la impulsó y favoreció. Según se desprende de los recuerdos de la escritora, era un hombre que veía con simpatía las reivindicaciones feministas.

La educación de la niña, hija única, fue la propia de la época y de su clase social, con la única particularidad de que, desde muy pronto, se despertó en ella el gusto por la lectura, que pudo satisfacer sin cortapisas. En la casa hay una buena biblioteca donde la pequeña Emilia entra a saco:

> Era yo de esos niños que leen cuanto cae por banda, hasta los cucuruchos de especias y los papeles de rosquillas; de esos niños que se pasan el día quietecitos en un rincón cuando se les da un libro, y a veces tienen ojeras y bizcan levemente a causa del esfuerzo impuesto a un nervio óptico endeble todavía.

Doña Emilia siempre bizqueó un poco y se ve que atribuía ese rasgo a sus tempranas e intensas lecturas. No parece que le diera demasiada importancia, ni que lo lamentara. El placer de leer se sobrepone a su coquetería o, quizá pensaba, como dirá Sender de la princesa de Eboli, que un ligero estrabismo hace más excitante el atractivo femenino. El caso es que lee mucho y que tiene muy buena memoria: es capaz de recitar "sin omitir punto ni tilde" capítulos enteros del *Quijote*, uno de sus libros favoritos en la infancia, junto con la *Biblia*. Por contarlo se gana la crítica de don Marcelino Menéndez Pidal, que la califica de pedante.[1]

1. En una carta a don Juan Valera dice don Marcelino: "Doña Emilia Pardo Bazán ha publicado el primer tomo de una nueva novela que no he leído. Pero sí he leído unos apuntes autobiográficos con que la encabeza y que, a mi entender, rayan en los últimos términos de la pedantería. Dice, entre otras cosas, que cuando era niña la Biblia y Homero eran sus libros predilectos y los que nunca se le caían de las manos. Parece increíble y es para mí muestra patente de la inferioridad intelectual de las mujeres —bien compensada por otras excelencias— el que teniendo doña Emilia tantas condiciones de estilo y tanta aptitud para estudiar y comprender las cosas, tenga al mismo tiempo un gusto tan rematado y una total ausencia de tacto y discernimiento". *Epistolario de Valera y Menéndez Pelayo 1877-1905*, Espasa-Calpe, Madrid, 1946, p. 315.

Empieza a escribir muy pronto. El desembarco en La Coruña de las tropas vencedoras en la guerra de África, en 1860, cuando ella tiene nueve años, le produce un gran entusiasmo patriótico que se manifiesta por escrito: "me refugié en mi habitación y garrapateé mis primeros versos, que barrunto debían de ser quintillas".

Pasa los inviernos en Madrid, semipensionista en un colegio francés, "flor y nata de los colegios elegantes". Sale de allí hablando correctamente el idioma, pero con malos recuerdos de la directora, "una vieja muy adobada y peripuesta que nos trataba peor que a galeotes (...) francesa más tacaña no he visto, y eso que el género abunda".

En su adolescencia, por los catorce o quince años, escribe versos a escondidas y lee novelas románticas francesas, sobre todo de Victor Hugo, que le descubre un mundo muy distinto al de Cervantes y Fernán Caballero, únicos novelistas que hasta entonces había conocido. Esas lecturas condicionan sus ideas sobre el género:

> Aquí todo es extraordinario, desmesurado y fatídico, y el entendimiento de quien lo ha escrito tampoco puede medirse con los demás, sino que es fénix y sin par. Esta consecuencia influyó en el concepto que por muchos años tuve de la novela, creyéndola fuera del dominio de mis aspiraciones, por requerir inventiva maravillosa. Si alguien me dijese que yo haría novelas andando el tiempo, se me figuraría que me pronosticaban algo tan inverosímil como una corona real.

Se casa muy joven, en el mismo año en que se pone de largo, a los dieciséis, y esos acontecimientos de su vida coinciden con la gran conmoción política de 1868. Ella los resume en una frase: "Tres acontecimientos muy importantes de mi vida se siguieron de cerca: me vestí de largo, me casé y estalló la revolución de Septiembre".

Su marido, don José Quiroga, es sólo tres años mayor

que ella. Tiene diecinueve años y pertenece también a la aristocracia provinciana. Es muy alto y delgado (ella es bajita y tendió siempre a regordeta), de ojos azules, facciones suaves. En las fotos de esta época se le ve guapo, aunque un poco desgarbado. Estudia Derecho en la Universidad de Santiago de Compostela y es partidario del carlismo. Su entusiasmo por esta causa política debió de influir en estos primeros años en la joven Emilia.

En 1869 don José Pardo es elegido diputado a Cortes y la familia, incluidos los recién casados, se traslada a Madrid. Durante unos años pasan los inviernos en Madrid y los veranos en Galicia, donde las dos familias tienen casas solariegas. La vida social madrileña deslumbra en un primer momento a la joven provinciana y la aparta del estudio y de la lectura:

> Mi congénito amor a las letras padeció largo eclipse, oscurecido entre las distracciones que ofrecía Madrid a la recién casada de dieciséis años, que salía de una vida austera, limitada al trato de familia y amigos graves.

A pesar de la revolución, la vida madrileña estaba llena de tentaciones para una mujer joven y curiosa como era la Pardo Bazán. Ella misma nos cuenta que por las mañanas hacía visitas o iba a aprender equitación, por las tardes a pasear en coche por la Castellana, intercambiando saludos y luciendo las ropas de moda; todas las noches "a teatros o saraos"; en primavera, a los conciertos a oír y ver a los artistas de moda; a la salida del concierto, "a ver matar al Tato". En verano, al Retiro por las noches, a pasear a caballo por la Casa de Campo, o excursiones a El Escorial o a Aranjuez. Al cabo de algunos años empieza a aburrirse de aquella vida y a encontrar monótonas aquellas distracciones:

> Empezaron a dejarme en el alma un vacío, un sentimiento de angustia inexplicable, parecido al del que se acuesta la víspera de un lance de honor, y le oprime entre sueños el temor de no despertarse a tiempo para cumplir con su deber.

¿Cuál es ese deber al que le parece que está faltando? Todavía no lo sabe. Siente angustia de perder el tiempo, intuye que ella tiene que hacer algo distinto al resto de las damas ociosas que se pasean por Madrid. Los acontecimientos políticos van a favorecer su vocación, aún escondida. En 1871 toda la familia se traslada a Francia, "con ánimo de ver correr tranquilamente desde París las turbias aguas de la revolución, ya sin dique".

Durante la estancia en el extranjero, vuelve a ocuparse de su formación intelectual. Estudia inglés para poder disfrutar en su lengua de Shakespeare y Byron. Viaja por Italia, leyendo a los románticos italianos: Alfieri, Foscolo, Manzoni, Silvio Pellico. Visita museos y monumentos, va a Viena a una gran exposición donde se exhiben los adelantos de la industria, y empieza a escribir un Diario de viaje que no llegó a publicar nunca, pero que inició su costumbre de reflexionar por escrito sobre todo cuanto ve. Ella resume así su experiencia de aquellos años: "Fue un hermoso viaje, bien aprovechado, y en el cual resurgió mi vocación, llamándome con dulce imperio".

Al regresar a España, en 1873, comienza de nuevo a llevar una intensa vida social, pero sin desatender a su formación. Entra en contacto con el krausismo, se hace amiga de Giner de los Ríos, lee mucha filosofía, sobre todo a Kant, a través de traducciones francesas, y estudia alemán para poder leer en su lengua a Goethe, Schiller y Heine. Se impone una férrea disciplina de trabajo sin permitirse lectura de novelas o libros de entretenimiento:

> Viendo lo mal fundado de mi instrucción, mi erudición a la violeta y el desorden de mis lecturas, me impuse el trabajo de enlazarlas y escalonarlas, llenando los huecos de mis conocimientos, a modo de cantero que tapa grietas de pared.

En 1876 nace su primer hijo, Jaime, y surgen también a la luz pública los primeros hijos literarios. Se presenta a los juegos florales que se celebran en Orense con motivo del segundo Centenario del Padre Feijóo y queda ganadora en prosa y verso. Recibe la Rosa de Oro (una rosa cincelada en oro macizo, de tamaño natural) por una oda, en competencia con Valentín Lamas Carvajal, que sólo obtuvo el Pensamiento de Oro y Plata. En la modalidad de ensayo, igualada a votos con Concepción Arenal, se llevó finalmente el premio, por considerar el jurado que el trabajo de ésta era tendencioso y deformaba el pensamiento feijoniano. Hoy la crítica piensa que tanto la composición de Lamas Carvajal como el ensayo de Concepción Arenal son mejores que los de doña Emilia, pero el jurado no lo vio así y la escritora empezó con gran éxito su andadura pública.

En 1877 aparecen los primeros artículos en revistas madrileñas. El nacimiento de su hija Blanca en 1878 no frenó su creciente actividad intelectual. Empieza a leer a los novelistas españoles contemporáneos Galdós, Pereda, Valera y la lectura constituye una verdadera revelación: aquello no era el mundo imaginario y las aventuras sin cuento de las novelas románticas. Doña Emilia, como Saulo en el camino de Damasco, cae del caballo y descubre su definitiva vocación. Lo cuenta así en los *Apuntes autobiográficos:*

> Si la novela se reduce a describir lugares y costumbres que nos son familiares, y caracteres que podemos estudiar en la gente que nos rodea, entonces (pensé yo) puedo atreverme; y puse manos a la obra.

Además de leer a los novelistas españoles, lee a Emile Zola, su tocayo francés, que tan perdurable influjo dejará en su obra. Animada, sin duda, por todos estos ejemplos, escribe y publica su primera novela: *Pascual López, autobiografía de un estudiante de medicina.*

En 1880 reside durante una temporada en el balneario de Vichy, para curarse de una afección hepática. Aprovecha el descanso para leer a los autores franceses: Balzac, Flaubert, los Goncourt, Daudet, y toma notas del ambiente que va a utilizar en su segunda novela: *Un viaje de novios.*

Antes de regresar a España pasa por París y consigue que le presenten a Victor Hugo, el ídolo de su adolescencia. Por entonces doña Emilia es una escritora apenas conocida en España y Victor Hugo es el patriarca de las letras francesas, famoso en todo el mundo. Ella cuenta con gracia la entrevista en los *Apuntes:*

> El autor de *Hernani* me convidó a su tertulia, mejor dijera a su corte, pues no parecía sino monarca destronado en el suntuoso salón alumbrado por resplandeciente araña de veneciano cristal, vestido de seda y decorado con soberbios tapices, donde a un lado y a otro, sentados en doble hilera, sin chistar o conversando entre sí muy bajito de pie, cual si no osasen acercarse al Maestro, estaban los postreros cortesanos de la majestad caída, neófitos tardíos y rezagados del Romanticismo.

En Francia los vientos literarios soplaban en la dirección que marcaban Zola y sus seguidores, pero el respeto y la admiración por Victor Hugo se mantienen. Doña Emilia está un poco cohibida. El Maestro la ha sentado a su lado y le pregunta sobre aspectos de la vida en España, país al que mira, según le dice, como a una segunda patria. Lamenta Victor Hugo el atraso cultural de España, que atribuye a la Inquisición, que, dice, había quemado artistas y sabios hasta 1824. A pesar del respeto que le inspira, doña Emilia contradice con buenas palabras al Maestro: la Inquisición no quemaba artistas sino judaizantes y dejó de actuar mucho antes de que se aboliese definitivamente en 1812 (no en 1824). Otra dama, que actúa como anfitriona, le pregunta con cierta ironía si ha estudiado historia en los dominicos y entonces la Pardo Bazán, perdidos los miramientos que la frenaban con Victor Hugo, le contesta que ha estudiado historia en los autores franceses, en Michelet y Thiers, donde ha podido comprobar que las crueldades de la Revolución francesa no tenían nada que envidiar a las de la Inquisición española, y que ésta nunca habría enviado al patíbulo a un escritor como Andrés Chénier porque en España se respetaba a las musas, como lo probaba su presencia en aquella casa. El viejo poeta se queda encantado del arranque y dice sonriendo: "¡voilá bien l'espagnole!". Después corta la discusión elogiando la patria de su apasionada visitante: España es el país más romántico de Europa.

En 1881 publica su único libro de poemas, *Jaime,* en una edición de sólo 300 ejemplares, muy cuidada, sufragada por su amigo Giner de los Ríos. Publica también *Un viaje de novios.* Inicia una época de intensa actividad literaria, escribe sin parar y de materias muy diversas: la vida de San Francisco de Asís, santo por el que siente profunda admiración; una novela de influencia naturalista: *La Tribuna;* una serie de ensayos sobre ese movimiento literario... El éxito y el escándalo le llegan juntos en estos años de 1882-83.

Para escribir *La Tribuna* (la historia de una cigarrera que se mete a oradora pública y es seducida por un señorito), se documenta cuidadosamente. Acude cada tarde a la fábrica de tabacos de La Coruña. Lleva con ella a su hija pequeña para no despertar la animadversión de las obre-

ras. Quiere que la vean no como a una señora aristocrática y desocupada sino como a una mujer interesada en sus problemas. Al mismo tiempo empieza a publicar una serie de artículos sobre el naturalismo, el movimiento literario que, capitaneado por Zola, se extiende desde Francia. Los reúne bajo el título común de *La cuestión palpitante*.

El naturalismo no es sólo una manera de escribir, es una concepción de la vida. En ella el ser humano aparece movido por fuerzas contra las cuales no puede luchar: la herencia fisiológica, el medio ambiente y las circunstancias históricas determinan de modo inapelable su trayectoria vital. No existe el libre albedrío y la libertad es una mera ilusión. Doña Emilia ataca el fondo filosófico y defiende los hallazgos literarios: la objetividad narrativa, el uso del discurso indirecto libre, el carácter simbólico de las novelas, etc. Su crítica es inteligente y medida, sabe distinguir los aciertos literarios de los errores ideológicos, pero su libro es mal interpretado, lo mismo que *La Tribuna*.

Los críticos y algunos colegas sólo se fijan en los aspectos más llamativos: el parto de la joven obrera, la dureza con que se refleja el trabajo de la fábrica, o la frase final de la novela: "¡Viva la República Federal!", que no pertenece al narrador, sino a uno de los personajes, pero que todos atribuyen a la autora. La Pardo Bazán se convierte en la capitana de los naturalistas españoles, a su pesar y cuando su postura había sido más bien crítica que laudatoria hacia el movimiento.

El escándalo literario alcanza a su vida familiar. En una iglesia de La Coruña, durante una novena, un predicador alude reprobatoriamente a la Pardo Bazán. Del púlpito salta la condena al Casino y al Círculo de Artesanos del cual es Presidente don José Quiroga: los socios no ven con buenos ojos que su esposa ande en boca de todo el mundo a causa de sus escritos. Un contertulio del Casino coruñés de aquellos años transmitió a su nieto, amigo mío, la opinión que de doña Emilia se tenía en aquellos salones: "La Pardo Bazán... una mala madre, una mala esposa, una p..."

Don José Quiroga intenta que su mujer abandone la literatura y se retracte públicamente de lo escrito. El resultado es la separación. Doña Emilia hace las maletas y se va a Madrid para dedicarse de lleno a su vocación literaria. Poco tiempo después publica una novela corta, *La dama joven,* en la que se refleja la lucha que debió de mantener consigo misma para llegar a esa determinación. La protagonista del relato vive en circunstancias muy distintas a las suyas, pero en el fondo la alternativa que se le presenta es la misma: se trata de una chica de clase social humilde con grandes dotes de actriz. Representando una función de aficionados la ven un actor y un empresario famosos. Convencidos de su talento le ofrecen su ayuda y la oportunidad de dedicarse al teatro donde le auguran un brillante porvenir. La hermana de la chica y, sobre todo, el novio, se oponen y ella renuncia a su vocación. El diálogo final entre los dos hombres de teatro creo que es revelador de las ideas de la autora:

> —Con el novio hemos tropezado...
> —No hay peor tropiezo (...) ¡Y qué lástima de chica! (...) ¡No se vería dentro de un año otra *dama joven* como ella! Juraría que se le pasaban ganas de venirse... Ahí se queda para siempre, sepultada, oscurecida...
> —¡Bah! (...) ¡Y quién sabe si la acierta! A veces en la oscuridad se vive más sosegado... Acaso ese novio, que parece un buen muchacho, le dará una felicidad que la gloria no le daría.
> —¿Ése? (...) Lo que le dará ese bárbaro será un chiquillo por año... y si se descuida, un pie de paliza.

Doña Emilia, al revés que la dama joven, apuesta por el riesgo: primero se va a Madrid y enseguida a París donde se queda casi un año. Los libros y el éxito se suceden: *El cisne de Vilamorta* (1885), *Los Pazos de Ulloa* (1886), *La Madre Naturaleza* (1887). Sigue leyendo y ampliando su horizonte intelectual: conoce personalmente a Zola y a los Goncourt, lee a los novelistas rusos y da conferencias en el Ateneo de Madrid para divulgar las novedades del extranjero. Viaja a Portugal, a Italia, y recala siempre en París. Conoce a don Carlos, el pretendiente carlista, y cuenta sus impresiones sobre él y sobre el carlismo en *Mi romería* (1888), que provoca un nuevo escándalo y la escisión del partido.

Los colegas la envidian: Pereda, Valera, Menéndez Pelayo critican su cosmopolitismo y su curiosidad intelectual, que les parece esnobismo. Valera le escribe a don Marcelino:

> Doña Emilia Pardo Bazán estará en París a estas horas. Sospecho que va allí en busca de celebridad, frotándose con los naturalistas.[2]

Y don Marcelino le escribe a don Juan Valera:

> En cuanto a doña Emilia, no hay que tomarla por lo serio (...) Como toda mujer tiene una naturaleza *receptiva* y se enamora de todo lo que hace ruido, sin ton ni son y contradiciéndose cincuenta veces. Un día se encapricha por San Francisco y otro por Zola.[3]

Pero a doña Emilia le resbalan envidias y críticas. Se encuentra en la plenitud de su vida y de su fuerza creadora y en 1888 da otra campanada con una nueva novela polémica: *Insolación*.

2. Epistolario citado, p. 344.
3. Ídem, p. 297.

Insolación cuenta la historia de una joven viuda gallega que se encuentra a un andaluz guapo y juerguista, se va con él a la fiesta de San Isidro y comienza una aventura que acaba días después en la alcoba de la señora. El escándalo estalla por varios motivos: porque se piensa que la novela tiene un fondo autobiográfico, pero sobre todo porque en ella se defienden teorías muy atrevidas en cuestiones de sexualidad. Para empezar, Asis, la protagonista, defiende su derecho a manifestar su gusto por los hombres, igual que lo hacen ellos mediante el piropo, que con frecuencia es impertinente y molesto:

> Señor, ¿por qué no han de tener las mujeres derecho para encontrar guapos a los hombres que lo sean, y por qué ha de mirarse mal que lo manifiesten (aunque para manifestarlo dijesen tantas majaderías como los chulos del Café Suizo)? Si no lo decimos, lo pensamos, y no hay nada más peligroso que lo reprimido y oculto, lo que se queda dentro.

Por boca de otro personaje que ya había aparecido en *La Madre Naturaleza,* Gabriel Pardo de la Lage, se defiende la igualdad de hombres y mujeres en moral sexual. Se critica la injusticia de la sociedad con una mujer que ha cometido una falta de este tipo:

> ...Una mujer de instintos nobles se juzga manchada, vilipendiada, infamada por toda su vida a consecuencia de un minuto de extravío, y, de no poder casarse con aquél a quien se cree ligada para siempre jamás, se anula, se entierra, se despide de la felicidad por los siglos de los siglos amén.

Para los hombres esa misma falta «nada significa». No hay ningún fundamento religioso para esa doble moral: "ningún confesor le dirá a usted que hay un pecado más para las hembras". Pero también los curas participan de la

hipocresía social, a los hombres les exigen menos "por prudencia", para que no se alejen del confesonario si acaso lo frecuentan. En el fondo todo es una convención social, un pacto hipócrita e injusto en el que las mujeres son las perjudicadas:

> A nosotros nos enseñan lo contrario; que es vergonzoso para el hombre no tener aventuras, y hasta que queda humillado si las rehúye... De modo que, lo mismo que a nosotros nos pone muy huecos, a ustedes las envilece.

En la última página de la novela, la protagonista abre la ventana de su dormitorio y se asoma al balcón con su amante. Han decidido casarse (probablemente una concesión de la autora a la moral de la época), pero aun así el gesto resulta provocador y la respuesta no se hace esperar. Pereda, que aprovecha la ocasión para resarcirse de una crítica de la Pardo Bazán a su novela *La Montálvez,* brama desde las páginas de *El Imparcial.*[4] Clarín, que de amigo y admirador ha pasado a enemigo declarado, hace a la novela una de sus críticas más injustas, calificándola de "antipático poema de una jamona atrasada de caricias".[5] La frase basta para dar idea del tono y la actitud de su autor.

4. "Las comezones de la señora Pardo Bazán", artículo recogido en *Obras Completas* de E. Pardo Bazán, tomo III, Aguilar, Madrid, 1973, pp. 1006-1011.

5. Primero la crítica en uno de sus "Paliques" en el *Madrid Cómico,* donde la considera una "boutade pseudoerótica de la ilustre dama" (art. del 11 de mayo de 1889). Más tarde, al hacer la crítica de *Morriña* en el mismo periódico, el 9 de noviembre, volvió a la carga con la frase citada, y, por último, en *Folletos literarios, VII, Museum (Mi revista),* Librería de Fernando Fe, Madrid, 1890, pueden leerse frases como las siguientes: "es la pintura de la sensualidad más pedestre", "¡Qué explicaciones para el libertinaje! ¡Qué estúpida libertad de pensar y qué falsa fuerza de espíritu!", "historia de aventuras indecentes y frías, sosas y apocadas".

Insolación tiene una pequeña apoyatura en un hecho real, pero no se puede considerar autobiográfica. Doña Emilia, por aquellos años, mantenía relaciones amorosas con Galdós y, en una ocasión, le fue infiel: una aventura que para ella no tuvo ninguna importancia y de la que sólo lamenta la falta de sinceridad cometida y el dolor que ha provocado. Así se lo dice a Galdós en una carta:

> No me resolví a perder tu cariño confesando un error momentáneo de los sentidos, fruto de las circunstancias imprevistas. Eras mi felicidad y tuve miedo a quedarme sin ella. Creía yo que aquello sería para los dos culpables igualmente transitorio y accidental. Me equivoqué: me encontré seguida, apasionadamente querida y contagiada.[6]

Igual que en *Insolación,* una aventura inicial da origen a un episodio sentimental más serio "por contagio". Después la ficción y la vida fueron por distintos caminos. Doña Emilia volvió con Galdós y mantuvo con "el otro" (todos los indicios apuntan a Lázaro Galdeano) una buena y perdurable amistad.[7]

A los cuarenta años doña Emilia es una escritora famosa en España y conocida en Francia, donde se ha traducido su libro *La cuestión palpitante,* y es una mujer que sigue despertando pasiones a su alrededor. Todo ello la convierte en una figura polémica, querida y estimada por unos, envidiada y atacada por otros. Ella misma favoreció esas discrepancias sobre su persona por su complejidad de carácter, que la llevaba a múltiples contradicciones. Una de las más flagrantes se producía entre sus ideas feminis-

6. Emilia Pardo Bazán, *Cartas a Benito Pérez Galdós,* edición de Carmen Bravo-Villasante, Ediciones Turner, Madrid, 1978, p. 34.

7. Para más datos sobre este tema, véase mi "Estudio Introductorio" a *Insolación,* Espasa-Calpe, col. Austral, Madrid, 1987.

tas, avanzadas para su época, y su tradicionalismo político, que le impedía insertar aquéllas en una problemática social más amplia. Y otra contradicción muy llamativa se produce entre la defensa de los ideales cristianos (espíritu de sacrificio, ascetismo, desprecio de los bienes mundanos), que encontramos en gran parte de su obra, y su conducta personal, que nos parece movida por el deseo de triunfar y de disfrutar de todo cuanto la vida da de sí.

Las novelas siguientes, *Una cristiana* y *La prueba,* van a ser un buen ejemplo de los vaivenes ideológicos de doña Emilia. Los dos títulos forman, en realidad, una única novela larga y de ella le dice a Galdós por carta: "Es la historia de una señora virtuosa e intachable: hay que variar la nota, no se canse el público de tanta cascabelera".[8]

La novela es una apología del matrimonio como sacramento. La protagonista, Carmiña Aldao, se casa con un hombre a quien no quiere para huir del ambiente de su casa, donde su padre, viudo, mantiene relaciones con una criada jovencita. Aconsejada por un fraile, el padre Moreno, y con el firme propósito de ser fiel a su marido, se casa con un hombre que no ama y hacia el que siente, incluso, cierta repugnancia moral. Una vez casada, la gracia del sacramento actúa sobre ella y no sólo le permite resistir la tentación del amor hacia un sobrino joven y atractivo, sino que, enfermo de lepra el marido, lo cuida con extraordinario cariño y llega a besarle las llagas en un rapto de amor. El sobrino enamorado, testigo de su conducta ejemplar, al enviudar ella y desaparecer los obstáculos que se oponían a su amor, suponemos que se casará con la protagonista, pero esto no está tan claro. Cuando un amigo da la boda por hecha, le contesta, dan-

8. En las citadas *Cartas a Galdós,* p. 57.

do largas al asunto: "Ignoro lo que siento. Necesito analizar mi espíritu". Y el lector sospecha que tan sublime y santa conducta ha enfriado su entusiasmo erótico.

Se perfila una concepción del mundo que vamos a encontrar repetida en otras obras: los ideales cristianos son incompatibles con el disfrute de los bienes terrenales, o, dicho en estilo llano: lo que es bueno para el cuerpo es malo para el alma, y a la inversa. Doña Emilia nunca consiguió la síntesis armoniosa de espiritualidad y sensualidad que se da en *Pepita Jiménez* de Juan Valera. En ella hay siempre un desgarrón doloroso entre las dos tendencias del ser humano: la que le lleva a pensar en la otra vida y la que le urge a disfrutar de ésta. Tras la explosión de gozosa sensualidad de *Insolación,* que aparece como un breve y aislado paréntesis, lo dominante es la tensión no resuelta entre ambas tendencias.

La década de 1890 es de una intensa actividad literaria y social. Con la herencia que recibe al morir su padre funda la revista *Nuevo Teatro Crítico,* que ella sola escribe y edita durante tres años. Por estas fechas queda vacante un puesto en la Real Academia de la Lengua y doña Emilia se lanza a la lucha para conseguir que elijan a una mujer. Para que no parezca que está haciendo campaña a su favor lanza la candidatura de Concepción Arenal, actitud que a ésta le hace poca gracia, porque no cree en el desinterés de doña Emilia, ni siente por ella grandes simpatías. El tema, en todo caso, se debate y personajes destacados salen en defensa de los privilegios masculinos. Entre ellos está don Juan Valera. Su artículo "Las mujeres y la Academia"[9] es lo más retrógrado y falto de agudeza (cosa rara en Valera) de cuanto salió de su pluma. La simple

9. Recogido en *Obras de Don Juan Valera, Crítica Literaria,* Tomo II, Aguilar, Madrid, 1961, pp. 856-868.

exposición de alguna de las ideas allí vertidas servirá para entender la clase de dificultades con que tropezaba doña Emilia. Dice así Valera:

> No comprendo cómo no se enoja la mujer sabia cuando sabe que pretenden convertirla en académica de número. Esto es querer *neutralizarla,* jubilarla de mujer.

Las reuniones de trabajo de hombres y mujeres juntos le parecen imposibles a don Juan y se dedica a burlarse:

> ¿No serían expuestas las juntas ordinarias promiscuas, si consideramos la familiaridad y el compañerismo que en ellas tiene que haber, a que el amor invadiese las almas de los académicos, con gran detrimento de la filología y de otras ciencias y disciplinas?

Después expone su idea sobre la emancipación femenina:

> En la mujer quiso Dios dar al hombre una ayuda semejante a él (...) y más que la justa reivindicación de su oprimida libertad, es en la mujer pecaminosa rebeldía contra los decretos de la Providencia el afán de tornarse sobrado independiente del hombre y de campar por sus respetos.

O sea, puesto en castellano vulgar, el deseo de las mujeres de independizarse de los hombres no es una aspiración justa sino un pecado contra Dios. Y, para acabar, la función de la mujer en el mundo le parece a Valera que está magníficamente reflejada en unos versillos "de amenísimo poeta", académico, por supuesto:

> Cuando niño te amamantan,
> y cuando joven te adoran,
> y cuando viejo te aguantan.

En 1894 publica la Pardo Bazán *Doña Milagros,* obra en la que volvemos a encontrar aquella dualidad entre ideales cristianos y amor a la vida a la que ya nos hemos referido. El protagonista, Benicio Neiras, está casado con Ilduara, una mujer dura, antipática y austera, que le ha dado diez hijos sin perder "aquella casta rigidez y recato de la verdadera esposa cristiana, y aquella reserva y aparente frialdad que, si enojan al enamorado loco, deben satisfacer profundamente al marido cuerdo". Las palabras son del personaje, que respeta y estima a su mujer, pero que se enamora de doña Milagros, una andaluza jovial, expansiva, cariñosa, maternal (aunque no tiene hijos) y coqueta, que hace la vida agradable a su marido y a cuantos la conocen, pero de quien (¡ay, pícaro mundo!) se dice, y es probable que sea cierto, que tiene devaneos con un apuesto soldado, asistente de su marido. Y si no los tiene, podría tenerlos; es la clase de mujer que por su atractivo despierta sospechas. Las simpatías del lector no están con la "verdadera esposa cristiana" sino con la bondadosa y sensual andaluza, aunque sea culpable, y las de don Benicio también. Al morir su esposa, le entrega a doña Milagros para que los críe y se los lleve con ella a sus dos últimos hijos, dos gemelos recién nacidos, que fueron sin duda engendrados más por el amor y el deseo hacia doña Milagros que hacia la esposa cristiana que los parió.

La novela siguiente, *Memorias de un solterón,* en parte continuación de *Doña Milagros,* nos brinda otro buen ejemplo de las contradicciones de la Pardo Bazán. En ella se defienden ideas avanzadas sobre educación femenina y muy retrógradas sobre política social. La historia es la siguiente: Fe Neiras, la más dispuesta de las hijas de don Benicio, se decide a romper con los prejuicios que atenazan a las jóvenes de su clase y busca la manera de ganarse

honradamente la vida sin necesidad de un marido que la mantenga. Por boca de su personaje expone la autora las ideas que había desarrollado en los artículos sobre "La mujer española" y que se resumen en la necesidad de dar a las mujeres la misma formación intelectual que a los hombres. Fe Neiras, que no ha podido ser médico según sería su gusto, se dedica a estudiar por su cuenta y a dar clases a domicilio. Gana de este modo un dinero que le permite enderezar la maltrecha economía familiar y, sobre todo, conseguir una independencia que la hace feliz.

En *Memorias de un solterón* aparece también como personaje el hijo de la Tribuna, aquella cigarrera guapa, seducida por un señorito y abandonada después. Pues bien, su hijo, el fruto de aquella sedución, es el jefe de los socialistas de Marineda y decide por su cuenta y riesgo ajustar las cuentas al hombre que deshonró a su madre. Le amenaza y consigue que se case con ella y que le reconozca por hijo. Poco tiempo después abandona sus ideales de justicia social y, convertido ya en un rico heredero, se dedica a disfrutar de la fortuna y la hacienda de su padre. Lo que doña Emilia piensa del asunto queda patente en el comentario de un personaje:

> ¿Ve usted los socialistas, los anarquistas, los dinamiteros? Déles ropa decentita y guantes ingleses... y verá que pronto cuelgan las armas.

En esta década de los noventa hay que señalar también que doña Emilia se consolida como persona de fama y prestigio social, pero la crítica dedica menos atención a su obra. No faltaron, sin embargo, polémicas, porque éstas la acompañaron toda su vida. Una de las más ruidosas se centró en cuestiones religiosas más que literarias y tuvo por motivo la publicación en el periódico *El Imparcial* del cuento titulado "La sed de Cristo": trata de una escena del Calvario. Cristo tiene sed y María Magdalena busca inútilmente el remedio para la sed del Maestro: ni el agua pura, ni el vino más exquisito, que consigue de sus antiguos admiradores, ni néctar de los dioses del Olimpo, ni la sangre de uno de sus verdugos es aceptada por Cristo. La Magdalena, desolada, piensa que sus pecados le impiden encontrar el consuelo para Él y llora arrepentida por su vida pasada: sus lágrimas, recogidas en el cuenco de sus manos, son lo único que calma la sed del moribundo.

El cuento recibió las críticas más diversas: desde los que la acusaban de falta de información histórica (en tiempos de Cristo no había naranjos, que ella sitúa en el monte Olimpo de forma totalmente simbólica), hasta los que se escandalizaban de la falta de respeto por presentar a Jesús y a la Magdalena, decían, como dos enamorados. Hasta dos obispos intervinieron en la polémica. En realidad, el cuento propone una visión del cristianismo totalmente ortodoxa y todo el barullo que se organizó en torno a él es índice del desconcierto de la sociedad española de la época, más que del atrevimiento ideológico de la autora.[10] Ella misma lo analizó bien al evocar aquel revuelo en el prólogo a la edición de *Cuentos Sacroprofanos,* donde lo incluye:

> Se habló bastante más de "La sed de Cristo" que se ha hablado ahora, ¡ay!, de la pérdida de Puerto Rico y Filipinas.

Estamos ya al filo de un nuevo siglo y la crisis de 1898 afecta a la escritora. Los *Cuentos de la Patria* son una

10. Para más datos sobre esta polémica, véase Juan Paredes Núñez, *Los cuentos de Emilia Pardo Bazán,* Universidad de Granada, 1979, pp. 96 y ss.

muestra de su preocupación y de su pesimismo por los problemas españoles, patentes también en la conferencia que pronuncia en París: "La España de ayer y de hoy". Pero, contradictoria como siempre, su pesimismo ideológico contrasta con su optimismo vital: doña Emilia trabaja incansablemente. Publica cuentos, novelas, artículos, ensayos, da conferencias... y hace nuevas amistades y vive nuevos amores. Dos figuras masculinas aparecen en su vida en estos años de la cincuentena: los dos son jóvenes y artistas. Uno es el pintor Joaquín Vaamonde, el otro el novelista Blasco Ibáñez.

Joaquín Vaamonde era gallego y veinte años más joven que doña Emilia. Se acercó a ella para solicitar su protección como pintor. Quería hacerle un retrato y que ella lo exhibiera en sus salones. La Pardo Bazán accede a posar para él y se queda encantada del resultado: el cuadro es muy bonito y ella nunca se ha visto tan atractiva en un retrato. Como es generosa le brinda su ayuda y a Vaamonde le llueven los encargos de la aristocracia madrileña: la Princesa de Asturias, su hermana la infanta María Teresa, la duquesa de Osuna, la de Montellano, la condesa de Pinohermoso, son algunas de sus modelos. Sus retratos al pastel, fáciles, blandos y favorecedores, le hacen famoso, pero a Vaamonde no le satisface ser un retratista de señoras: quiere la gloria y sueña con ser un gran pintor. Viaja por Europa para conocer los grandes museos; en Madrid se empapa en la obra de Goya y Velázquez. La comparación le hace desdeñar su obra y desesperarse ante la distancia que le separa de los grandes maestros, hasta el punto de llegar a destruir algunos de los retratos que ha pintado. No sabemos cuál hubiera sido su trayectoria artística. La tuberculosis truncó su carrera en plena juventud. Doña Emilia y su madre le acogen, enfermo, en el Pazo de Meirás, donde muere a los veintinueve años soñando siempre con la gloria inalcanzada.[11]

La Pardo Bazán utiliza muchos elementos de la historia de Vaamonde en *La Quimera,* novela en clave que apenas disfraza la realidad: el protagonista es el pintor Silvio Lago, verdadero alter ego de Joaquín Vaamonde, y la escritora aparece retratada en la figura de Minia, compositora ya consagrada, que ayuda fraternalmente al joven artista. Si entre ellos hubo más que afecto, amistad y agradecimiento es algo que la autora dejó en secreto.

La otra figura masculina que revolotea por estos años en torno a la Pardo Bazán dio origen a una historia menos romántica. A Blasco Ibáñez lo conoce cuando va a inaugurar el Ateneo de Valencia, de donde vuelve encantada. Es, igual que Vaamonde, mucho más joven que ella: quince años, pero es un escritor ya conocido (ha publicado *Entre naranjos, Arroz y tartana*) y, en cierto modo, discípulo suyo en lo que tiene de naturalista. La relación acabó mal. Después de haberla alabado y elogiado públicamente, Blasco Ibáñez se dedica a denigrar a la escritora, y, por su parte, doña Emilia le elimina en todas las referencias que hace a los novelistas jóvenes. Se ha dicho en varias ocasiones que la causa de la enemistad fue literaria: al parecer Blasco Ibáñez aseguraba que la Pardo Bazán le había «robado» la idea de un cuento que él mismo le había contado en una reunión en su casa. El cuento en cuestión se titula "La Chucha" y es una historia de amor entre dos presos: él, joven, guapo y encarcelado por una desgracia y ella, vieja, fea y delincuente habitual. Se conocen por carta y ella le anima y le mantiene con los paquetes de comida que le envía. Él, al acabar la conde-

11. Véase Carmen Bravo-Villasante, *Vida y obra de Emilia Pardo Bazán,* Revista de Occidente, Madrid, 1962.

na, va a verla, para declararle su amor y su agradecimiento y decirle que la esperará para casarse. A pesar de la decepción que le produce conocerla, mantiene su palabra con ardor y la Chucha, emocionada y feliz, muere de un ataque al corazón agarrada a los hierros del locutorio.

"La Chucha" recibió el segundo premio en un concurso organizado por el periódico *El Liberal* e, inmediatamente, se corrió por Madrid el rumor de que el autor no era la Pardo Bazán sino Blasco Ibáñez. Redactores del periódico *La Época* van a preguntarle al novelista sobre ese asunto y él lo desmiente, y al día siguiente envía una carta a *El Liberal,* insistiendo en el tema:

> Por si al contestar verbalmente a *La Época* no fui bastante explícito, debo insistir, repitiendo que ese rumor por muy lisonjero que sea para mí —porque me atribuye nada menos que la propiedad de un cuento, obra de la autora de "Indulto", que es de los mejores cuentos escritos en español, y sobre asunto muy parecido al de ahora premiado— carece de base, y ni la amistad, la admiración y el respeto que me inspira la ilustre maestra pueden justificar que tal confusión se haya establecido.[12]

La carta, aunque alaba a doña Emilia, no desmiente el origen del rumor: el cuento, tal como se presentó al concurso, no cabe duda de que era de la escritora, pero la idea (basada casi con seguridad en un hecho real) pudo muy bien ser de Blasco Ibáñez.

Una serie de honores jalonan la vida de doña Emilia en el siglo XX al que llega en la plenitud de su fama literaria. Y justo al comenzar el nuevo siglo, en junio de 1901, se muere Clarín, el más duro y prestigioso de sus críticos.

12. Véase Juan Paredes, obra citada, pp. 252 y ss.

Doña Emilia comenta el suceso por carta con el poeta Emilio Ferrari, de forma no muy caritativa:

> En efecto, con Clarín se nos muere un pedazo, un resto de juventud... ¿Quién nos desgarrará como aquel perro? Mire usted que yo pasé cuatro o seis años de mi vida sin que un solo instante dejasen de resonar en mis oídos los ladridos furiosos del can (...) Lo que él censuraba no se atrevían ya a aplaudirlo infinitos periódicos y muchachos. No cabe duda que, para resistir esa piqueta, algo de solidez habrá. Esto es parte a infundir algún orgullo, y en este sentido, Clarín sí nos hizo bien.[13]

En 1906 la Pardo Bazán es nombrada presidenta de la sección de Literatura del Ateneo de Madrid: es la primera mujer que ostenta el cargo, que desempeña con su brillantez y eficiencia habituales.

En 1908 el rey don Alfonso XIII, en atención a sus méritos literarios, le concede un título nobiliario, convirtiendo el que tenía su padre, que era pontificio o *palatino,* en título de Castilla. A partir de entonces firma sus obras como Condesa de Pardo Bazán.

En 1910 es nombrada consejera de Instrucción Pública, y en 1916 alcanza uno de sus grandes deseos: Julio Burell, ministro de Instrucción Pública y amigo incondicional, la nombra por decreto catedrático de Lenguas Neolatinas de la Universidad de Madrid. Pero la decisión del ministro es mal recibida por el claustro de profesores que cierran filas contra la intrusa. Los estudiantes, por solidaridad con los catedráticos masculinos, o por desidia, no acuden a sus clases: sólo tiene seis alumnos (su asignatura no es obligatoria), después cuatro, más tarde dos y, al final, sólo uno:

13. José M.ª Martínez Cachero, "La condesa de Pardo Bazán escribe a su tocayo, el poeta Ferrari", *Revista bibliográfica y documental,* M., I, núm. 2, 1947, pp. 249-256.

un viejecillo voluntarioso que quiere evitar la vergüenza de que una persona de su mérito no tenga a quién dar clase. Para él habla doña Emilia tres veces por semana y siempre es felicitada calurosamente por su oyente. Cuando el viejo desaparece doña Emilia se retira de la Universidad con la resignada amargura de quien sabe que no ha sido rechazada por incompetente sino por ser mujer.

Estamos ya en los años finales. En 1911 se había despedido de la narración larga con *Dulce Dueño.* A partir de entonces sólo escribe relatos breves, cuentos. El último, *El árbol rosa,* lo publica poco antes de morir.

En mayo de 1921, a los setenta años, muere doña Emilia en su casa de Madrid, de una gripe que se complicó con su diabetes crónica, rodeada por su familia y confortada con los auxilios de la religión. Los que la vieron en aquellas horas últimas dicen que había en su rostro una expresión de clarividencia y angustia. Muchos años antes había escrito a Galdós:

> Ayer me han dicho que Zola está a punto de enloquecer por miedo a la muerte. ¡Qué tonto es ese hombre de genio! ¡Miedo a la muerte! Si hubiera vivido en una semana lo que yo... y lo que tú, no le tendría miedo alguno. Nada eleva el espíritu como el amor.[14]

Del amor, del amor divino, habla su última novela. Pero hasta el final doña Emilia sentirá el tirón de las dos tendencias contrapuestas por las que se movió toda su vida: sus creencias, su fe religiosa la lleva a pensar en la eternidad y a despreciar los bienes terrenales, pero su gusto y sus sentimientos la atan fuertemente a un mundo y a una vida de la que ha apurado todos los frutos.

14. *Cartas a Galdós,* p. 17.

Dulce dueño

Por ser la última de sus novelas largas y por el tratamiento que da al tema del amor, *Dulce Dueño* se configura ante nosotros como un testamento literario de doña Emilia.

La novela plantea de modo claro y rotundo el tema de la búsqueda de la felicidad, es decir, de aquel objeto que sacie por completo los anhelos de bien del corazón humano. A ese objeto le llama el Amor Ideal.

La estructura de la novela nos hace ver que no pretende mantener la incógnita sobre el resultado de esa búsqueda, sino que quiere dejarlo patente desde el comienzo. La historia de Santa Catalina de Alejandría, que se cuenta en las páginas iniciales, va a ser, en realidad, el guión al que se ajusta el relato.

La protagonista de la novela, Lina Mascareñas, es la versión actualizada de la santa de Alejandría: su refinamiento espiritual, sus ansias de perfección, la estima de sí misma e, incluso, su soberbia son iguales. Su trayectoria vital es también semejante. Catalina rechaza a sus pretendientes, los "procos", porque todos le parecen indignos de ella y esa es la actitud de Lina con los suyos. Las dos superan, además, la tentación del poder terrenal. Según la versión que aparece en el libro, Catalina, ya convertida al cristianismo, tiene la oportunidad de favorecer la expansión de esta doctrina, accediendo a casarse con el César Maximino Dacio:

> Necesito un sostén, una mano amada que me guíe. Mi socio Constantino está fortalecido por el apoyo de su madre. Yo no tengo a nadie; a mi alrededor hierven los traidores (...) Unido a ti seré otro; recobraré la totalidad del poder que hoy reparto con Licinio, el árbitro de Oriente y Constantino, el hijo de la ventera, a quien aborrezco. ¡Y ejerciendo ya el poder sumo, extinguiré la persecución, toleraré vuestros ritos, como hace él, que es ladino y ve a distancia!

Tal como se cuenta en la novela, Catalina se da cuenta de la trascendencia de la proposición que se le hace, pero su individualismo, su manera de entender el amor divino como una cuestión exclusiva entre ella y Cristo, como un matrimonio espiritual que le impide entregar su cuerpo a un hombre, la llevan a rechazarla y a escoger el martirio para ir al encuentro con Dios. Lina Mascareñas actuará con la misma exaltación, individualismo e intransigencia.

Antes de llegar al Amor Ideal, la novela hace un repaso de las distintas posibilidades del amor humano, que vamos a analizar.

Tres son las figuras masculinas que aparecen en la novela como pretendientes de Lina Mascareñas y cada uno de ellos representa un tipo distinto de relación. El primero, y el que menos se considera y estima, es Hilario Aparicio, intelectual revolucionario y anarquista: "Todo el mal de la Humanidad —según él— dimana de la autoridad, de las leyes y de las religiones"...

Desde el primer momento este personaje es descalificado por el narrador (la propia protagonista, Lina, que escribe una especie de diario o autobiografía), que insiste en su escaso atractivo físico, en la ridiculez de su atuendo y en su cortedad social. Las ideas que expone sobre la educación y el amor, hoy nos parecen normales, pero da la impresión de que a la narradora (y a doña Emilia) la escandalizan y la molestan. La protagonista parte de algo que va a manifestar claramente más adelante: que la vergüenza es inseparable de la vida sexual, o, dicho de otro modo, que el acto sexual es degradante, malo en sí mismo, aunque justificable por las necesidades de la especie, de ahí que provoque siempre vergüenza e intente disimularse. En la conversación con el médico, que tiene lugar en el capítulo V de la novela, dice Lina:

> Pues he notado que el sentimiento más fijo y constante que acompaña a las manifestaciones amorosas es la vergüenza (...) Y, a la verdad, me previene en contra esa vergüenza acre, triste, esa vergüenza peculiar, constante y aguda. Por algo pesa sobre ello la reprobación religiosa; por algo la sociedad lo cubre con tantos paños y emplea para referirse a ello tantos eufemismos... No se coge con tenacillas lo que no mancha.

Partiendo de aquí entendemos sus reticencias ante las ideas de Aparicio, que habla de la necesidad de rehabilitar el concepto del instinto sexual y de instruir a los niños sobre ello:

> Pues yo creo que el amor tan calumniado por las religiones oficiales, que han hecho de él algo reprobable y vergonzoso (cuando es lo más sublime, lo más noble, lo más realmente divino), tiene que ser rehabilitado (...) ¡Es indispensable que en la escuela se enseñe a los niños lo augusto, lo sagrado de ese instinto! (...) En el momento en que se inicie a la niñez en tan graves problemas, habremos destruido el imperio del sacerdote sobre la mujer.

La explicación en las escuelas se haría "por medio de ejemplos tomados de la vida vegetal", y añade: "con mucho tacto, con arte... con dignidad". Verdaderamente no entendemos que a una mujer inteligente, como se supone que es Lina, le parezca eso mal. El problema más serio que se nos plantea es: ¿pensaba lo mismo doña Emilia? ¿Son las ideas de su personaje femenino las suyas propias? En sentido estricto lo único que podemos decir es que son las ideas de su personaje, pues éste es el único narrador de la novela y el yo del autor no aparece por ninguna parte. Pero Doña Emilia tuvo siempre una gran habilidad para manejar la técnica narrativa y dejar en la oscuridad su propia persona cuando así le convenía. Las ideas más arriesgadas de sus novelas aparecen expuestas por sus personajes, de modo que nadie

pueda acusarla a ella de ser la defensora de tales posturas. Así lo entendimos al analizar *Insolación*[15] y el mismo criterio aplicamos ahora: pienso que las ideas de Lina Mascareñas sobre sexualidad son las de doña Emilia al final de su vida, cumplidos ya los sesenta años.

Lo que la Pardo Bazán pensaba de anarquistas y revolucionarios ya había quedado claro en *Memorias de un solterón* a propósito del hijo de la Tribuna: dales bienestar y se acabó la anarquía. Aquí insiste en lo mismo: Aparisi, asegurado su éxito social con la ayuda de Lina, renuncia a toda su lucha revolucionaria y se dispone a incorporarse a los cauces reglados de la política oficial. El desenlace del episodio es demasiado rápido y burdo para resultar verosímil: arrodillado a los pies de Lina, el intelectual, humilde como un perrito faldero, reconoce sus errores y dice: "me entrego a mi hada"... Al descalificar de este modo al personaje se descalifican inmediatamente todas sus ideas, las referentes al amor y a la sexualidad también.

Doña Emilia no podía entender la tentación de las teorías revolucionarias y por eso su visión de ella y de su representante es alicorta, plana y sin ningún interés. No sucede eso con la tentación del amor carnal, que resulta mucho más convincente. En la novela aparece encarnada en el personaje de José María, el primo de la protagonista, un tipo físico de hombre que a la Pardo Bazán le gustaba. Responde al estereotipo de la raza árabe y aparece en varias novelas de la autora:

> José María tiene el tipo clásico. Es moreno, de pelo liso, azulado, boca recortada a tijera, dientes piñoneros, ojos espléndidamente lucientes y sombríos, árabes legítimos, talle quebrado, ágiles gestos y calmosa actitud.

15. Estudio introductorio a la edición citada.

El mismo tipo habíamos visto ya en *Doña Milagros:*

> Pálido, con la palidez sana, caliente y marmórea de las razas semiafricanas; de negros ojos, fogosos, largos y brilladores; de facciones correctas, espesa barba que azuleaba de puro sombría, dientes blanquísimos y prócer estatura, era Vicente lo que se llama un arrogante mozo.[16]

Lina es muy sensible a la belleza y a los placeres sensuales. Cuando hereda el dinero se da baños sibaríticos, rebosantes de cremas y perfumes, se pone hermosos vestidos y joyas magníficas que disfruta a solas, sin que nadie la vea. Es decir, que no se trata de vanidad sino de puro placer sensual. Esta sensualidad va derivando hacia lo erótico en presencia de su primo José María, a cuyo lado descubre la carga de sensualidad de gestos o situaciones hasta entonces neutros o, incluso, desagradables. Veamos un ejemplo:

> ...enciende un puro exquisito, de aroma capcioso, que mis sentidos saborean. Es la primera vez que a mi lado un hombre fuma con refinamiento, con manos pulidas, con garbo y donaire. Carranza, al fumar, resollaba como una foca. La onda de humo me embriaga ligeramente.

El ambiente andaluz, que ella condensa en la Alhambra, impregna su espíritu, inundándolo de languidez y pereza: "Sentimiento nuevo para mí. Disolución de la voluntad, invasión de una melancolía apasionada". Lina siente una "marea que crece en mi interior", un "dominio arcano que otro va ejerciendo sobre mí". Sabe que la pretende porque es la heredera de su tía, pero también sabe que le atrae como mujer, que produce en su primo "el

16. *Obras Completas,* Tomo II, Aguilar, Madrid, 1964, p. 404.

efecto máximo que produce una mujer sobre un hombre". Se pregunta si eso es lo que está buscando: "¿Se llama esto amor? ¿Hay otra manera de sentirlo?".

La noche y la música mora, "una cadencia salvajemente voluptuosa, monótona, enervante a la larga", propician la atracción erótica. Lina trata de reflexionar: "No, el amor no puede ser esto. Sin embargo, ¡menos aún será la comunicación intelectual! Este aturdimiento, esta flojedad nerviosa algo significan... Quizá lo signifiquen todo". Siente la respiración del hombre en su nuca y sin conciencia clara de lo que hace, "como en sueños", alarga hacia él la mano, los cuerpos se aproximan y "él bajándose un poco, me devora las sienes, los oídos con una boca que es llama...".

A solas en su cuarto vuelve a preguntarse si aquello es amor. Está desasosegada, inquieta: "Parece como si tuviera amargo poso el licor, que ni aún me ha embriagado". Al comprobar, accidentalmente, esa misma noche que su primo se acuesta con su criada, desaparecen las dudas. Aquello no es amor, así que es necesario salir huyendo, poner tierra por medio para no caer en la tentación. Y así lo hace, pero la curiosidad, la atracción por lo desconocido permanece:

> Mi entendimiento no defiende mi sensitividad; ignoro adónde me lleva el curso de mi sangre, que tampoco veo, y que, sin embargo, manda en mí (...) ¡Es preciso que yo indague lo que es el amor, el amor, el amor! Y que lo averigüe sin humillarme, sin enlodarme. Pero ¿cómo?

Para satisfacer esa curiosidad va a pedir información a un médico, que cumple su cometido con profesionalidad, "sin malicia, sin falsos reparos". El resultado de la experiencia nos resulta hoy sorprendente: a la vista de las láminas siente náuseas y la conclusión es tajante:

> ¡Doctor, lo que usted siente, y yo también, no es sino la consabida vergüenza! ¡Vergüenza y nada más! Nos avergonzamos de pertenecer a la especie.

Repuesta de esta experiencia, que le provoca una fiebre nerviosa y la mantiene en cama varios días, decide prescindir para siempre del amor físico. Entonces aparece la tercera tentación: la tentación del poder, encarnada en Agustín Almonte. Es la más fuerte de las tres y por ello Lina es más dura con su paladín que con los otros dos: a los anteriores se limita a rechazarlos, a Agustín lo destruye.

Aunque las palabras de Almonte son lo bastante vagas como para acomodarse a cualquier situación de lucha por el poder, parece entenderse que su ambición es política, de gobierno de la nación y que cuenta con la ayuda de Lina para conseguirlo:

> Lina, a mí se me ha puesto en la cabeza que he de dejar huella profunda en la historia de España. Que la hemos de dejar; porque desde que la conozco a usted, con usted cuento. En nuestro país se están preparando sucesos muy graves ¿Cuáles? Por ahora... Pero que se preparan, sólo un ciego lo dudaría ¡El que acierte a tomar la dirección de esos sucesos cuando se produzcan, llegará al límite del poder (...) Nuestra fuerza nos la dan las mujeres. Si no me auxilia usted por amor, hágalo por compañerismo. Subamos de la mano...

Lina parece que cede a esa tentación, pero cuando él se enamora salen a la luz sus verdaderos propósitos: quiere ponerlo a prueba, saber si su "proco" está al nivel de sus aspiraciones. Ha de saber con certeza si su amor es, como dice, más fuerte que todo, que su ambición y que la vida propia. El resultado de la experiencia es negativo.

Doña Emilia había contado ya una historia parecida en un cuento titulado "El fondo del alma": un chico jura amar a su novia más que a su vida. Si ella le falta no quiere vivir. Un día de excursión tienen un accidente: naufraga la lancha en que van juntos. El novio intenta salvar a la chica, pero, cuando ella se le agarra al cuello y lo arrastra a las profundidades del río, la rechaza violentamente y se salva él solo. El cuento es de 1906, la novela de 1911. Si nunca doña Emilia fue optimista sobre la condición humana, los años aumentan su pesimismo: el hombre entregado a sus solas fuerzas acaba reaccionando como un animal movido por el instinto. Sólo la gracia es capaz de elevar al ser humano por encima de las leyes de la naturaleza.

Desengañada del amor humano, Lina vuelve sus ojos hacia Dios e inicia un camino de arrepentimiento y mortificación que acabará conduciéndola a la unión mística. Esta es, a mi juicio, la parte más endeble de la novela. Doña Emilia, ni por talante ni por experiencia, estaba dotada para expresar los placeres inefables del arrobo místico. Las lecturas de Santa Teresa y de San Juan de la Cruz le proporcionan un punto de referencia, pero es insuficiente. Por otra parte, el personaje mismo de la protagonista no encaja en los moldes del tipo místico. Lina es muy dura, muy seca de corazón, a lo largo de su vida no ha querido a nadie. Su búsqueda de Dios parte del desprecio hacia las criaturas y no del amor. Uno no acaba de creerse su conversión, que aparece apresurada y sin matices.

Creo que el mayor fallo de la novela está en esa transformación final del personaje, que no consigue persuadirnos de su cambio. Lina resulta convincente en su maldad, en su soberbia: muerto ya Almonte, sigue acusándolo de falso, de innoble y de cobarde. Y sentimos que tiene razón, que, desde su peculiar punto de vista, está en lo cierto:

> ...me juró que por mi vida daría la suya. ¡Me juro esto! ¡Por tal perjurio murió él y yo he caído en lo más hondo!

Sin embargo, cuando asegura que quiere a la niña enferma, que, por fin, la piedad ha penetrado en su corazón y que siente hacia ella "un impulso irresistible, ardiente, sin freno, de ternura infinita, de amor, de amor sin límites", yo no me lo creo. Y no lo creo porque Lina (y doña Emilia) resulta más convincente en la expresión del desprecio que del amor. Apenas dos páginas antes ha dicho que la niña y su abuela le resultan tan indiferentes como los alcornoques que dan sombra al valle donde vive, y que su fealdad le inspira repulsión:

> Mi instinto estético me las hacía hasta repulsivas. Fea era la cara de níspero de la codiciosa vieja, y acaso más fea la adolescencia alcornoqueña de la moza.

En ningún momento consigue, para comunicar su simpatía y su ternura hacia sus desgraciadas compañeras, una expresión tan contundente como la que ha utilizado para expresar su desprecio.

La imagen final de Lina en el manicomio, aceptando la voluntad del Dulce Dueño y gozando de sus favores, más parece la de una fanática o la de una perturbada mental que la de una verdadera mística.

La lección moral que se desprende de la obra es que solo Dios puede saciar el deseo de felicidad del ser humano, pero tiene un marcado carácter pesimista, que doña Emilia considera inseparable de la concepción cristiana de la vida. En una obra de crítica literaria que publica en el mismo año que *Dulce Dueño* podemos leer:

> El análisis encarnizado, anatómico, lúcido, de la miseria humana —que vale tanto como decir de la vida humana— es, en cambio, tarea y obra de escritor católico, no materialista, sino pesimista, necesariamente pesimista. Dimana del dogma del pecado original y la caída, de la corrupción de nuestra natura-

leza, de la certidumbre de que nos rodea el mal y nos persigue eternamente el dolor, y estas grandes, irrebatibles verdades teológicas se imponen al que quiere estudiar, desde dentro y hacia fuera, las arcanidades de la psicología.[17]

La conciencia del dolor y el desengaño del amor humano llevan al hombre a buscar en Dios la razón de su ser y de su vida. Este camino que pretende mostrarnos la Pardo Bazán con el ejemplo de Lina Mascareñas lo había intentado muchos años antes con el personaje de don Julián, el cura de *Los Pazos de Ulloa.* Y el resultado fue exactamente el mismo: no nos convence. Cuando vemos a don Julián enamorado de Nucha y sustituyendo al marqués en sus deberes de padre, creemos en su bondad e inocencia, pero convertido en un asceta contemplativo en la segunda parte de la novela resulta antipático y da de la religión una imagen de egoísmo y represión.[18]

Entre don Julián y Lina, todavía intentó doña Emilia un personaje místico en la figura de Clara Ayamonte de *La Quimera.* De los tres, éste es el más convincente, porque Clara va a Dios desde el amor y no desde el desprecio. Creo que esa es la razón por la que Lina Mascareñas, uno de los grandes personajes de la Pardo Bazán, se perfila en nuestro recuerdo más como una neurótica, como una desequilibrada, que como una santa o una mística: porque no creemos que se pueda amar realmente a Dios sin ser capaz de amar antes a un solo ser humano.

MARINA MAYORAL

17. *La Literatura francesa moderna, II, La Transición,* Prieto y Cía. editores, Madrid, 1911, pp. 150-151.

18. Véase el estudio introductorio a mi edición de *Los Pazos de Ulloa,* ed. Castalia, col. Clásicos Castalia, Madrid, 1986.

Bibliografía selecta sobre la autora y su obra

Baquero Goyanes, Mariano, *La novela naturalista española: Emilia Pardo Bazán,* Publicaciones de la Universidad de Murcia, 2.ª ed. 1986.

—, Estudio preliminar a la edición de *Un viaje de novios,* Textos Hispánicos Modernos, Ed. Labor, Barcelona, 1971.

Bravo-Villasante, Carmen, *Vida y obra de Emilia Pardo Bazán,* Revista de Occidente, Madrid, 1962.

—, *Cartas a Galdós,* Ediciones Turner, Madrid, 1978.

Clemessy, Nelly, *Emilia Pardo Bazán como novelista,* Fundación Universitaria Española, Madrid, 1981.

—, Estudio preliminar a la edición de *Los Pazos de Ulloa,* Clásicos Castellanos, Ed. Espasa-Calpe, Madrid, 1987.

Cook, Teresa, *El feminismo en la novela de la Condesa de Pardo Bazán,* publicaciones de la Diputación Provincial de La Coruña, 1976.

Hemingway, Maurice, *Emilia Pardo Bazán: the making of a novelist,* Cambridge University Press, 1983.

Mayoral, Marina, Estudio preliminar a Cuentos y novelas de la Tierra, Ed. Sálvora, Santiago de Compostela, 1984.

—, Estudio preliminar a la edición de *Los Pazos de Ulloa,* Ed. Castalia, Madrid, 1986.

—, Estudio preliminar a la edición de *Insolación,* Ed. Espasa-Calpe, col. Austral, Madrid, 1987.

Paredes Núñez, Juan, *Los cuentos de Emilia Pardo Bazán,* Universidad de Granada, 1979.

—, *La realidad gallega en los cuentos de Emilia Pardo Bazán (1851-1921),* Edicións do Castro, La Coruña, 1983.

—, Estudio preliminar a la selección de *Cuentos,* Ed. Taurus, 1985.

Pattison, Walter T., *Emilia Pardo Bazán,* Twayne Publishers, New York, 1971.

Varela Jácome, Benito, *Estructuras novelísticas de E. Pardo Bazán,* Instituto Padre Sarmiento, Santiago de Compostela, 1973.

VARIOS, *Actas del Simposio sobre Emilia Pardo Bazán,* celebrado con motivo del Centenario de la publicación de *Los Pazos de Ulloa*, Ed. Cátedra - Ministerio de Cultura, Madrid, 1988.

Principales ediciones modernas

Obras completas (Novelas y Cuentos), Estudio preliminar, notas y prólogos de F. C. Sáinz de Robles, Ed. Aguilar, Madrid, 1947 y ss. Dos tomos.
Tomo III, *Cuentos y Crítica literaria (Selección),* Introducción, bibliografía, selección, notas y apéndices de Harry L. Kirby, Jr. Madrid, 1973.

Obras escogidas, Estudio preliminar y notas de Federico Carlos Sáinz de Robles, Ed. Aguilar, Madrid, 1943.

Cuentos y Novelas de la Tierra, Selección, introducción, prólogos y notas por Marina Mayoral, Ed. Sálvora, Col. Biblioteca de Autores Gallegos, Santiago de Compostela, 1984. Comprende: vol. I: *Cuentos del Terruño, Historias y cuentos de Galicia, Cuentos de la Tierra* y *Finafrol;* vol. II: *Cuentos de Marineda, Los Pazos de Ulloa* y *La Madre Naturaleza.*

Un viaje de novios, edición de M. Baquero Goyanes, Ed. Labor, Col. Textos Hispánicos Modernos, Barcelona, 1971.

La Tribuna, Ed. Taurus, Introducción de José Hesse, Madrid, 1968.

Edición de Benito Varela Jácome, Ed. Cátedra, Col. Letras Hispánicas, Madrid, 1975.

Los Pazos de Ulloa, Edición de Marina Mayoral, Ed. Castalia, Col. Clásicos Castalia, Madrid, 1986.

Edición de Nelly Clemessy, Ed. Espasa-Calpe, Col. Clásicos Castellanos, Madrid, 1987.

Alianza Editorial, El libro de bolsillo, Madrid, 1965 y ss.

Ed. Bruguera, Barcelona, 1967 y ss.

La Madre Naturaleza, Alianza Editorial, Madrid, 1966 y ss.

De mi tierra, Edicións Xerais de Galicia, Vigo, 1984.

Insolación, Ed. Taurus, Introducción de José Hesse, Madrid, 1970.

Ed. Espasa-Calpe, Col. Austral, 3.ª edición, Estudio introductorio de Marina Mayoral, Madrid, 1987.

La Sirena negra, Ed. Espasa-Calpe, col. Austral, Madrid, 1947 y ss.

El Saludo de las brujas, Ed. Espasa-Calpe, Col. Austral, 1966.

Cuentos (Selección), Ed. Taurus, Estudio preliminar, edición y notas de Juan Paredes Núñez, Madrid, 1984.

DULCE DUEÑO

I

Escuchad

Fuera, llueve: lluvia blanda, primaveral. No es tristeza lo que fluye del cielo; antes bien, la hilaridad de un juego de aguas pulverizándose con refrescante goteo menudo. Dentro, en la paz de una velada de pueblo tranquilo, se intensifica la sensación de calmoso bienestar, de tiempo sobrante, bajo la luz de la lámpara, que proyecta sobre el hule de la mesa un redondel anaranjado.

La claridad da de lleno en un objeto maravilloso. Es una placa cuadrilonga de unos diez centímetros de altura. En relieve, campea destacándose una figurita de mujer, ataviada con elegancia fastuosa, a la moda del siglo XV. Cara y manos son de esmalte; el ropaje, de oros cincelados y también esmaltados, se incrusta de minúsculas gemas, de pedrería refulgente y diminuta como puntas de alfiler. En la túnica, traslucen con vítreo reflejo los carmesíes; en el manto, los verdes de esmaragdita.[1] Tendido el cabello color de miel por los hombros, rodea la cabeza diadema de diamantillos, sólo visibles por la chispa de luz

1. *esmaragdita*: esmeralda, emplea una forma culta, derivada directamente de la voz latina *smaragdus*.

que lanzan. La mano derecha de la figurita descansa en una rueda de oro oscuro, erizada de puntas, como el lomo de un pez de aletas erectas. Detrás, una arquitectura de finísimas columnas y capitelicos áureos.

En sillones forrados de yute desteñido, ocupan puesto alrededor de la mesa tres personas. Una mujer, joven, pelinegra, envuelta en el crespón inglés de los lutos rigurosos. Un vejezuelo vivaracho, seco como una nuez. Un sacerdote cincuentón, relleno, con sotana de mucho reluz, tersa sobre el esternón bombeado.

—¿Leo o no la historia? —urge el eclesiástico, agitando un rollo de papel.

—La patraña —critica el seglar.

—La leyenda —corrige la enlutada—. Cuanto antes, señor Magistral. Deseando estoy saber algo de mi Patrona.

—Pues lo sabrás... Es decir, en estos asuntos, ya se te alcanza que las noticias rigurosamente históricas no son copiosas. Hay que emitir alguna suposición, siempre razonada, en los puntos dudosos. Yo someto mi trabajo a la decisión de nuestra Santa Madre la Iglesia. Vamos, la sometería si hubiese de publicar. Aquí entre nosotros, aunque adorne un poco... En no alterando la esencia... Y saltaré mucho, evitando prolijidades. Y a veces no leeré; conversaremos.

La pelinegra se recostó y entornó los ojos para escuchar recogida. El vejete, en señal de superioridad, encendió un cigarrillo. El canónigo rompió a leer. Tenía la voz pastosa, de registros graves. Tal vez al transcribir aquí su lección se deslicen en ella bastantes arrequives[2] de sentimiento o de estética que el autor reprobaría.

"Catalina nació hija de un tirano, en Alejandría de

2. *arrequives*: adornos.

Egipto. No está claro quién era este tirano, llamado Costo. Es preciso recordar que después del asedio y espantosa debelación de la ciudad por Diocleciano *el Perseguidor*, que ordenó a sus soldados no cejar en la matanza hasta que al corcel del César le llegase la sangre a las corvas, vino un período de anarquía en que brotaron a docenas régulos y tiranuelos, y hubo, por ejemplo, un cierto Firmo, traficante en papiros, que se atrevió a batir moneda con su efigie..."

Interrupción del vejezuelo.

—Para usted, Carranza, el caso es que el cuento revista aire de autenticidad...

—Déjeme oír, amigo Polilla... —suplicó la de los fúnebres crespones—. Sin un poco de ambiente, no cabe situar un personaje histórico.

—¡Bah! Este personaje no es...

—¡Silencio!

"Alejandría, por entonces, fue el punto en que el paganismo se hizo fuerte contra las ideas nuevas. Porque el paganismo no se defendía tan sólo martirizando y matando cristianos; hasta los espíritus cultos de aquella época dudaban de la eficacia de una represión tan atroz. Acaso fuese doblemente certero desmenuzar las creencias y los dogmas, burlarse de ellos, inficionarlos y desintegrarlos con herejías, sofismas y malicias filosóficas..."

Inciso.

—La estrategia de nuestro buen amigo don Antón...

Polilla se engalló, satisfecho de ser peligroso.

"No ignoran ustedes los anales de aquella ciudad singularísima, desde que la fundó Alejandro dándole la forma de la clámide macedonia hasta que la arrasó Omar. Olvidado tendrán ustedes de puro sabido que el primer rey de la dinastía Lagida, aquel Tolomeo Sotero, tan dispuesto para todo, al instituir la célebre Escuela, hizo de Alejandría el foco de la cultura. Decadente o no, en el mundo antiguo la Escuela resplandece. La hegemonía alejandrina duró más que la de Atenas; y si bajo la dominación romana sus pensadores se convirtieron en sofistas, tal fenómeno se ha podido observar igualmente en otras escuelas y en otros países.

Bajo Domiciano empezó a insinuarse en Alejandría el cristianismo. Notóse que bastantes mujeres nobles, que antes reían a carcajadas en los festines, ahora se cubrían los cabellos con un velo de lana y bajaban los ojos al cruzar por delante de estatuas... así... algo impúdicas..."

—Vamos, las primeras beatas... —picoteó Polilla.

"—Es el caso que griegos y judíos —hiló el Magistral— andaban, en Alejandría, a la greña continuamente. Con el advenimiento de los cristianos se complicó el asunto. La confusión de sectas y teologías hízose formidable. Allí se adoraba ya a Jehová o Jahveh, a la Afrodita, llamada por los egipcios Hathor, al buey Apis y a Serapis, que según el emperador Adriano no era otra cosa sino un emblema de Nuestro Señor Jesucristo, el cual, bajo su verdadero nombre, empezó a ser esperanza y luz de las gentes. Y en Alejandría, además de la persecución pagana, surgió la persecución egipcia, y el pueblo fanatizado degolló a muchos cristianos infelices..."

—¿Eeeh? —satirizó don Antón.

—¡Digo, felicísimos!

"Diocleciano, que parece el más perseguidor de los Césares, tenía sus artes de político, y en Egipto no quería meterse con los dioses locales. Al ver la impopularidad de los cristianos, les sentó mano fuerte. En tal época, cuando el cristianismo aún suscitaba odio y desprecio, despunta la personalidad de Catalina.

Esta mujer es de su tiempo, y en otro siglo no se concibe. Y su tiempo era de pedantería y de cejas quemadas a

la luz de la lámpara. En Egipto, las mujeres se dedicaban al estudio como los hombres, y hubo reinas y poetisas notables, como la que compuso el célebre himno al canto de la estatua de Memnon.[3] No extrañemos que Catalina profundizase ciencias y letras. En cuanto a su físico, es de suponer, que, siendo de helénica estirpe (el nombre lo indica), no se pareciese a las amarillentas egipcias, de ojos sesgos y pelo encrespado.

Se educó entre delicias y mimos, en pie de princesa altanera, entendida y desdeñosa. Llegó la hora en que parecía natural que tomase estado, y se fijó en la cohorte de los mozos ilustres de Alejandría, que todos bebían por ella los vientos. Fueron presentándose, y al uno por soso, y al otro por desaliñado, y a éste por partidario del zumo parral, y a aquél por corrompido y amigo de las daifas, y al de la derecha por afeminado, y al de la izquierda por tener el pie mal modelado y la pierna tortuosa, a todos por ignorantes y nada frecuentadores del Serapión[4] y de la Biblioteca, les fue dando, como diríamos hoy, calabazas...

Con esto se ganó renombre de orgullosa, y se convino en que, bajo las magnificencias de su corpiño, no latía un corazón. Sin duda Catalina no era capaz de otro amor que el propio; y sólo a sí misma, y ni aun a los dioses, consagraba culto.

Algo tenía de verdad esta opinión, difundida por el despecho de los *procos*[5] o pretendientes de la princesa. Cata-

3. *Memnon*: héroe de la mitología griega, representado en uno de los colosos de la ciudad de Tebas, en Egipto. Su estatua, al iluminarla el sol producía sonidos armoniosos.

4. *Serapión*: debe de referirse al templo del dios Serapis, que se suele identificar con Esculapio, el dios de la Medicina de los romanos.

5. La autora da ella misma el significado de la voz "proco", 'pretendiente', derivada del latín *procus*, 'galán'.

lina, persuadida de las superioridades que atesoraba, prefería aislarse y cultivar su espíritu y acicalar su cuerpo, que entregar tantos tesoros a profanas manos. Su existencia tenía la intensidad y la amplitud de las existencias antiguas, cuando muy pocos poderosos concentraban en sí la fuerza de la riqueza, y por contraste con la miseria del pueblo y la sumisión de los esclavos, era más estético el goce de tantos bienes. Habitaba Catalina un palacio construido con mármoles venidos de Jonia, cercado de jardines y refrescado por la virazón del puerto. Las terrazas de los jardines se escalonaban salpicadas de fuentes, pobladas de flores odoríferas traídas de los valles de Galilea y de las regiones del Atica, y exornadas por vasos artísticos robados en ciudades saqueadas, o comprados a los patricios que, arruinándose en Roma, no podían sostener sus villas de la Campania y de Sorrento. Para amueblar el palacio se habían encargado a Judea y Tiro operarios diestros en tallar el cedro viejo y tornear el marfil e incrustar la plata y el bronce, y de Italia pintores que sabían decorar paredes al fresco y encáustico. Y la princesa, deseosa de imprimir un sello original a su morada, de distinguir su lujo de los demás lujos, buscó los objetos únicos y singulares, e hizo que su padre enviase viajeros o le trajese en sus propios periplos rarezas y obras maestras de pintura y escultura, joyas extrañas que pertenecieron a reinas de países bárbaros, y trozos de ágata arborescente en que un helecho parecía extender sus ramas o una selva en miniatura espesar sus frondas..."

—¿No has notado una cosa, Lina? —se interrumpió a sí mismo el Magistral, volviéndose hacia la pelinegra y abatiendo el tono.

—¿Qué es ello?

—Que todas las representaciones en el arte de Catalina Alejandrina la presentan vestida con fausto y elegancia.

Desde luego, en cada época, la vestidura es al estilo de entonces; porque no tenían los escrúpulos de exactitud que ahora. Fíjate en esta medalla o placa que nos has traído. ¿Qué atavíos, eh? Y no es como María Magdalena, que pasó de los brocados a la estera trenzada. Puesta la mano en la rueda de cuchillos que la ha de despedazar. Catalina luce las mismas galas, que son una necesidad de su naturaleza estética. Es una apasionada de lo bello y lo suntuoso, y por la belleza tangible se dirigió hacia la inteligible. Así la tradición, que sabe acertar, hace tan esplendentes las imágenes de la Santa...

—Me gusta Catalina Alejandrina. —Lacónica, la enlutada parpadeó, alisando su negro "gaspar",[6] que le ensombrecía y entintaba las pupilas.

"Pues ha de saberse que los emisarios de Costo aportaron al palacio, entre otras reliquias, dos prendas que, según fama, a Cleopatra habían pertenecido: una era la perla compañera de la que dicen disuelta en vinagre por la hija de los Lagidas —lo cual parece fábula, pues el vinagre no disuelve las perlas—, y la otra presea, una cruz con asas, símbolo religioso, no cristiano, que la reina llevaba al pecho. La perla era de tal grosor, que cuando Catalina la colgó a su cuello —fíjate, el artista florentino autor de esa placa no omitió el detalle— hubo en la ciudad una oleada de envidia y de malevolencia. ¿Se creía la hija de Costo reina de Egipto? ¿Cómo se atrevía a lucir las preseas de la gran Cleopatra, de la última representante de la independencia, la que contrastó el poder de Roma?

6. *gaspar*: no he encontrado ni en diccionarios ni en enciclopedias el significado de esta palabra que la autora cita entrecomillada. Como al presentar el personaje ha dicho que estaba "envuelta en el crespón inglés de los lutos rigurosos", creo que puede referirse al nombre que se daba en la época a una clase de tela.

Por su parte, los romanos tampoco vieron con gusto el alarde de la hija del tiranuelo. ¿Sería ambiciosa? ¿Pretendería encarnar las ideas nacionales egipcias? ¡Todo cabía en su carácter resuelto y varonil!

También los cristianos —aunque por razones diferentes— miraban a Catalina con prevención. Sabían que el cristianismo era repulsivo a la princesa. No hubiese Catalina perseguido con tormentos y muerte; no ordenaría para nadie el ecúleo[7] ni los látigos emplomados; algo peor, o más humillante, tenía para los secuaces del Galileo: el desdén. No valía la pena ni de ensañarse con los que serían capaces de martillear las estatuas griegas, con los que huían de las termas y no se lavaban ni perfumaban el cabello. El cristianismo, dentro de la ciudad, se le aparecía a Catalina envuelto en las mallas de mil herejías supersticiosas; y sólo algunos lampos de llama viva de fe, venidos del desierto, la atraían, momentáneamente, como atrae toda fuerza. Los solitarios..."

Polilla, que trepidaba, salta al fin.

—Sí, sí; buenas cosas venían del desierto, de los padres del yermo, ¿no se dice así? ¡Entretenidos en preparar al Asia y a Europa la peste bubónica!

—¿La peste bubónica? —se sorprende Lina.

—La pes-te-bu-bó-ni-ca. Como que no existía, y apareció en Egipto después de que, a fuerza de predicaciones, lograron que no se momificasen los cadáveres, que se abandonasen aquellos procedimientos perfectos de embetunamiento, que los sabios (aunque sacerdotes) egipcios aplicaban hasta a los gatos, perros e icneumones...[8] Al cesar de embalsamar, se arrojaron las carroñas y los cadáveres al Nilo... y cátate la peste, que aún sufrimos hoy.

7. *ecúleo*: potro de tortura.
8. *icneumones*: especie de civeta o mangosta.

—Bien... —Lina alzó los hombros. —Con usted, Polilla, se aprende siempre... Pero ahora me gusta oír a Carranza.

"Estábamos en los padres del desierto, los solitarios... Había por entonces uno muy renombrado a causa de sus penitencias aterradoras. Se llamaba Trifón. Se pasaba el año, no de pie sobre el capitel de una columna, a la manera del Estilita, sino tan pronto de rodillas como sentado sobre una piedra ruda que el sol calcinaba. Cuando las gentes de la mísera barriada de Racotis acudían con enfermos para que los curase el asceta, éste se incorporaba, alzaba un tanto la piedra, murmuraba «ven, hermanito», y salía un alacrán, que, agitando sus tenazas, se posaba en la palma seca del solitario.

Machucaba él con un canto la bestezuela, y añadiendo un poco de aceite del que le traían en ofrenda, bendecía el amasijo, lo aplicaba a las llagas o al pecho del doliente y lo sanaba..."

—¡Absurdo!...

—¿Polilla?...

"Agradecidas y llorosas, las mujerucas del pueblo paliqueaban después con el Santo, refiriéndole las crueldades del César Maximino, peor que Diocleciano mil veces; los cristianos desgarrados con garfios, azotados con las sogas emplomadas, que, al ceñirse al vientre y hendirlo, hacen verterse por el suelo, humeantes y cálidas, las entrañas del mártir... Y rogaban a Trifón que, pues tenía virtud para encantar a los escorpiones, rogase a Jesús el pronto advenimiento del día en que toda lengua le alabe y toda nación le confiese.

—Reza también —imploraban— por que toque en el corazón a la princesa Catalina, que socorre a los necesitados como si fuera de Cristo, pero es enemiga del Señor y le desprecia. ¡Lástima por cierto, porque es la más hermosa doncella de Alejandría y la más sabia, y guarda su virginidad mejor que muchas cristianas!

—Sólo Dios es belleza y sabiduría —contestaba el asceta—. Pero despedidos los humildes, gozosos con las curaciones; al arrodillarse en el duro escabel, mientras el sol amojamaba sus carnes y encendía su hirsuta barba negra —la idea de la princesa le acudía, le inquietaba—. ¿Por qué no curarla también, en nombre del Padre, del Hijo y del Espíritu Santo? Sería una oveja blanca, propiciatoria...

Una madrugada —como a pesar suyo— Trifón descendió de la piedra, requirió su báculo, y echó a andar. Caminó media jornada arreo, hasta llegar a Alejandría, y cerca ya de la ciudad siguió la ostentosa vía canópica,[9] y derecho, sin preguntar a nadie, se halló ante la puerta exterior del palacio de Costo. Los esclavos januarios[10] se rieron a sabor de su facha, y más aún de su pretensión de ver a la princesa inmediatamente.

—Decidla[11] —insistió el solitario— que no vengo a pedir limosna, ni a cosa mala. Vengo sólo a hablarla de amor, y le placerá escucharme.

Aumentó la risa de los porteros, mirando a aquel galán hecho cecina por el sol, y cuya desnudez espartosa sólo recataban jirones empolvados de sayo de Cilicia.

—Llevad el recado —insistió el asceta—. Ella no se reirá. Yo sé de amores más que los sofistas griegos con quienes tanto platica.

9. Se llama canópico al brazo del río Nilo que pasa junto a la ciudad de Conopis. Debe de referirse a una entrada de la ciudad de Alejandría que bordease el río.

10. *januarios*: los que guardaban las puertas. Es un latinismo formado sobre el latín *janua*, 'puerta'.

11. Laismo flagrante. Hay bastantes en el texto, rasgo sorprendente en doña Emilia, que por su cultura y por su origen gallego no suele caer en este vicio del lenguaje.

—¡Es un filósofo!... —secretearon respetuosamente los esclavos; y se decidieron a dar curso al extraño mensaje, pues Catalina gustaba de los filósofos, que no siempre van aliñados y pulcros.

Catalina estaba en su sala peristila;[12] a la columnata servía de fondo un grupo de arbustos floridos, constelados de rojas estrellas de sangre. Aplomada, en armoniosa postura, sobre el trono de forma leonina, de oro y marfil, envuelta en largos velos de lino de Judea bordados prolijamente de plata, había dejado caer el rollo de vitela,[13] los versos de Alceo,[14] y acodada, reclinado el rostro en la cerrada mano, se perdía en un ensueño lento, infinito. Hacía tiempo ya que, con nostalgia profunda, añoraba el amor que no sentía. El amor era el remate, el broche divino de una existencia tan colmada como la suya; y el amor faltaba, no acudía al llamamiento. El amor no se lo traían de lejanos países, en sus fardos olorosos, entre incienso y silfio, los viajeros de su padre.

—¿De qué me sirve —pensaba— tanto libro en mi biblioteca, si no me enseñan la ciencia de amar? Desde que he empapado el entendimiento en las doctrinas del divo Platón,[15] que es aquí el filósofo de moda, siento que todo se resuelve en la Belleza, y que el Amor es el resplandor de esa belleza misma, que no puede comprender quien no

12. *peristila*: sala rodeada de columnas, como un atrio.

13. *vitela*: piel de vaca, curtida y pulida, que se utilizaba para escribir.

14. *Alceo*: poeta griego del siglo VI antes de Cristo, nacido en la isla de Lesbos. Junto con Safo, de quien se dice que estuvo enamorado, representa la poesía lésbica o mélica.

15. Utiliza la palabra "divo" en el sentido latino de 'divino', apelativo frecuente en la antigüedad para designar al filósofo. La protagonista hace referencia a las doctrinas de Platón sobre el amor expuestas en su diálogo *El Banquete*.

ama. ¡No sabe Plotino[16] lo que se dice al negar que el amor es la razón de ser del mundo! Plotino me parece un corto de vista, que no alcanza la identidad de lo amante con lo perfecto. En lo que anda acertado el tal Plotino, es en afirmar que el mundo es un círculo tenebroso y sólo lo ilumina la irradiación del alma. Pero mi alma, para iluminar mi mundo, necesita encandilarse en amor... ¿Por quién?...

Y las imágenes corpóreas y espirituales de sus procos desfilaron ante el pensamiento de Catalina, y, esparciendo su melancolía, rió a solas. Volvió la tristeza pronto.

—¿Dónde encontrar esa suprema belleza de la forma, que según Plotino transciende a la esencia? ¡Oh, Belleza! ¡Revélate a mí! ¡Déjame conocerte, adorarte y derretir en tu llama hasta el tuétano de mis huesos!

El pisar tácito de una esclava negra, descalza, bruñida de piel, se acercó.

—Desea verte, princesa, cierto hombrecillo andrajoso, ruin, que dice que sabe de amores.

—Algún bufón. Hazle entrar. Prepara un cáliz de vino y unas monedas.

Trifón entró, hiriendo el pavimento de jaspe pulimentado con su báculo de nudos. Al ver a Catalina se detuvo, y en vez de inclinarse, la miró atentamente, dardeándola con ojeadas de fuego a través de las peludas cejas que le comían los párpados rugosos.

—Siéntate —obsequió Catalina—, habla, di de amor lo que sepas. Por desgracia no será mucho.

—Es todo. Vengo de la escuela de amor, que es el desierto.

—¿Eres uno de esos solitarios? En efecto, tu piel está

16. *Plotino*: filósofo alejandrino del siglo III a.C. Transformó el sistema platónico en una cosmovisión religiosa y mística de carácter panteísta: todo procede de Dios por emanación, no por creación.

recocida y baqueteada al sol. De amor entenderás poco, aun cuando, según dicen, no sois aficionados a contaminar vuestra carne con la furia bestial de los viciosos, lo cual ya es camino para entender. El amor es lo único que merece estudiarse. Cuando razonamos de ser, de identidad, de logos, de ideas madres..., razonamos de amor sin saberlo. Oye... ¿No quieres pasar al caldario[17] antes de comunicarme tu sabiduría? Mis esclavas te fregarán, te ungirán y te compondrán ese pelo. Siempre que viene un sofista,[18] le fregamos.

—Yo no soy un sofista. Vivo tan descuidado de mi cuerpo como los cínicos, pero es por atender a la diafanidad y limpieza de mi alma. El cuerpo es corruptible, Catalina. ¿No has visto nunca una carroña hirviendo en gusanos? ¿A qué cuidar lo que se pudre?

—Como quieras... Háblame desde alguna distancia.

—Catalina —empezó preguntando— ¿por qué no te has casado con ninguno de tus pretendientes? Los hay gallardos, los hay poderosos.

—Tu pregunta me sorprende, si en efecto entiendes de amor. No basta que mis procos, o mejor dicho, algunos de mis procos, sean gallardos, dado que lo fuesen, que sobre eso cabe discusión. Sería necesario que yo encarnase en ellos la idea sublime de la hermosura. ¿No acabas de decir que el cuerpo se corrompe? Mis pretendientes están ya agusanados, y aún no se han muerto. Yo sueño con algo que no se parece a mis suspirantes. No sé dónde está, ni cómo se llama. De noche, cuando boga Diana a través del éter, tiendo los brazos a lo alto, donde creo ver una faz adorable, cuyo encanto serpea por mis venas.

17. *caldario*: lugar de la casa donde se tomaban los baños de vapor.

18. *sofista*: en su primera acepción significó solo 'filósofo'. Más tarde adquirió un sentido peyorativo para designar a quien ponía el ingenio o la capacidad de retorcer los argumentos por encima de la verdad.

—Pues eso que buscas, princesa, yo te lo traigo.

En vez de mofarse, Catalina se volvió grave.

—Dime tu nombre, Padre —exhaló, casi a su pesar.

—Trifón, el penitente.

—¿Cristiano?

—Sí.

—¿Santo, como dicen?

—No. El mayor de los pecadores. Bajo la piedra en que vivo hay un nido de escorpiones enconados, y así tengo a mis pasiones, sujetas y aplastadas por la penitencia. Pero allí están, acechando para hincar su aguijón.

—Seas santo o bandolero, adorador de Cristo, de Serapis o de la excelsa Belleza, que es la única verdad...

—¡No blasfemes, Catalina, pobre tórtola triste que no encuentra su pareja, que gime por el amado!

—Digo que seas quien fueres, para mí serás la misma encarnación humana de Apolo Kaleocrator, si me haces conocer la dicha de amar.

—¿Eres capaz de todo... ¡de todo! por conseguirla?

—¿Quieres tesoros? ¿Quieres una copa de unicornio, llena de mi sangre?

—La copa... Pudiera ser que la quisiese... no yo, sino tu amante, el que vas a conocer presto. ¿Ves mi fealdad? Infinitamente mayor es su hermosura. Y déjate de raciocinios, de Plotino y de Platón. Amar es un acto. Yo te llevo al amor y no te lo explico. No te fatigues en pensar. Ama.

—Sobre ascuas pisaría por acercarme al que he de amar. ¿Será también un príncipe? Porque varón de baja estofa, para mí no es varón.

—Es un príncipe asaz más ilustre que tú.

—¡Eso, sólo Maximino César! —se ufanó Catalina.

—¡Maximino, ante él... hisopo al pie del cedro! Mañana, a esta misma hora, sola, purificada, vestida humil-

demente, saldrás de tu palacio sin ser vista, y caminarás por detrás del Panoeum, hasta donde veas una construcción muy pobre, una especie de célula, que llamamos ermita. El lugar estará solitario, la puerta franca. ¿Entrarás sin miedo?

—No sé lo que sea temor.

—Allí, dentro de la ermita, aguardarás al que has de amar en vida y más allá de la muerte. A aquel cuyos besos embeodan como el vino nuevo y en cuyos brazos se desfallece de ventura. Al que en la sombra, con recatados pasos, se acerca ya a tu corazón...

Catalina cerró los ojos. Un aura vibrátil y palpitante columpiaba la fragancia de los jardines. Parecía un suspirar largo y ritmado.

Cuando abrió los párpados, había desaparecido el penitente.

*
**

La princesa pasó la noche con fiebre y desvelo. Vio desfilar formas e ideas madres, los arquetipos de la hermosura, representados por las maravillosas envolturas corporales de los dioses y los héroes griegos. Apolo Kaleocrator,[19] árbitro de la belleza, apoyado en su lira de tortuga, inundados los hombros por los bucles hilados de rayos de luz; Dionisos,[20] con el fulvo[21] y manchado despojo del

19. *Apolo Kaleocrator*: también llamado Febo. Se le veneraba en Grecia como dios del día y de las Artes. Era hermano de Diana y se le representa en la figura de un joven hermoso con una lira o un arco.

20. *Dionisos*: dios griego que simbolizaba la fecundidad de la naturaleza. Entre los romanos se le conoció como Baco, dios del vino. Se le representa con la cabeza coronada de laurel y con una piel de tigre por vestido.

21. *fulvo*: de nuevo una palabra derivada directamente de una forma latina: *fulvus*, 'de color amarillento'.

tigre sobre las morenas espaldas tersas y recias; Aquiles[22] (a quien deseó frecuentemente Catalina haber conocido ante Troya, envidiando a Briseida, que tuvo la suerte de vestirle la túnica), y el pío Eneas,[23] el infiel a la mísera reina africana... ¿Sería alguno como éstos quien la aguardase en la ermita?

Que el solitario fuese un malhechor y la atrajese a una celada, no lo receló Catalina ni un instante. Podría acaso ser un hechicero: acusábase a los cristianos de practicar la magia. Sin duda, para resistir así el martirio, poseían secretos y conjuros. Quizás iban a emplear con ella el filtro del amor... ¡Por obra de filtro, o como fuese, la princesa ansiaba que el amor se presentase! ¡Amar, deshacerse en amor, que el amor la devorase, cual un león irritado y regio! Siguió las instrucciones de Trifón exactamente. Se bañó, purificó y perfumó, como en día de bodas; se vistió interiormente tunicela de lino delgadísimo, ceñida por un cinturón recamado de perlas; y, encima, echó la vestimenta de burdo tejido azul lanoso que aún hoy usan las mujeres *fellahs*, el pueblo bajo de Egipto. Calzó sandalias de cuerda, igual que las esclavas, mullendo antes con seda la parte en que había de apoyar la planta del pie. Un velo de lana tinto en azafrán envolvió su cabeza. Así disfrazada y recatada, salió ocultamente por una puerta de los jardines que

22. *Aquiles*: héroe griego cuyas hazañas cuenta Homero en la *Ilíada*. Era hijo de la ninfa Tetis. Su madre le sumergió, siendo niño, en las aguas de la laguna Estigia, haciéndolo invulnerable, excepto en el punto del talón por el que lo sujetaba. Se retiró de la guerra de Troya por enemistad con Agamenón, que le había robado su esclava Briseida.

23. *Eneas*: héroe troyano, protagonista de *La Eneida* de Virgilio. Después de destruida Troya, huyó por mar hacia Italia, donde fundó la ciudad de Lavínium y sus descendientes fundaron Roma. Al pasar por África enamoró a la reina Dido que, según *La Eneida*, se suicidó a su partida.

caía al muelle, y se confundió entre el gentío. Costeado el muelle, torció hacia la avenida de las Esfinges, cuyo término era la subida especial del Panoeum o santuario del dios Pan,[24] montañuela cuya vertiente opuesta conducía a la ermitilla, emboscada entre palmeras y sicomoros."

—Oiga usted —zumbó Polilla—. ¿Sabe usted que me va pareciendo un poco ligerita de cascos la princesa? Si no la declarasen ustedes santa...

—Don Antón —amenazó Lina—, o me deja usted oír en paz, o le expulso ignominiosamente.

"A un lado y a otro de la monumental avenida alineábanse, sobre pedestales de basalto, las Esfinges de granito rosa, de dimensiones semicolosales. A los rayos oblicuos del sol muriente, el pulimento del granito tenía tersuras de piel de mujer. Las caras de los monstruos reproducían el más puro tipo de la raza egipcia, ojos ovales, facciones menudas, barbillas perfectas; el tocado simétrico hacía resaltar la delicada corrección del melancólico perfil. Hasta la cintura, el cuerpo de las Esfinges era femenino, pero sus brazos remataban en garras de fiera, cuyas uñas aparentaban hincarse en la lisura del pedestal. Dijérase que se contraían para desperezarse y saltar rugiendo. Sintió Catalina aprensión indefinible. Respiró mejor al acometer la subida espiral que conducía al Panoeum, entre setos de mirto, el arbusto del numen, que de trecho en trecho enflorecían las rosas de Hathor Afrodita,[25] encendidas sobre el verdor sombrío de la planta sagrada. La brisa de la tarde estremecía los pétalos de las flores, y el espíritu de

24. *Pan*: dios de los campos y los pastores. Se le representa con pies, piernas y cuernos de macho cabrío.

25. Hathor en Egipto, Afrodita en Grecia y Venus en Roma, era la diosa del amor y de la belleza.

Catalina temblaba un tanto, en la expectativa de lo desconocido.

Pasó rozando con el templo y descendió la otra vertiente. Detrás del santuario asomaba una colina inculta, y en un repliegue del terreno se agazapaba la ermita humilde; una construcción análoga a las del barrio de Racotis, de adobes sin cocer y pajizo techo. En la cima una cruz de caña revelaba la idea del edificio. La reducida puerta se abría de par en par. Catalina la cruzó; allí no había alma viviente. En el fondo, un ara de pedruscos desiguales soportaba otra cruz no menos tosca que la del frontispicio, y en grosero vaso de barro vidriado se moría un haz de nardos silvestres. La princesa, fatigada, se reclinó en el ara, sentándose en el peldaño de piedra que la sostenía. Rendida por el insomnio calenturiento de la noche anterior, anestesiada por la frescura y el silencio, se aletargó, como si hubiese bebido cocimiento de amapolas. Y he aquí lo que vio en sueños:

Subía otra vez por la avenida de las Esfinges, pero no al caer de la tarde, sino de noche, con el firmamento turquí todo enjoyado de gruesos diamantes estelares. Bajo aquella luz titiladora, los monstruos semi-hembras, de grupa viril, parecían adquirir vida fantástica. Estirándose felinamente, se incorporaban en los zócalos, y crispaba los nervios el roce de sus uñas sobre la bruñida dureza del pedestal. Sus caras humanas, perdiendo la semejanza, adquirían expresión individual, se asemejaban a personas. Catalina, atónita, reconocía en las Esfinges tan pronto a sus pretendientes desairados, como a los sofistas y ergotistas[26] que discutían en su presencia. Allí estaban Mne-

26. *ergotista*: el que basaba sus discusiones en la argumentación silogística. Es una palabra derivada de la forma *ergo*, 'pues'.

sio, Teopompo, Caricles, Gnetes, sus contertulios, erizados de argucias, duchos en la controversia, discípulos del Peripato[27] algunos, los más de Platón. De sus labios fluían argumentos, demostraciones, objeciones, definiciones, un murmurío intelectual que resonaba como el oleaje; marea confusa en que flotan las nociones de lo creado y lo increado, lo sensible y lo inteligible, las substancias inmutables y los accidentes perecederos; y en conjunto, al fundirse tantos conceptos en un sonido único, lo que se destacaba era una sola palabra: *Amor*.

Y las otras Esfinges, que tenían el semblante de los desairados procos, murmuraban también con tenaz canturia: *Amor*; y sus ojos chispeaban, y sus garras se encorvaban para iniciar el zarpazo, y gañían bajo y lúgubre, como chacales en celo, y un aliento hediondo salía de sus bocas, y su cuarto trasero de animales se enarcaba epilépticamente. Catalina emprendía la fuga, y la hueste de fieras, a su vez, corría, galopaba, hiriendo la arena y soliviantándola con sus patas golpeadoras. La desatada carrera de los monstruos, su jadear anheloso tras la presa, era como el desborde enfurecido de un torrente. No podía acelerar más su huida la princesa: angustiada, apretaba contra el pecho sus vestiduras, en las cuales ya dos veces había hecho presa la zarpa de las Esfinges. —Me desnudarán —calculaba—, y cuando caiga avergonzada y rendida, se cebarán en mí... —El horror activaba su paso. Los pies, rotas las sandalias, se herían en los guijarros, se deshonraban con el polvo; y, en medio de su espanto, aún deploraba Catalina: —¡Mis pies de rosa, mis pies pulidos como

27. *Peripato*: el filósofo Aristóteles, que enseñaba a sus discípulos mientras paseaba (Del griego περίπατος 'paseo'.)

ágatas, mis pies sin callosidad! ¡Se me estropean! ¡Ay pies míos!

Paralizado de fatiga el corazón, iba a desplomarse cuando se le ofreció un asilo, la boca de una cueva... la ermita. Débil lucecilla ardía dentro. Catalina se precipitó... y creyó en una pesadilla. Detrás no había nadie; ni rastro de los monstruos. Sólo se veía, a lo lejos, la blanca mole marmórea del Panoeum, y por dosel el cielo claveteado de luminares, a guisa de manto triunfal.

Ancha inspiración dilató los pulmones de Catalina. Su sangre circuló rápida, deliciosamente distribuida por los casi exánimes miembros. Una luz difusa comenzó a flotar en el aire; la cueva se iluminó. La luz crecía y era como de luna cuando al nacer asoma color de fuego, reflejando aún los arreboles solares. Y en el foco más luminoso, abriéndose paso, surgieron dos figuras: una mujer y un hombre. Ella parecía de más edad, pálida, marchitos y entumecidos los párpados por el sufrimiento; él era garzón, y a su juventud radiante acompañaba belleza portentosa. Catalina, juntando las manos, le miró con enajenamiento. Ni había visto un ser semejante, ni creía que pudiese existir. Curiosa en estética, solía ordenar que le presentasen esclavos hermosos, no con fines de impureza, sino para admirar lo perfecto de la forma en las diversas razas del mundo. Los comparaba a las creaciones de Fidias,[28] a los sacros bultos de las divinidades, y comprendía que por modelos así se forjan las obras maestras. Pero el aparecido era cien veces más sublime. A la perfección apolínea de la forma reunía una expresión superior a lo

28. *Fidias*: escultor griego, nacido en Atenas hacia el año 500 a.C. Se le considera el más grande artista griego de todos los tiempos. Dirigió las obras del Partenón y esculpió las estatuas de los dos frontones, todas las metopas de la cornisa exterior y el friso.

bello humano. Desde sus ojos miraba lo insondable. Emitían claridad sus cabellos partidos por una raya, irradiando en bucles color de dátil maduro, y la majestad de su faz delicadísima era algo misterioso, que se imprimía en las entrañas y salteaba la voluntad. El mozo debía de ser un alto personaje, como había dicho Trifón; más alto que el César. Sus pies desnudos se curvaban, mejor delineados que los del Arquero.[29] Sus manos eran marfil vivo. Y Catalina, postrada, sintió que al fin el Amor, como un vino muy añejo cuya ánfora se quiebra, inundaba su alma y la sumergía. Tendió los brazos suplicante. El mozo se volvió hacia la mujer que le acompañaba.

—¿Es ésta la esposa, madre mía?

—Esta es —afirmó una voz musical, inefable.

—No puedo recibirla. No es hermosa. No la amo...

Y volvió la espalda. La luz lunar y ardiente se amortiguaba, se extinguía. Los dos personajes se diluyeron en la sombra.

Catalina cayó al suelo, con la caída pesada del que recibe herida honda de puñal. Poco a poco recobró el conocimiento. Se levantó; al pronto no recordaba. La memoria reanudó su cadena. Fue una explosión de dolor, de bochorno. ¡Ella, Catalina, la sabia, la deseada, la poderosa, la ilustre, no era bella, no podía inspirar amor!

Salió de la ermita y caminó paso a paso, ya bajo la verdadera luz de Selene:[30] había anochecido por completo. Las Esfinges, inmóviles sobre sus zócalos de negro basal-

29. *Arquero*: Cupido, dios del amor, hijo de Venus.
30. *Selene*: personificación de la Luna entre los griegos.

to, no la hostilizaron; sólo la impusieron la majestad de su simetría grandiosa. Costeando el muelle, donde cantaban roncas coplas los marineros beodos, se deslizó hasta el palacio. Las esclavas acudieron, disimulando la extrañeza y la malicia con servil solicitud. Aprestaron el baño tibio, presentaron los altos espejos de bruñida plata. Y la princesa, arrancándose el plebeyo disfraz, se contempló prolijamente. ¿No era hermosa? Si no lo era, debía morir. Lo que no es bello no tiene derecho a la vida. Y, además, ella no podía vivir sin aquel príncipe desconocido que la desdeñaba. Pero los espejos la enviaron su lisonja sincera, devolviendo la imagen encantadora de una beldad que evocaba las de las Deas antiguas. A su torso escultural faltaba sólo el cinturón de Afrodita, y a su cabeza noble, que el oro calcinado con reflejos de miel del largo cabello diademaba, el casco de Palas Atenea.[31] Aquella frente pensadora y aquellos ojos verdes, lumínicos, no los desdeñaría la que nació de la mente del Aguileño. ¿No ser hermosa? El príncipe suyo no la había visto... ¡Acaso el disfraz de la plebe encubría el brillo de la hermosura! Era preciso buscar al aparecido, obligarle a que la mirase mejor; y para descubrir dónde se ocultaba, hablar a Trifón, el Solitario.

Con fuerte escolta, en su litera mullida de almohadones, al amanecer del siguiente día, la hija de Costo emprendió la expedición al desierto. Su cuerpo vertía fragancia de nardo espique; su ropaje era de púrpura, franjeado de plumaje de aves raras, por el cual, a la luz, corrían temblores de esmeralda y cobalto; sus pies calzaban coturnillos traídos de Oriente, hechos de un cuero aromoso;

31. *Palas Atenea*: diosa griega de la sabiduría. Nació, ya adulta, de la cabeza de Zeus, a quien se representa con un águila a los pies, de ahí el nombre que le da el narrador de "el Aguileño".

y de su cuello se desprendían cascadas de perlas y sartas de cuentas de vidrio azul, mezcladas con amuletos. Ante la litera, un carro tirado por fuertes asnos conducía provisiones, bebidas frías y tapices para extender. En pocas horas llegaron a la región árida y requemada, guarida de los cenobitas. Cuando descubrieron a Trifón, le tomaron al pronto por un tronco seco. Un pájaro estaba posado en sus hombros, y voló al acercarse la comitiva.

Catalina ordenó distanciarse a su séquito; descendió y se acercó, implorante, al asceta.

—Vengo —impetró— a que me devuelvas lo que me has quitado. ¡Dame mi serenidad, mi razón! ¡El dardo me ha herido, y no sé arrancármelo! Dime dónde está él, e iré a encontrarle entre áspides y dragones. Si no le parezco hermosa, haz que por tus artes de magia y tu sabiduría que se lo parezca. O hazme morir, pues con la vida no puedo vivir ya...”

Se interrumpió a sí mismo el narrador, advirtiendo:

—Esta frase que atribuyo a Santa Catalina, es la madre Santa Teresa de Jesús quien se la atribuye primero en unos versos que le dedica y donde se declara su rival “pretendiente a gozar de su gozo”.

—Pues yo recuerdo —asintió Lina— otra poesía de Lope de Vega, si no me engaño, dedicada a la misma Catalina Alejandrina... ¡No es nada lo que pondera el Fénix a la hija de Costo!

“Una palma victoriosa
de tres coronas guarnece,
por sabia, mártir y virgen,
cándida, purpúrea y verde...”

—Hay una glosa —advirtió Carranza— que la llama “segunda entre las mujeres...”. ¡Oh!, Santa Catalina de

Alejandría es una fuente de inspiración para el arte. Desde Memling[32] y Luini,[33] hasta el Pinturicchio[34] que la retrató bajo los rasgos de Lucrecia Borgia,[35] y el desconocido autor de esta prodigiosa placa, los cuadros y los esmaltes y las tallas célebres se cuentan por centenares.

—¡Claro, la imaginación desatada! ¡Una mujer guapa y que disputaba con filósofos! —criticó Polilla—. En fin, siga usted, amigo Carranza, que ahora viene lo inevitable en tales historias: la conversioncita, los sayones, el cielo abierto, un angelico que desciende, a estilo Luis XV, portador de una guirnalda con un lazo azul...

—Polilla, es usted un espíritu acerado e implacable —aseveró Lina—. Sólo le ruego que nos deje seguir escuchando.

"Permanecía Catalina a los pies del solitario, arrastrando, entre el polvo seco, su ropaje magnífico. Su seno, en la angustia de la esperanza, se alzaba y deprimía jadeando. Trifón la contempló un instante, y al fin, con penoso crujido de junturas, descendió del asiento. Buscó entre sus harapos la ampollita de aceite, y ejecutando movimiento familiar desvió el pedrusco, bajo el cual vio Catalina rebullir, en espantable maraña, la nidada de alacranes. Alzando los ojos al cielo metálico de puro azul, el penitente pronunció la fórmula consagrada:

32. *Hans Memling* (1433-1494), pintor holandés considerado como uno de los más importantes artistas prerrenacentistas. Su cuadro *La adoración de los Reyes*, en el Museo del Prado, es representativo de su estilo pictórico: equilibrio de la composición y dominio del dibujo y del color.

33. *Bernardino Luini* (h. 1480-1532), pintor italiano tan influido por Leonardo que muchos cuadros suyos fueron confundidos con los del maestro.

34. *Bernardino Betti o di Betto*, conocido por el pseudónimo de Pinturicchio (1454-1513). Perteneció a la Escuela de Umbría. Alcanzó la fama con la pintura al fresco de la Biblioteca Piccolomini, en Siena.

35. *Lucrecia Borgia* (1480-1519) fue hija del papa Alejandro VI. Famosa por su belleza, su talento y sus amores. Se casó tres veces.

Emilia Pardo Bazán, joven.

Emilia Pardo Bazán con su hijo Jaime, nacido en 1876.

—Ven, hermanito...

Un horrible bicharraco se destacó del grupo y avanzó. Catalina le miró fascinada, con grima que hacía retorcerse sus nervios. La forma de la bestezuela era repulsiva, y la Princesa pensaba en la muerte que su picadura produce, con fiebre, delirio y demencia. Veía al insecto replegar sus palpos y erguir, furioso, su cauda emponzoñada, a cuyo remate empezaba la eyaculación del veneno, una clara gotezuela. Ya creía sentir la mordedura, cuando de súbito el escorpión, amansado, acudió a la mano raigambrosa que Trifón le tendía, y el asceta, estrujándolo sin ruido, lo mezcló y amasó con el óleo.

—Abre tus ropas, Catalina, y aplica esta mixtura sobre tu corazón enfermo —mandó imperiosamente.

Catalina, sin vacilar, obedeció. Trifón se había vuelto de espaldas. Al percibir el frío del extraño remedio sobre la turgente carnosidad, su corazón saltó como cervatillo que ventea el arroyo cercano. Bienestar delicioso, en vez de fiebre, notó la princesa, y como si se desenfilase su luenga sarta de perlas índicas, lágrimas vehementes de amor fueron manando a lo largo de sus mejillas juveniles. Por un instante aquel entendimiento peregrino, adornado con tantas galas sapienciales, se embotó y apagó, y sólo el corazón, liquidándose y derritiéndose, funcionó activo.

—Soy cristiana —protestó sencillamente, comprendiendo.

Corrió Trifón al pozo donde colmaban sus odres los peregrinos que venían a consultarle; hizo remontar el cangilón que se rezumaba, y tomando agua en el hueco de la mano, la derramó sobre la cabeza inclinada de la virgen, profiriendo las palabras:

—En el nombre...

Aún no había descruzado las palmas Catalina, cuando el solitario anunció:

—Vuelve mañana a la misma hora a la ermita. Allí estará Él.

—¿Y le pareceré hermosa?...

—Tan hermosa, que se desposará contigo.

Una corriente de beatitud recorrió las venas de Catalina. El misterio empezaba a revelarse. Platón se lo había balbuceado al oído, y Cristo se lo mostraba resplandeciente.

—¿Qué debo hacer para agradar a mi Esposo, Trifón? —interrogó sumisa.

—Hallar en él a la hermosura perfecta; en él y sólo en él. Y si llega el caso, proclamarlo sin miedo. Ve en paz, Catalina Alejandrina. Cuando vuelvas a ver a Trifón, será un día radiante para ti.

A paso tardo, la princesa regresó adonde aguardaba su séquito. Extendidos los tapices, el refresco esperaba. Frutos sazonados y golosinas con miel y especias tentaban el apetito. Ella picó un gajo de uvas, sin sed.

—Refrescad vosotros... Todo es para vosotros...

Al balanceo de la litera se durmió con sueño de niña, sin pesadillas ni calenturas. Aletargada, la trasladaron a su lecho de cedro incrustado de preciosos metales. Al despertar, reconstituida por tan gustoso dormir, su primera idea fue de inquietud. ¿Sería cierto que iba a ver al Esposo? ¿La juzgaría hermosa *ahora*? ¿No proferiría, con igual desdén que la vez primera, en aquella voz que rasgaba las telillas del alma: no es hermosa, no la amo?

Por la tarde, vuelta a disfrazar, siguió la conocida ruta. Las Esfinges, impenetrables, no crisparon sus uñas graníticas. Su enigmática quietud no estremeció, cual otras veces, a la princesa, que las suponía sabedoras y guardadoras del gran misterio. Ascendió ágilmente por la espiral

del Panoeum.[36] Las rosas de Hathor se deshojaban, lánguidas del calor del día, y en el centro de un círculo de mirtos, especie de glorieta, el dios lascivo se erguía en forma de hermes[37] obsceno, por el cual trepaba una hiedra. La leche y la miel de las ofrendas tributadas por los devotos en libación goteaban aún a lo largo del cipo.[38] Catalina, que nunca había dado culto a los capripedes,[39] ni a la Afrodita libidinosa, sintió con violencia la náusea de aquel santuario, y se encontró llena de menosprecio hacia los dioses carnales, y hasta superior a sus antiguos númenes.

Apretó el paso para salir del Panoeum y refugiarse en la ermita. Estaba desierta...

¡El penitente la había engañado! ¡Su Esposo no venía!

Con la faz contra el suelo, en tono de arrullo y gemido, le llamó tiernamente. —Ven, ven, amado, que no sé resistir. Quien te ha visto y no te tiene, no puede resignarse. Herida estoy, y no sé cómo. Se sale de mí el alma para irse a ti... —Así se dolió Catalina, hasta que el sol se puso. Cuando la rodeó la oscuridad, se desoló más. No se oía sino el cantarcillo de una fuente cercana, donde solían bautizar ocultamente los cristianos a sus neófitos. Al ser completas las tinieblas, alzó un momento los ojos; fulguró una claridad dorada, y vio a la Mujer. Pero no la acompañaba el garzón divino de los bucles color de dátil: traía de la mano a un pequeñuelo que, impetuosamente, se arrojó a los brazos de la princesa, acariciándola. El niño, eso sí,

36. *Panoeum*: templo del dios Pan, a quien se representa con cuernos y patas de chivo.

37. Se les daba el nombre de hermes a las estatuas que delimitaban campos o se colocaban en las encrucijadas para indicar los caminos. Aquí se refiere a la estatua del dios Pan.

38. *cipo:* pilastra o mojón.

39. *capripedes:* dioses con pies de macho cabrío: Pan, Príapo...

era un portento. En su cabeza se ensortijaba oro hilado y cardado. Su boquita de capullo gorjeaba esas ternezas que cautivan, y sus labios frescos corrían por las mejillas de Catalina, humedeciéndolas con una saliva aljofarada. Ella, trémula, no se atrevía a responder a los halagos del infante. Entonces la Mujer avanzó, se interpuso, y teniendo al niño en su regazo, cogió la mano derecha de Catalina y la unió a la de él, en señal de desposorio. El niño, que asía un anillo refulgente, miraba a su madre con inocente, encantadora indecisión. La madre guió la hoyosa manita, y el anillo pasó al dedo de la novia. Terminada la ceremonia, el infante volvió a colgarse del cuello de la princesa, a besarla halagüeño. Un deliquio se apoderó de las potencias de Catalina y las dejó embargadas. El rapto duró un segundo. La hija de Costo se encontraba sola otra vez.

Sin saber por qué, se alzó, echó a andar hacia la ciudad. Palpitaban miriadas de estrellas en el firmamento terciopeloso y sombrío; soplos cálidos ascendían de la tierra recocida por el asoleo. Y ni en el Panoeum, donde otras noches parejas impuras surgían de entre los arbustos; ni en la prolongada avenida, con su doble inquietadora fila de monstruos, cuyas enormes sombras se prolongaban; ni en los muelles, cercanos a lupanares y tabernas vinarias, encontró Catalina persona viviente. Caminaba como al través de una ciudad abandonada por sus moradores.

En su lecho, la princesa concilió un sueño aún más reparador y total que el de la noche anterior. Uno de esos sueños, después de los cuales creemos haber nacido nuevamente. La vida pasada se borra, el porvenir viene traído por la alegría mañanera. Un rayo solar, dando a Catalina en los ojos, hizo centellear en su dedo el anillo de las místicas nupcias.

⁂

No había transcurrido mucho tiempo desde la expedición de Catalina al desierto, cuando el César asociado Maximino el Dacio —residente en Alejandría porque en el reparto del Imperio entre Luciano, Constantino y él, había correspondido Egipto a su jurisdicción—, celebró una fiesta orgiástica. Asistieron a la cena altos personajes de la ciudad, tribunos militares, poetas, sofistas, mozos alocados de la buena sociedad de entonces, cortesanas y sacerdotisas de Hathor.

Después de las primeras libaciones, mientras servían en copas de ágata el néctar de la Tenaida, ese vino de Coptos que produce una exaltación entusiasta de los sentidos, preguntó el César qué se contaba de nuevo en su capital; y el sofista Gnetes, cretense de nacimiento, exclamó que era mala vergüenza que dejasen al divino Emperador tan atrasado de noticias, sin saber que la princesa Catalina pertenecía ya a la inmunda secta de los galileos.

—¿Catalina, hija de Costo? ¿La hermosa, la orgullosa? —se sorprendió Maximino.

—La misma. No conozco apostasía tan indigna, ¡oh, César! Porque, en su culto a la belleza y a la ciencia, Catalina estaba consagrada a la Atenea y al Kaleocrator. No ha renegado de ningún pequeño numen campestre y familiar, sino de los grandes Dioses. Tú, divo —añadió afectando rudeza—, que tanto entiendes de hermosura, pues nos enseñas hasta a los estudiosos, estás obligado a informarte de lo que haya de cierto en este rumor. Las divinidades altas te tienen encomendada su defensa.

Intrigaba así Gnetes, porque más de una vez había envidiado amarillamente la sabiduría de la princesa, y aunque feo y medio corcovado, la suposición de lo que sería la posesión de Catalina le había desvelado en su sórdido cubículo. Por otra parte, todos los conmilitones de Maximino le pinchaban y excitaban contra los galileos, pues habiendo llegado a ser uno de los placeres y deportes imperiales el presenciar suplicios, si no se utilizaba a los nazarenos para este fin, podría darle a César el antojo de ensayar con algún amigo y convidado. Los martirios eran más divertidos que las luchas de la arena, y cuando se trata de una altiva beldad, hay la contingencia de poder verla, arrancadas sus ropas a jirones por el verdugo...

Maximino quedaba silencioso, reflexionando. Pensaba en Catalina; no tanto en su belleza, como en su fama de ciencia y de exquisitez en la vida, y en su energía y resolución, dotes que la hacían curiosa y deseable. Acordábase de la historia de la perla que fue de Cleopatra, y de las probables aspiraciones de Catalina a encarnar el sentimiento patriótico de los egipcios. Y acudían a su mente las noticias de los tesoros de Costo, de sus simpatías entre los serapistas,[40] de sus continuos viajes a provincias lejanas, donde tal vez conspirase contra los emperadores asociados. Todo esto lo confirió consigo mismo, sin dignarse contestar al chismoso pinchazo del sofista. Habían hecho irrupción en la sala del festín las bailarinas con sus crótalos y sus túnicas sutiles de gasa, y se escanciaban ya otros vinos: el de Mareotis, aromoso; los de Grecia, sazonados con pez; los de Italia, alegres y espumantes. Una hora después, el César, en voz incierta, llamaba a su confidente Hipermio, y le daba una orden. Hipermio se encogía de hombros. Tenía establecido el propio Maximino que no se obedeciesen las disposiciones que pudiese adoptar en la mesa, mientras el espíritu de la vid corría por sus venas y tupía con vapores su cerebro.

A la mañana siguiente, el César repitió la orden. Tenía ya despejada la cabeza, aunque dolorido el cuero cabellu-

40. Devotos de Serapis. Ver nota 4.

do y revuelto el estómago. Un tedio entumecedor le abrumaba, y, como sufría, no le era desagradable la perspectiva de hacer sufrir. Sin embargo, bajo el instinto cruel latía un designio político, dictado por el continuo recelo que le infundía la ambición firme y consciente del temible Constantino, su socio.

—Redacta —ordenó a su secretario— un edicto para que sean ofrecidos sacrificios públicos a los Dioses. Es preciso que vayan extinguiéndose las viejas supersticiones egipcias, y atarles corto a los adoradores del Galileo, que andan envalentonados y nos desafían. Que sepan que Alejandría pertenece a Maximino.

—¡A quien Jove otorgue el imperio entero! —deseó Hipermio, que estaba presente y conocía lo que soñaba César.

—¿No te di anoche esta orden misma?

—Sí, Augusto; pero ya sabes...

Maximino frunció el ceño, y, secamente, pronunció la fórmula:

—¡Cúmplase!

En todas las esquinas de las calles, en medio de las plazas, se elevaron altares enramados de hiedra y flores, donde se degollaban con aparato becerras, cabras, novillos y hasta cerdos. Los sacrificadores y los hierofantes[41] andaban atareadísimos. Parte del pueblo se regocijaba, porque, además de la perspectiva de los cristianos que se negarían a sacrificar y serían torturados, se celebraban ya todas las noches, en el Panoeum, priápeas sacras,[42] y las sacerdotisas, representando ninfas, y los sacerdotes, envueltos en pieles de chivo, daban el ejemplo de torpezas

41. *hierofantes*: sacerdotes que dirigen las ceremonias de iniciación en los misterios sagrados.

42. Fiestas en honor de Príapo, hijo de Dionisos y Afrodita.

que divertían a la gentuza. Sin embargo, no pocos fieles a Serapis y a la gran Isis veían con reprobación estas mascaradas repugnantes, y los cristianos, horrorizados, anunciaban fuego del cielo sobre la ciudad. Muchos, sin miedo, resistían el sacrificio, o pasaban erguidos sin dar señal de respeto a los númenes; y las cárceles empezaron a abarrotarse de presos. El César sentía la falta de unidad: tres Alejandrías, en vez de una Roma, le preocupaban. ¿Irían a sublevársele? Ordenó que se soltase a la mayor parte de los encarcelados, y preguntó ansiosamente:

—¿Y la princesa Catalina? ¿Cumple el decreto?

—No, Augusto —satisfizo Hipermio—. Delante de su palacio no hay altar, a pesar de que se le ordenó que lo construyese, con la riqueza que tan espléndida morada exige.

—Es preciso que hoy mismo se me presenten aquí ella y su padre.

—César…, en cuanto a su padre, no creo que pueda ser acatado tan pronto tu mandato, porque se ha ausentado, nadie sabe adónde, después de decir que, aun cuando sus creencias son las del antiguo Egipto, gustoso sacrificaría a Apolo, porque le considera igual a Osiris, y, como él, representa el principio fecundador. La que se ha negado resueltamente es la princesa.

—¿Se ha negado, eh? Pues que sea conducida aquí. Deseo hablar con ella y cerciorarme de que su alto ingenio no la ha librado de caer en las supersticiones del populacho judío.

Cuando entró Catalina en la magnífica sala peristila donde el César daba sus audiencias, él la contempló, como se mira la joya que se codicia, sin atreverse a echarle mano aún. Venía la hija de Costo regiamente ataviada: su túnica sérica, del azul de las plumas del pavo real, esta-

ba recamada de gruesos peridotos[43] verdes y diamantes labrados, como entonces se labraban, en la forma llamada *tabla*. Sus pliegues majestuosos realzaban la figura dianesca, lanzal[44] y erguida, que, lejos de inclinarse humilde y bajar los ojos como la mayoría de las cristianas, se enhiestaba con la altiva nobleza del que se siente superior, no sólo a la vida común, sino al común destino. La inteligencia destellaba en la blanca y espaciosa frente, en los verdes dominadores ojos, en la boca grave, pronta a dejar efluir la sabiduría. Sobre el reducido escote, pendiente de la garganta torneada, la célebre perla de Cleopatra Lagida tiembla, pinjante, sostenida por un hilo delgado de oro. Una diadema sin florones, toda incrustada de pedrería, semejante a las que más tarde lucieron las emperatrices de Bizancio, recuerda la alta categoría de la princesa. Un velo de gasa violeta pende del atributo regio y cae hasta el borde del ropaje. Su calzado, de cuero árabe con hebillaje de plata, cruje armoniosamente a la eurritmia del andar.

—César, aquí estoy. Deseo saber por qué me llamas.

Maximino, indeciso, señaló a un escaño. Catalina recogió su velo, se envolvió en él y se sentó tranquila.

—Me han dicho, princesa, que te has hecho galilea hace poco tiempo.

—Te engañaron, emperador... —Después de breve pausa—. Yo era cristiana ya, desde hace años. Lo era por mis ideas platónicas, por mi desprecio de la sensualidad y la brutalidad. Era cristiana porque amaba la Belleza... En fin, Augusto, creo que te aburriría si te expusiese teorías filosóficas. Espero tus órdenes para retirarme.

43. *peridotos*: piedras brillantes de color verde amarillento utilizadas en el Oriente como adorno.

44. *lanzal*: es palabra gallega: 'esbelta'.

—No soy tan docto como tú, princesa —ironizó el César, mortificado—, pero sé que, cuando se está bajo las leyes de un Imperio, hay que acatarlas, porque de la obediencia a la ley nacen el orden y la fuerza del Estado. Cuanto más elevadas sean las personas, más estrecho es el deber para ellas. Y, con toda tu ciencia y tu erudición, hoy, delante de mí, sacrificarás una primorosa becerra blanca.

—Maximino —se afianzó ella, arreglando los pliegues del velillo—, yo, en principio, no me niego a nada que mi razón apruebe. Supongo que esto te parecerá muy justo. Convénceme de que Apolo y la Deméter son verdaderos Dioses y no símbolos del Sol, de la Tierra, de cosas materiales... y sacrificaré.

—Catalina —insistió Maximino—, ya te he dicho que no soy un retórico ni un sofista, y no he aprendido a retorcer argumentos. El combate sería desigual.

—No se trata de ti ¡oh, Augusto! Te respeto, créelo, tal cual eres. Me ofrezco a discutir, a presencia tuya, con cuantos filósofos te plazca. Si les venzo, César..., ¡prométeme que adorarás a Cristo! Hazlo, ¡oh, Dacio!, si quieres reinar largos años y morir en tu lecho.

—Convenido, Catalina. ¡Tú igualarás a Palas Atenea, pero algún sabio habrá en el orbe que sepa más que tú!

—Sabe más que todos Aquel que llevo en el corazón.

—¡Dichoso él! —Y la sonrisa del César fue atrevida, mientras eran galantes y rendidas sus palabras.

El amor propio envenenaba, en el alma de Maximino, la flecha repentina del deseo humano. Hijo de un oscuro pastor de Tracia, siempre le había molestado ser ignorante. Quisiera poseer la inspiración artística de Nerón, la filosofía de Marco Aurelio, la destreza política de Constantino. Despachó correos que avisaron en Roma, Grecia, Galilea y otras apartadas regiones a los retóricos y ergotistas famosos. La recompensa sería pingüe.

Y fueron llegando. Los más venían harapientos, cubiertos de mugre y roña, y hubo que darles un baño y librarles de parásitos antes de que el César los viese. En cambio, dos o tres latinos drapeaban bien sus mantos cortos y alzaban la limpia testa calva, perfumada con esencia de rosa. Unos habían heredado el arte sutil de Gorgias y Protágoras,[45] otros guardaban celosos el culto del Peripato, la mayoría estaba empapada en Platón y Filón,[46] y no faltaban adeptos del antiguo cinismo, la doctrina que pretende que de nada humano debe avergonzarse el hombre. Al saber que se les convocaba para justar con una princesa virgen y encantadora, alguno se enfurruñó temiendo burla, pero el mayor número se alborozó y se dejó aromar la barba gris y ungir la rasposa piel. La opinión de Alejandría empezaba a imponérseles, pues en la ciudad, por tradición, se creía que la mujer es muy capaz de discurso.

El día señalado para el certamen, Maximino hizo elevar el solio en el patio más amplio de su morada, y mandó tender velarios de púrpura y traer copia de escaños. El sillón de Catalina estaba enflorecido, y pebeteros de plata esparcían un humo suave. El César, galante, se prometía una fiesta que distrajese su tedio, y una querida a quien sería grato domeñar. Porque, seguro de la derrota de la doncella, proyectaba vengarse con venganza sabrosa.

Antes de que se presentase el Augusto, los sabios se alinearon a la izquierda del trono; ocupó su puesto la guardia pretoriana; se dio entrada al pueblo, contenido por una balaustrada de bronce, y por la puerta central apareció el César, trayendo a Catalina de la mano. Se oyó

45. *Gorgias* (h. 480-380 a.C.) y *Protágoras* (h. 480-410 a.C.) son los filósofos más famosos de la escuela sofística griega.

46. *Filón de Alejandría*: filósofo judío, nacido en Alejandría (h. 20 a.C.-50 d.C.) Intentó conciliar el Antiguo Testamento con la filosofía griega por medio de interpretaciones alegóricas de la *Biblia*.

ese murmullo de admiración, que resonaba entonces como ahora. Catalina no debía de ser de la secta galilea, cuando no había renunciado a su fastuoso vestir. Quizás para dar mayor solemnidad a su pública confesión de la fe, venía más ricamente ataviada que nunca, surcada por ríos de perlas, que se derramaban por su túnica blanca con realces argentinos, como espumas de un agua pálida. Su velo también era blanco, y coronaba su frente ancho aro todo cuajado de inestimables *barekets* o esmeraldas orientales, traídas del alto Egipto, cerca del Mar Rojo, donde, según la leyenda, las habían extraído los Arimaspes pigmeos, luchando con los feroces grifos que las custodiaban en las entrañas de la tierra. Lucía en su garganta la perla de la reina de Egipto, y al pecho, la Cruz. Los ojos imperiosos y serenos de Catalina, más lumbrosos y glaucos que las esmeraldas, recorrían el concurso, queriendo adivinar quién de aquellos, herido por el dardo de la gracia, iba a seguirla hacia Jesús. Y su mirada de agua profunda parecía elegir, señalando para el martirio y la gloria.

Antes de empezar la disputa, se esperaba la orden del emperador. Maximino alzó la mano. Y salió primero a la palestra aquel envidioso Gnetes, el denunciador de Catalina.

Habló con la malicia del que conoce el pasado del adversario, y lo aprovecha. Recordó a Catalina su culto de la Hermosura, y alegó que la forma es superior a todo. Insinuó que la princesa, idólatra de la forma, buscaba en las líneas de los esclavos las semejanzas de los Dioses. Esta fue una untura de calumnia que preparó el terreno para que la hija de Costo resbalase. Un murmullo picaresco zigzagueó al través de la concurrencia; varios cristianos, que entre ella habían tomado puesto, fruncieron las cejas, indignados. Gnetes, en un período brillante, increpó a Catalina por haberse apartado del culto de Apolo Kaleocrator, árbitro inmortal de la estética, padre del arte, que sobrevive a las generaciones y las hechiza eternamente. Y en arranque oratorio, señaló a la blanca estatua del Numen, un mancebo desnudo, coronado de rayos.

Catalina se levantó a refutar brevemente. Ella, que siempre había profesado la adoración de la Belleza, ahora la conocía en su esencia suprasensible. No desdeñaba al simulacro apolínico, pero sabía que Apolo Helios era el Sol, mero luminar de la tierra, criatura de Dios, perecedero y corruptible como toda criatura. Si el mito solar tenía otras infames representaciones en las procesiones itifálicas,[47] al menos la de Apolo era artística, era lo noble, lo sublime de la estructura humana. En este sentido, Catalina no estaba a mal con el Numen.

Los sabios cuchichearon. No podían, bastantes de ellos, desconocer ni negar la doctrina platónica. En la conciencia filosófica el paganismo oficial era cosa muerta. Pero en el gentío, los paganos gruñían con terror maquinal:

—¡Ha blasfemado del divino Arquero!

Gnetes, sin embargo, no acertaba a replicar. En el fondo de su alma él tampoco creía en el numen de Apolo, aunque sí en su apariencia seductora y en la energía de sus rayos. Y la verdad, subiéndosele a la garganta, le atascaba la voz en la nuez para discutir. Empavorecido, reflexionaba: —¿Acaso pienso yo enteramente como Catalina?— Y se propuso disimularlo, fingiendo indignación ante la blasfemia.

Salía ya a contender el egipcio Necepso, empapado en Filón y Plotino, y cuya fama emulaba a la de Porfirio, el que había publicado los *Tratados* del maestro. Ocurrió

47. Procesiones en honor del dios Príapo. Recibían este nombre porque los asistentes llevaban imágenes o representaciones fálicas.

entonces algo singular: Catalina solicitó permiso para adelantarse a los razonamientos de Necepso, y tomando la ofensiva expuso las mismas teorías del filósofo, encontrando en ellas plena confirmación del cristianismo. Limitándose a atenerse a las enseñanzas de Plotino, mostró a este insigne pensador desenvolviendo la idea de la Trinidad, de la divina hipóstasis, en que el Hijo es el Verbo; y expuso su doctrina de que el alma humana retorna a su foco celestial por medio del éxtasis y de la contemplación.

—Tú, como yo, Necepso —urgía Catalina—; tú, discípulo de Plotino, has sido cristiano ignorando que lo eras. Por la medula con que te nutriste vendrás a Cristo, pues el entendimiento que ve la luz ya no puede dejar de bañarse en ella.

Al hablar así, bajo el reflejo del velario purpúreo, se dijera que envolvía a la princesa un fluido luminoso, que una hoguera clara ardía detrás de sus albas vestiduras. Maximino la miraba, fascinado. ¡No, no era fría ni severa como la ciencia la virgen alejandrina! ¡Cómo expresaría el amor! ¡Cómo lo sentiría! ¿Qué pretendían de ella los impertinentes de los filósofos? Lo único acertado sería llevársela consigo a las cámaras secretas, frescas, solitarias del palacio imperial, donde pieles densas de salvajinas mullen los tálamos anchos de maderas bien olientes.

Necepso, entretanto, se rendía. —Si el cristianismo es lo que enseñó Plotino, cristiano soy —confesaba—. Catalina se acercó a él, sonriente, fraternal.

—Cristo te coge la palabra... Acuérdate de que le perteneces... Ora por mí cuando llegues a su lado...

Ya un centurión ponía la mano dura y atezada sobre el hombro del egipcio y le arrastraba hacia el altar de Apolo, ante el cual un viejo de barbas venerables, coronado de laurel, columpiaba el incensario y se lo brindaba a Necepso. A la señal negativa de éste, dos soldados le amarraron y le llevaron fuera, a la prisión. Terminada la disputa pública, se cumpliría el edicto. Necepso sería azotado en la plaza hasta que se descubriese al vivo la blancura de sus huesos.

Proseguía el certamen, pero el caso de Necepso había difundido cierta alarma entre los sabios. Unos temían ponerse en ridículo si eran vencidos por una mujer; otros temblaban por su pellejo si no acertaban a rebatir y pulverizar a la docta Catalina, ducha en la gimnasia de la palabra y recia en el raciocinio. Algunos, al contemplarla, olvidaban los argumentos que tenían preparados. Ninguno deseaba entrar en turno de pelea. Lo que hicieron varios fue —sin atacar a la princesa ni al cristianismo— desarrollar sus teorías y exponer la doctrina de sus maestros. Y desfilaron los tanteos de la razón humana para descubrir la ley de la creación y la que rige el mundo moral. Amasis, que venía de Persia impregnado de doctrinas hindúes, encomió la piedad con todos los seres, pues en todos hay algo de Dios; y Catalina le demostró que la caridad cristiana amansa al alacrán y le hace hermano menor nuestro. Un partidario de Zoroastro[48] habló de Arimanes y Ormuz, principios del mal y del bien, y de su eterna lucha; y la princesa describió a Cristo, sobre la montaña del ayuno, venciendo al demonio. Un filósofo que se había internado más allá de las cordilleras del Tibet, en busca de sabiduría ignorada, puso en las nubes a cierto varón venerable llamado Kungsee o Confucio, muy anterior a Cristo, que profesó altas doctrinas de justicia y moralidad, y ordenó que se ayudasen mutuamente los hombres; y la virgen, que conocía bien a Confucio, recordó sus má-

48. *Zoroastro* o Zaratustra es el fundador de la religión llamada zoroastrismo o mazdeísmo, basada en la existencia de dos principios eternos: el del bien y el del mal. Se cree que vivió entre el 660 y 588 a.C.

ximas, probando que su sistema no pasaba de ser un materialismo limitado y secatón. Y un hebreo, procedente de Palestina, de la secta de los Esenios,[49] en arranque invencible de sinceridad, gritó volviéndose hacia el concurso: —Rabí Jesuá-ben-Yusuf, que era santo, se ha reducido a completar la admirable doctrina humanitaria de nuestro gran Hillel. No hagas a otros lo que no quieras que te hagan a ti. He aquí la verdad, y esto no tiene refutación posible—. Catalina asintió con la cabeza.

La concurrencia espumarajeaba y hervía como mar revuelto. El triunfo de la hija de Costo era visible. Los cristianos, entre el hervidero, se estrechaban la mano a hurtadillas. Los serapistas, patrióticamente, se regocijaban del revuelco a los númenes extranjeros. Aún faltaban los sofistas griegos, muy numerosos; pero hallaban el terreno mal preparado. Expuestas en aquella solemne ocasión, sus ideas sobrado simplistas, o rebuscadas y retorcidas, insólitas, sin ambiente en Alejandría, parecían bichos deformes que salen de su guarida a calentarse en la solanera. Habituados bastantes de los que escuchaban a elevadas metafísicas, fruncían el entrecejo y castañeteaban los dedos en señal de menosprecio al oír que un discípulo de Tales[50] salía con la antigualla de que la substancia universal es análoga al agua, y uno de Anaxímenes[51] se desgañitaba afirmando que era idéntica al aire, y otro de

49. *Esenios*: secta antigua judía que practicaba la comunidad de bienes y vivía con sencillez y humildad.

50. *Tales de Mileto* (h. 624-546 a.C.): el más antiguo y célebre de los llamados siete sabios de Grecia. Fue el iniciador de la filosofía como interpretación del universo. Consideraba que el agua era el origen de todas las cosas.

51. *Anaxímenes* nació en Mileto, igual que Tales, y para él era el aire el principio del universo cuya variedad se producía por condensaciones o rarefacciones de aquel.

Heráclito[52] sostenía que cada cosa es y no es, y el de Anaxágoras[53] repetía que todo está en todo. Algo hastiados ya de la prolongación de la disputa, hirieron impacientes el pavimento de mármol con los pies, cuando un pitagórico adelantó que los números son la única realidad, y un eleático sostuvo que el todo está inmóvil; que el movimiento no existe. Un secuaz de Gorgias llegó más allá, aseverando que no existe cosa ninguna. Y sólo se escuchó con señales de aprobación a un mancebo ateniense, el único mozo entre los mantenedores del certamen. Su habla era grave y dulce; sus facciones poseían la regularidad de las testas heroicas, en los camafeos. Seguro de sí mismo, con labio untado de ática melosidad, habló de Sócrates, del excelso mártir, y encareció su enseñanza y su vida. Recordó que Sócrates había demostrado la existencia de Dios y su providencia; y que, después de proclamar la ley moral, por no renegar de ella había muerto. Trazó el cuadro de aquella muerte ejemplarísima, y describió al justo, tranquilo, entretenido en conversaciones sublimes los treinta días que tardó en regresar la fatal galera, nuncio de su última hora, y la calma augusta con que bebió la verde papilla ponzoñosa, seguro de legar la energía de su vida interior al género humano. Catalina escuchaba estremecida de inspiración, radiante de ardorosa simpatía. Por primera vez, durante todo el certamen, el escalofrío de la

52. *Heráclito*: nacido en Éfeso, hacia el año 500 a.C. Afirmaba el cambio como única realidad. Su filosofía ha llegado a nosotros en forma de aforismos: "nada es, todo fluye" "la lucha es el origen de todas las cosas". De él procede la idea del eterno retorno y la concepción del fuego como principio del universo.

53. *Anaxágoras*: filósofo, geómetra y astrónomo griego (500-428 a.C.) Abrió en Atenas la primera escuela de filosofía. Proclamó la existencia de un número infinito de elementos por cuya ordenación, presidida por una inteligencia también infinita, se origina el mundo material.

belleza moral la estremecía de entusiasmo. ¡Sócrates! Uno de sus antiguos cultos... Sin embargo, su espíritu de análisis agudo, penetrador, surgió en la réplica. Rehaciendo la biografía del amigo de Aspasia, la comparó a la de Cristo. Sócrates, en su mocedad, había sido escultor, y nunca perdió la afición a la perecedera belleza de la forma. Al extravío del mundo pagano, a lo nefario que clama por fuego del cielo, no había sido tal vez ajeno Sócrates. Su noble alma no había sabido elevarse sobre el sentido naturalista de lo que le rodeaba. ¡Oh, si Sócrates hubiese podido conocer a Cristo, llorar con él, seguir sus pies evangelizantes! Y, transportada, exclamaba la princesa: —¡Habrá muerto Sócrates como un justo; pero Cristo, mi Señor y el tuyo y el de cuantos quieren tener alas, murió cual sólo los Dioses pueden morir!

El ateniense bebía las palabras de la filósofa. Sin analizar lo que hubiese de verdad en sus afirmaciones, las sentía hincarse en su espíritu como cortantes cuchillos de oro. Atraído, salió del lugar que le correspondía y se aproximó, juntando y alzando las manos lo mismo que si implorase a las Divinidades implacables y terribles. Catalina le enviaba la irradiación de mar misterioso y de hondas aguas de sus pupilas, y adelantaba hacia él, murmurando:

—¡Cristo es tu Dios, amado hermano; Cristo te ha sellado con su sangre de fuego!

Maximino, colérico, dio una orden. El mancebo, con sencilla firmeza, hizo señales negativas al requerimiento de incensar. No estaba aún del todo seguro de adorar a Cristo, pero ansiaba, ante la princesa, realizar también él algo bello, con desprecio de las miserias de la carne. Le ataron como a Necepso, y le sacaron fuera. Mientras pudo, volvió la cabeza para mirar a su vencedora.

No extinguido aún el rumoreo intenso, el abejorreo de emoción en el auditorio, salieron a plaza los moralistas

prácticos y los ironistas, que atacaron a los cristianos burlándose de sus ritos, costumbres y creencias. Mal informados, o con podrida intención, propalaban especies absurdas. Uno emitió que en las Asambleas de los galileos se adoraba una cabeza de jumento, y otro relataba, lo propio que si los hubiese visto, ciertos conciliábulos de galileos y galileas, donde, apagadas las luces, se cometían torpezas indescriptibles. No faltó quien fustigase la cobardía de los cristianos, que se negaban a formar parte del ejército; y un bufón, con chanzoneteo burdo, juró que sólo los esclavos podían profesar una religión que manda besar el suelo y postrarnos ante quien nos apalea. El concurso, ya perdido el respeto a la presencia del César, se alborotó, descontento del giro bajuno y soez que tomaba la discusión. Los alejandrinos, hechos a la controversia, golosos de buen decir y de sutilezas brillantes, protestaban. Así es que cuando Catalina —también irónica, cubriendo la espada de su indignación bajo su bordado velo virginal— les acribilló con burlas elegantes, con centelleos de ingenio, con sátiras que tenían la gracia juguetona del acero de Apolo al desollar al sátiro hediondo y chotuno[54], ya no se contuvieron los oyentes, y sus aclamaciones sancionaron la victoria de la princesa. —¡Salud, salud a Catalina! —se oía repetir—. Y los cristianos, envalentonados, enloquecidos, añadían:— ¡Salve, doctora, maestra, confesora! ¡La Santa Trinidad sea contigo! — Algunos de los procos, que en primera fila esperaban la derrota de su orgullosa pretendida, acababan por contagiarse, y pugnaban contra la valla de bronce, ansiando sacar en triunfo a Catalina, en hombros, entre vítores.

54. Se refiere a Marsias, desollado por Apolo por haber pretendido competir con él en el arte de tañer la flauta.

El emperador, de quien nadie se acordaba, alzó el pesado cetro. Era la señal de que la prueba había terminado, y la orden para que la guardia despejase el recinto. Descendió Maximino los peldaños del estrado, tomó de la mano a la princesa, y por la puerta del fondo la hizo entrar en el palacio, llevándola hasta una sala interior. El séquito, respetuoso, se había quedado atrás. El César convidó a Catalina a sentarse en el sillón leonino, a cuyo alrededor despojos de pantera y tapices de plumas emblandecían el pisar. Dio luego una palmada, y esclavos silenciosos trajeron hielo, frutas, cráteras de vinos viejos y una composición de anís, azafrán y zumos de plantas fortalecedoras, especie de cordial que Maximino usaba cuando se sentía exhausto.

—Bebe, princesa —dijo rendidamente, permaneciendo en pie ante la hija de Costo—. Las fuerzas humanas tienen un límite. Yo te veía, y me parecías cervatilla blanca resistiendo a las dentelladas de los canes. Te he admirado, y reconozco que derrotaste a los sabios del mundo entero. Eres fuerte, eres docta, y, sin embargo, no desconoces la virtud del donaire, por la cual se esparce el alma. Catalina, el emperador se inclina ante tu entendimiento portentoso y tu encanto que trastorna como este vino de la Mareótida que te ofrezco.

Por hacer mesura, Catalina humedeció en la copa sus labios.

—No estoy cansada, César. Estoy alegre y mis pies se despegan del suelo. He vencido.

—Has vencido —replicó él con embeleso, libando a su vez en la copa por ella empezada—. No cabe negarlo.

—Tres conquistas, por lo menos, he hecho para Cristo. Necepso, el socrático ateniense, y... y tú. Porque no habrás olvidado nuestro convenio. Y ante todo, que Necepso y el discípulo de Sócrates no sean llevados al suplicio.

—Oye, Catalina... —Maximino acercó un escaño y se llegó al velador de ágata, que soportaba el refresco—. Escúchame, que en ello nos va mucho a los dos.

Catalina apoyó el codo en la mesilla y en la palma de la mano la cabeza, aureolada de esmeraldas. Maximino comprendió que le atendían religiosamente.

—Tú, princesa, puedes prestar servicio incalculable a ese Numen que adoras. Un servicio que todas las generaciones recordarían, hasta el último día de la especie humana. Para que confíes en mí, he de abrirte mi pecho. Descreo de nuestros Dioses. Acaso en algún tiempo tendrían fuerza y virtud; pero ahora noto en ellos signos de caducidad. Los oráculos chochean. Yo he consultado las entrañas de las víctimas, y o mienten o inducen a error. Los del Galileo sois muchos ya, Catalina; sois más de los que creéis vosotros; advenís. El que se apoye en vosotros, podrá afianzar el poder imperial completo, como en los tiempos gloriosos de Roma.

La virgen escuchaba, con todas sus facultades, interesadísima.

—Catalina, cuando te miraba ayer, pensaba en tu forma, en las apretadas nieves de tu busto, en el aroma de tu cabellera. Hoy pienso en que eres fuerte y sabia y en que el hombre a quien recibas puede descansar en ti para la voluntad y el consejo. Yo tengo momentos en que me siento capaz de adueñarme del mundo; pero, según Helios avanza en su carrera, desfallezco y anego mis ansias de engrandecerme en el vicio y en la sensualidad. Necesito un sostén, una mano amada que me guíe. Mi socio Constantino[55] está fortalecido por el apoyo de su madre.

55. *Constantino el Grande* (h. 270-337 d.C.): fue emperador de Roma. En el año 313 publicó el Edicto de Milán a favor de los cristianos, por influencia de su madre, Santa Helena.

Yo no tengo a nadie; a mi alrededor hierven los traidores, que si les conviene me apuñalarán o me ahogarán en el baño. Desconfío de todos, porque conozco sus vicios, iguales a los míos. Tú eres incapaz de felonía. Unido a ti seré otro; recobraré la totalidad del poder que hoy reparto con Licinio, el árbitro de Oriente, y Constantino, el hijo de la ventera, a quien aborrezco. ¡Y, ejerciendo ya el poder sumo, extinguiré la persecución, toleraré vuestros ritos, como hace él, que es ladino y ve a distancia! Hasta tomaré la iniciativa de que se le erija al Profeta de Judea un templo tan esplendoroso como el Serapión. Tú pondrás la primera piedra con tus marfileñas manos. Y si quieres más, más todavía. Dicen que para ser de los vuestros hay que recibir un chorro de agua pura en la cabeza. No quedará por eso. ¿Ves adónde llego, Catalina? ¿Ves cuál servicio se te ofrece ocasión de rendir a tu Numen y a los que como tú siguen su ley? ¿No es esto mejor que sufrir por él la centésima vez, sin eficacia, garfios y potro?"

—En Dios y en mi ánima juro —no pudo reprimirse más Polilla, que no se desahogaba lo bastante con garatusas y balanceos de cabeza— que su Majestad don Maximino era en el fondo buena persona, y hablaba como un libro de los que hablan bien. Ya verán ustedes cómo su Alteza doña Catalina va a salir por alguna bobaliconería, porque estas mártires no oyen razones...

"Catalina, un momento, suspendió la respuesta. Se recogía, luchaba con la tentación poderosa, ardiente. Su ancha inteligencia comprendía la importancia de la proposición. Más de tres siglos heroicos habían madurado y sazonado al cristianismo para la victoria, y acaso era el momento de que se atajase la sangre y cesasen las torturas. La lucha continuaría, pero en otras condiciones, y Catalina se veía a sí misma en una cátedra, en la abierta plaza pública, enseñando la verdad, confundiendo herejías, errores, supersticiones y torpezas; o en el solio, cobijando bajo su manto de Augusta a los pobres, a los humildes, a los creyentes, a los antiguos mártires que saldrían del desierto o de la ergástula a fin de que sus heridas por Cristo fuesen veneradas por la nueva generación de cristianos ya victoriosos y felices... En el ensueño íntimo de Catalina surgía el templo a Jesús Salvador, doblemente magnífico que el Serapion —del cual se decía que estaba colgado en el aire, y en cuya sala fúnebre subterránea yacían los restos del blanco buey idolatrado—. Acaso fuese posible purificar el mismo Serapion, expulsar de allí al numen bovino y elevar en su cima la Cruz. Una palabra de Catalina conseguiría todo eso. Por ella, el César cristianizaría al Imperio inmenso, y, realizándose las profecías, confesaría al Señor toda lengua y le rendiría culto toda gente, desde las frígidas comarcas de Scitia hasta los arenales líbicos. ¿Quién impedía?...

Lo impedía un anillo, que un niño había ceñido a su dedo, y una especie de latido musical, que allá dentro, más adentro del mismo corazón, repetía, lento, suave, como una caricia celeste:

—Eres hermosa... Te amo... Eres mía, mía...

—Maximino... —articuló pausadamente—, me avengo gustosa a lo que me ofreces: seré tu consejera, tu amiga, tu hermana, tu socia. Pero... en cuanto a ser tu mujer... tengo dueño, y dueño tan dulce y tan terrible, que no me permitirá la infidelidad. Tengo Esposo... —Y, moviendo el dedo, hizo fulgir el anillo.

—¿Te burlas, princesa? Haces mal, porque Maximino te ha hablado como nunca volverá a hablar a nadie. ¿Acaso no eres virgen?

—Virgen soy y seré.

—Serás mi emperatriz. Ya te he dicho que por ti iré hacia tu Profeta crucificado. Mil veces he sentido que los dioses de Roma no me satisfacen. Quizás prefiero a Serapis. Preferiré, sin embargo, al tuyo. Pero tráeme la fe entre tus labios. La suma verdad está en lo que amamos, en lo que exalta en nosotros la felicidad. ¿Otro sorbo, princesa?

—César... —insistió ella rechazando la copa— no sé si me creerás; yo, aunque tengo dueño, te amo también a ti; amo a tu pobre alma obscura que ha entrevisto un rayo de claridad y vuelve a cegar ahora. Líbrate de la horrible suerte que te aguarda. Tu porvenir depende de tu resolución. No pasará mucho tiempo sin que Cristo tenga altares y basílicas en el Imperio y en toda la tierra. El emperador que realice esta transformación vivirá y vencerá, y su nombre llenará los siglos. El que se oponga, no morirá en su lecho, y acaso morirá de su propia mano. ¡Cuidado, Maximino! La suerte va a echarse. Conviértete, pide el agua, pero sin exigirme nada, sin disputarle a Jesús su prometida. He sido tentada, pero resistiré.

Maximino palideció de cólera. Decadente hasta en la pasión, no tenía ni el arranque brutal necesario para estrechar a la princesa con brazos férreos, para estrujarla con ímpetu de fiera que clava las garras, hinca los dientes y devora el resuello de su presa moribunda. Un vergonzoso temblor, un desmayo de la voluntad lacia y sin nervio le incitaba a la crueldad, a la venganza de los débiles y miserables.

—Basta, princesa; no te disputo ya al Esposo imaginario a quien llamas e invocas. No soy un faenero del muelle, ni un soldado de la hueste tracia, y no te amarraré con soga a un lecho de encina, para ultrajar tu escultura maravillosa. A Maximino también se le alcanza algo de exquisiteces, sobre todo cuando no ha sepultado su razón maldita en el jugo de las vides y en el peligroso hondón de las ánforas. Has visto a un Maximino Daya que sólo existió para ti. Respeto en ti, ¡oh, Catalina!, el mismo respeto con que te hice proposiciones: respeto tu zona virgínea, tu anillo milagroso de desposada. Pero respeto también la ley, y he de cumplirla.

Palmoteó tres veces. Algunos hombres de su guardia se presentaron.

—Que vengan los sacerdotes de Apolo. La princesa tiene que incensar al Numen. Si no obedece a la ley, que sufra su peso.

Catalina, penetrada de gozo repentino, segura ya de su ruta, se enderezó y se envolvió, erguida y altanera, en el albo y argentado velo. El César se retiraba poco a poco; en el incierto avance de sus piernas se descubría la indecisión del ánimo. Una exclamación compasiva de la virgen espoleó su vanidad. Encogióse de hombros; hizo con la siniestra el ademán del que arroja algo lejos de sí y se alejó a paso activo, desigual, airado. Minutos después dio órdenes. Aquella noche, festín. Y los mejores vinos, y las saltatrices y meretrices más expertas.

Entre los sacerdotes, que todavía la trataban con sumisa cortesía, Catalina volvió al extenso patio, en cuyo costado se erguía la imagen del Dios. La organización estética de la naturaleza de Catalina se reveló en su actitud ante el simulacro. Generalmente, los cristianos, al encararse con las efigies de los Dioses de la gentilidad, hacían gestos de repulsión y reprobación. Entonces como ahora, existían los incomprensivos y los que comprenden con finura. La princesa no apartó los ojos, antes al contrario, pareció admirar breves momentos la obra maestra de Praxíteles,[56]

56. *Praxiteles* (h. 390-330 a.C.): fue uno de los grandes escultores griegos. Entre sus obras famosas conservadas se encuentra la *Venus de Cnido* y el *Apolo Sauróctono*.

considerando que aquella escultura era nobilísima representación del cuerpo humano, hecho a imagen y semejanza del Creador y bajo cuya envoltura se ocultó y padeció la divinidad de Cristo.

El hijo de Latona, airoso, cercada la sien por la artística maraña de sus rizos grandiosamente ensortijados; avanzando un pie de corte tan elegante, curvado y prolongado, que se diría que hollaba nubes, en vez del mármol rojo del pedestal, empuñaba con la diestra el Arco de plata, y con la siniestra echaba atrás el manto de armoniosos pliegues, que una fibula sujetaba al hombro. Profirió Catalina algunas frases de elogio y aun de simpatía. ¿No era aquél el símbolo de la más perfecta y maravillosa de las criaturas, del Sol que fecundiza los campos y sazona la mies, que da el pan del cual viven los hombres, alabando al Señor y disfrutando de los sabores sanos de la vida?

Mas no lo entendió así el viejo pontífice de Helios, que tendió a la princesa la cazoleta humeante. Ella la rechazó suavemente, sin indignación ni menosprecio. El pontífice no podía elevarse a la interpretación científica del mito solar: ¡era un sacerdote ritualista; una fórmula, el incienso... y, si no, la muerte! Y tres veces hizo Catalina con la mano el gesto que la sentenciaba; el gesto con el cual se despedía de su mocedad en flor, de su existencia inimitable, de sus estudios elevados que aristocratizan el pensamiento; del arte, de la belleza visible y gaya y varia, presente en el arbusto odorífero y en la cincelada copa...

—A ti voy, ¡oh hermosura incorruptible! ¡Dulce dueño, voy a ti!

La retiraron del patio y la encerraron, no en hórrida mazmorra, sino en una estancia pequeña, sin ventanas, contigua al cuerpo de guardia, por precaución de que los cristianos, alborotándose, intentasen darla libertad. Y el pontífice convocó a los sacerdotes y a algunos funciona-

rios y aun sabandijas del palacio, como aquel sofista Gnetes, primer derrotado en la liza filosófica; y reunidos en conciliábulo, deliberaron sobre la suerte de la nueva galilea. A medias palabras convinieron en que el César estaría ebrio aquella noche, y que si no debían cumplirse, por advertencia de él mismo, las órdenes que diese en su embriaguez, nada impedía ejecutar las proferidas antes. Catalina pertenecía ya a los jueces y a los sacerdotes, a cuyo brazo vengador la había relajado Maximino. O se retractaba ante el tormento y el suplicio, o se ejecutaría lo mandado. Y había entre los deliberantes un tácito instinto de apresurar, porque temían que a la mañana siguiente, el tantas veces irresoluto César cambiase de parecer, lo cual se interpretaría como indicio del miedo a los cristianos y a los serapistas, partidarios del tiranuelo Costo. La religión oficial necesitaba herir, dar un golpe de fuerza, imponerse. Con nadie mejor que con la orgullosa Catalina. — Y les quedaba la esperanza de una retractación, ante un martirio que procurarían horrificar y encruelecer. La victoria filosófica obtenida en el certamen por la mañana era de deplorable efecto en Alejandría para las creencias del Imperio. Los cristianos efervescían, al correr la voz de que se iba a atormentar a la doncella. No se debía dar tiempo a que se conchabasen y tramasen un complot; el hecho tenía que realizarse la misma noche... ¡Qué triunfo, si en presencia de los instrumentos de tortura, la sabia renegase del Galileo!

Y Gnetes, sacando su cabeza de tortuga del hondo de su corcova, opinó:

—El único modo de reducir a una hembra tan soberbia sería amenazarla con una excursión forzosa al lupanar, o con una fiesta del Panoeum, en que ella hiciese de ninfa y nosotros de capripedes.

Varios sacerdotes jóvenes y cortesanos aprobaron, prometiéndose una noche divertida; pero el pontífice, cauto, reprobó. No, era necesario irse con pies de plomo: Costo tenía poder, muchos partidarios entre los nacionalistas egipcios, y al regresar de su viaje, si se conformaba a los rigores de la ley con su hija, podría no avenirse a tolerar el escarnio. No estábamos en la augusta Roma, sino en una ciudad donde la mayoría de los habitantes todavía barniza con nafta a sus muertos, y donde los inmundos cristianos roen y socavan, como topos, el pavimento y los cimientos del templo apolínico. La virgen es peligrosa. Cuanto antes, y sin aventurarse a ninguna fantasía, desembarazarse de ella. O reniega o perece.

Fue llamado ante la junta el verdugo mayor, el etíope Taonés. Preciábase de maestro en su género, y, recientemente, con artificio salvaje, había inventado varios instrumentos para martirizar; ciertos peines de hierro de púas cortas, con los cuales se procedía a un verdadero despellejamiento, sin ahondar, a fin de evitar la muerte rápida.

—El dios Apolo —se envanecía el negro— hubiese debido pelar así a Marsias. El sátiro sufriría infinitamente más.

El pontífice, atento al aspecto político de la cuestión, le encargó que idease una tortura en la cual no necesitasen los sayones poner la mano sobre la mártir, y que sin embargo fuese aterradora. Después de meditar, pidió Taonés carpinteros y herreros y se encerró con ellos, dirigiendo su labor. Una o dos horas bastaron para construir la máquina. Era un aparato sencillo, ingenioso. Formábanlo cuatro ruedas, guarnecidas al exterior de agudas puntas de clavos, cuchillos y alambres, sólidamente encastradas en la madera. Desde lejos, una cuerda unida a una manivela ponía las ruedas en movimiento, y entre el doble juego del artefacto cabía un cuerpo humano de pie; de suerte

que, al giro rotatorio, pecho, espaldas, hombros, muslos, quedarían desgarrados. A la tercer vuelta del infernal artificio, sería la mártir una sanguinolenta masa, y piltrafas de su carne colgarían de las ruedas, sin que tuviera ninguna herida mortal, pues Taonés, fiel a sus principios, había embutido profundos los clavos y las puntas.

—Hoy mismo —insistía angustioso el pontífice—. En la demora está el riesgo. Además de los filósofos a quienes ha embaucado la princesa, dícese que se ha hecho cristiano, después de la controversia, Porfirio, coronel de la primera legión. Se derrumban las aras de los Dioses, si no las apuntalamos. No se le pregunte más al César. ¿No ha dado orden? Pues basta.

Y Gnetes sugirió:

—Al terminarse el banquete, el César *estará en estado de presenciar*...

Hacía dos o tres horas que la noche sin crepúsculo de Egipto convertía el cielo en negro zafiro tallado en hueco, salpicado de fúlgidos diamantes, cuando sacaron de su encierro a Catalina para conducirla al patio, donde sería juzgada.

Venía quebrantada la color por la abstinencia, pues, suponiendo que moriría presto, guardaba ayuno; y además, por el miedo a flaquear en el supremo trance. Interiormente invocaba al Esposo:

—No me desampares. No desprecies mi cobardía. ¡Tú sudaste sangre al ver el cáliz! No consientas que arranquen mis ropas, que afeen mi rostro. Tú eres la hermosura... —La hermosura ideal, Catalina —creyó oír dentro de su mismo corazón. Y elevó la frente, recobrada su arrogancia, su calma estoica.

A pesar del secreto que se había querido guardar, detrás de la baranda se agolpaba no poca gente. Los interrogatorios de los mártires, sus torturas, su ejecución, eran actos que no podían realizarse a puerta cerrada. Se guardaban formulismos de legalidad. A la luz rojiza de las antorchas y a la amarillenta de los lampadarios, Catalina apareció, y una marea alborotó al gentío. Su aro de esmeraldas destellaba vívido. Sonreía.

Maximino presidía el tribunal —pero sin conciencia de lo que iba a suceder—. Salía de la mesa, coronado de hiedra y rosas marchitas, completamente embriagado, y destuetanado además por caricias diestramente impuras. La escena se le aparecía como al través de un velo de niebla. De tiempo en tiempo derrumbaba la cabeza hacia atrás, y cogía una soñarrera momentánea.

A la invitación a incensar, respondió Catalina con desdeñoso gesto. Entonces, Taonés, seguido de sus ayudantes, entró por una puerta lateral. Traían la máquina, y el público emitió una exclamación larga, obscura. Quizás protestaban; quizás suspiraban de placer ante la peripecia del drama interesante. Los verdugos se acercaron a la princesa. El vaho de sudor y desaseo de Taonés la hizo retroceder mecánicamente. Una risa silenciosa descubrió los blancos dientes de dogo del etíope. Sabía que las joyas y preseas del ajusticiado eran suyas de derecho, y renegaba de las cristianas vestidas de lana, sin ajorcas, sin sartas, sin adornos. ¡Siquiera ésta era una galilea magnífica, ostentosa! Hizo una señal a su primer ayudante Sicamor para que, al amarrar a Catalina, arrancase la diadema de orientales, inestimables *barekets,* los copiosos hilos de perlas, gruesas como ojos de grandes peces, y, sobre todo, la famosa de Cleopatra. Si no le concedían tal enorme tesoro, por lo menos mucho valdría el rescate. Mientras un sayón rodeaba las muñecas de la mártir con ligero cordelillo, Sicamor, espantado, se acercó al oído de Taonés.

—No puedo obedecerte, maestro... Mis dedos han pa-

sado al través de las esmeraldas y las perlas sin poder asirlas... Son aire...

—¿Te han enloquecido los dioses?

—¡Te digo que son aire!...

—¡Aún es tiempo, Catalina! —reiteró el pontífice, insinuante—. Aún puedes postrarte ante los Númenes sagrados.

Otra vez la bella cabeza negó... Taonés adaptó el cuerpo a la máquina: Catalina misma ayudó, colocándose según convenía. Un punto, Maximino pareció sacudir el sueño, y preguntó qué era aquello, qué significaba el extraño mecanismo. Antes de enterarse de la respuesta, los vahos de la borrachera se espesaron, y repantigándose, abierta la boca, roncó. Para cubrir los ronquidos imperiales y los ayes de la víctima, el pontífice dispuso que los músicos adscritos al templo de Helios tañesen flautas y agitasen sonajas violentamente. Y el verdugo, haciendo girar la manivela, puso las ruedas en movimiento.

Un relámpago de chispas agudas, un torrente de carmín, difluyendo y empapando el cándido ropaje de la filósofa... Del gentío se destacó un hombrecillo negruzco, desharrapado, con dos brasas por pupilas. Enhebrándose entre los balaustres del barandal, logró acercarse a la virgen que, toda sangrienta, miraba al firmamento metálico, cual si buscase los ángeles que habían de sostenerla en la prueba. El solitario alzó su mano de cecina, trazó en el aire la cruz... Y la máquina horrible saltó desbaratada, despedida cada rueda hacia distinto punto, hiriendo a los jueces, a los verdugos, a los espectadores y a los sacerdotes del Arquero...

La confusión fue tal, que el pontífice juzgó hábil aprovecharla. Mandó a Taonés, pues había estado tan torpe en construir, que apresurase el final; y el negro se atrevió a separar el velo ya desgarrado por mil partes y a tomar en su izquierda mano, donde apenas cabía, el raudal de la mata de pelo de la princesa, enrollándola y afianzándola vigoroso. Catalina comprendió. Su corazón latió y anheló como paloma torcaz apresada. —Voy a ti —suspiró, mirando el aro luminoso del impalpable anillo que rodeaba su dedo. Bajó la frente; la corva espada del verdugo describió un semicírculo y cayó, tajadora, sobre la nuca. El público, cogido de sorpresa, rugió, gritó insultos a Apolo, fingido numen, al César-cerdo que seguía roncando. Taonés, alarmado, soltó el largo pelo y la cabeza de Catalina, que cayó cercada del magnífico sudario de su cabellera, tan luenga como su entendimiento, y como él llena de perfumes, reflejos y matices. Del tronco manaba un mar, no de sangre bermeja, sino de candidísima, densa leche; las ondas subían, subían, y en ellas se hundían los pies de los verdugos, y ascendían hasta más allá de los peldaños de la plataforma, y se remansaban en lago de blancor lunar, hecho de claridades de astro y de alburas de nube plateada y plumajes císneos. El cuerpo de la mártir y su testa pálida, exangüe, perfecta, flotaban en aquel lago, en el cual los cristianos, sin recelo ya, bañaban su frente y sus brazos hasta el codo, empapaban sus ropas, refrigeraban sus labios. Era el raudal lácteo de ciencia y verdad que había surtido de la mente de la Alejandrina, de sus palabras aladas y de sus energías bravas de pensadora y de sufridora. Y como si aquella sangre fuese licor fermentado y confortado con especias que los exaltase, la indignación hirvió entre los partidarios de la fe nueva y entre los mismos serapistas, que con ellos simpatizaban, porque ya la conciencia se saturaba de cólera y protesta ante la prueba tres veces secular de los martirios; y, enseñando los puños al César aletargado y a su guardia, vociferaron: "¡Muerte, muerte al tirano Maximino!". La guardia, desnudando sus cortas espadas romanas, dio sobre los amoti-

nados, que hicieron cara, sin armas, con los puños. Y mientras luchaban, Maximino, repentinamente desembriagado, miraba atónito, castañeteando los dientes de terror frío, el puro cuerpo de cisne flotando en el lago de candor, la cabeza sobrenaturalmente aureolada por los cabellos, que en vez de pegarse a las sienes, jugaban alrededor y se expandían, acusando con su halo de sombra la palidez de las mejillas y el vidriado de los ojos ensoñadores de la virgen... A la memoria del emperador, las profecías retornaban; sin duda el Dios de Catalina era más fuerte que Apolo, que Hathor, que Serapis, que el mismo Imperio de la loba y le había sentenciado a perder trono y vida, a desastroso fin, a la derrota de sus enseñas y a que todas sus ambiciones se frustrasen."

El canónigo suspendió el relato, o mejor dicho, parecía darlo por concluso.

—¿Y el cuerpo de la princesa? —preguntó Lina—. ¿Qué paradero tuvo?

—¡Ah! —respiró el Magistral—. Eso lo digo en las notas. Los ángeles lo enterraron en el monte Sinaí, donde fue venerado largo tiempo. Sin duda los cristianos de Alejandría trataron de que el precioso despojo no sufriese ninguna vicisitud, pues en aquella ciudad, hasta muy entrado el siglo V de la Iglesia, el encono de las luchas religiosas y filosóficas no cedió, y la faz opuesta del martirio de Catalina fue la lapidación de Hipatia.[57]

—¿Y el matador de Catalina? Creo recordar que a ese Maximino Daya le suprimió Constantino.

—Diré a usted. Constantino realizó la idea genial que

57. *Hipatia*: filósofa griega nacida y muerta en Alejandría (350-415). Hija de un matemático célebre, se hizo famosa por su talento y su belleza. Fue asesinada en una revuelta de tipo religioso.

se le había ocurrido a su socio; se apoyó en el cristianismo y robusteció su poder. Pero no sería exacto decir que suprimió a Maximino. En la lucha entre los socios, Daya fue derrotado, y en Tarso se suicidó. También consta extensamente en las notas.

—Todo está muy bien —criticó Polilla—, excepto los milagros. Únicamente... vamos, Carranza, es preciso que usted reconozca que la historia de esa Santa del siglo III, a estas alturas, nos importa menos aún que la de Baldovinos y los Doce Pares de Francia.[58] ¿Quién se acuerda de la hija de Costo? Hábleme usted a mí de otras cosas; de inventos, de progresos, de luz. Lo demás... antiguallas, trastos viejos... y...

—Y polilla... —sonrió Lina, azotando con su guante de negra Suecia la cara acartonada del amigo.

Fuera, había escampado. Húmedas estaban aún las piedras de la calle. Bajo un árbol, a la muriente luz de una tarde larga, encalmada, grupos de niñas, a saliente de la escuela, cantaban en corro. Su canción pasaba al través de los vidrios. Y se oía:

Que Catalina se llama —sí, sí...
que Catalina se llama...

—Escuche, escuche, don Antón..., ordenó Lina; —y las arrapiezas, con su argentado timbre de voz, continuaron:

58. *Baldovinos* es un personaje de la épica francesa que pasó a los romances españoles del ciclo carolingio. Aparece como sobrino de Ogier Li Danois (en español transformado en Marqués de Mantua), casado con la infanta Sebilla y muerto a manos de un hijo de Carlomagno, Carloto, que pretendía a su mujer. Los Doce Pares eran los caballeros que acompañaban a Carlomagno.

Mandan hacer una rueda,
mandan hacer una rueda
de cuchillos y navajas —sí, sí...
de cuchillos y navajas...

Medió un corto espacio, y el fresco vocerío surtió de nuevo como agua de fuentes vivas, inagotables:

Levántate, Catalina,
levántate, Catalina,
que Jesucristo te llama —sí, sí,
que Jesucristo te llama...

Ya se encendían los faroles, y las niñas, chancleteando, se dispersaban en busca de sus hogares, donde las sopas de ajo humearían. Aún la canción, obstinada, volvía de tiempo en tiempo:

Que Jesucristo te llama...

II

Lina

I

¡Como una bomba, el notición! Cuando traen el telegrama, estoy aseando mi cuartito, porque mi única sirviente apenas sabe pasar una escoba antipática, abarquillada de puro vieja. Desgarro el misterio del cierre, extraigo, y leo: "Ha fallecido repentinamente tía Catalina. Tú, instituida heredera universal. Vente. Farnesio."

¡Tía Catalina! ¡Yo su heredera única! Y ni siento vértigo, ni tampoco efusión de gratitud. Lo encuentro curioso; la extrañeza vence. ¿Por qué me instituye heredera la que en vida me pasaba una miseria de pensión, no perdonaba medio de inducirme a que fuese monja, y me tenía relegada al destierro de Alcalá de Henares? Me prometo averiguarlo, aunque sé que los muertos se llevan consigo la verdadera clave de sus actos (por lo cual me río de la historia).

Mi viaje a Madrid se arregla pronto. Respondo al telegrama de Farnesio, me pongo el vestidito negro de paño, la toca de fieltro, felizmente, negra también, y, a pie, por la pulcra acera enladrillada, me dirijo a la estación. El tren pasará a las siete. Me siento en un banco, ante la puerta de la sala de espera; no se oyen ruidos; una acacia, muy cerca, columpia su ramaje, desprendiendo hojuelas doradas; una chiquilla mocosa, chata y curtida, me observa como si me fuese a retratar. Por primera vez me doy cuenta de que soy opulenta, poderosa. Revuelvo en mi saco de gamuza marrón, usado y de rota cadenilla, y alargo a la chica una peseta. La mira, me mira, y, escamada, suponiendo burla, en vez de tomarla, echa a correr. La riqueza asusta, por lo visto.

Iré en primera, por primera vez. Voy sola. El departamento está rancio de carbonilla y olores viejos de comidas grasientas. Los vidrios, embutidos y crujientes de porquería, no se abren sin esfuerzo titánico. Me siento, eligiendo un cojín que no esté salpicado de manchas equívocas.

¿Viajan así los ricos? ¡No vale la pena! Yo me procuraré el mejor auto... Y, al mismo tiempo que hago esta reflexión, se me ocurre otra, y un sudor frío me rezuma en la sien. —¿No podría el telegrama ser broma de un chusco?— Paso un mal cuarto de hora, porque si la cosa no es verosímil, aún resulta más inverosímil *lo otro*. Tan grande es mi angustia que, ansiando respirar, forcejeo y logro abrir una ventanilla.

El aire entra, me consuela y me replantea en la realidad. Las márgenes del Jarama son un primor de delicadeza vegetal, un paisaje exquisito, a la sepia, porque estamos en otoño. Mimbrales delgados, cañas de idilio, marañas de arbustos de hoja ya enferma, se diluyen con tonos de acuarela en la paz rubia, en la claridad muriente de la tarde corta. Los toros pastan, apacibles. El río es una serpiente gris perla, aplastada, inmóvil.

Siento el fervorín de entusiasmo que me produce siempre lo bello. Ahora que soy rica, veré el mundo, que no conozco; buscaré las impresiones que no he gozado. Mi existir ha sido aburrido y tonto (afirmo apiadándome de mí misma). Y rectifico inmediatamente. Tonto, no; porque soy además de inteligente, sensible, y dentro de mí no hay estepas. Aburrido... menos; aburrido equivale a tonto. Sólo los tontos se aburren. Contrariado, sí, ¡oh, cuánto! Mezquino, también. Cohibido, sujeto por una mano invisible. Valdría más que me hubiesen dejado en el arroyo, descalza, porque a los dos meses de mendigar, ya no mendigo, ya he resuelto mi problema. Lo malo fue que me dieron un puñado de alpiste y las obligaciones de «señorita decente». Arrinconada, sólo pude vegetar... —Rectifico otra vez: ha vegetado mi cuerpo; que mi espíritu, ¡buenas panzadas de vida imaginativa se ha dado!

Entregada a mí misma, en un pueblo decaído, pero todavía grandioso en lo monumental y por los recuerdos, no hice amistades de señoras, porque a mi alrededor existió cierto ambiente de sospecha, y no atendí a chicoleos de la oficialidad, porque a lo sumo, podrían conducirme a una boda seguida de mil privaciones. Mis únicos amigos fueron dos canónigos, encargados de catequizarme para el monjío, y un viejecito maniático, muy volteriano y muy simple, D. Antón de la Polilla, que desde luego se declaró abogado del diablo, contando horrores de los conventos, cuando no estaban delante los que él llamaba el Inquisidor mayor y el menor, y aun a veces en su misma cara. Yo no le hacía caso sino cuando hablaba de historia y de antigüedades; en ese terreno, algunas veces recobra el sentido común, prenda desde tiempo atrás perdida. De los dos canónigos catequistas, uno, el pobre Roa, murió tres años hace; el otro, el Magistral, es C. de varias Academias, y sospecho que tiene escritas muchas cosas que nunca verán la luz, a no ser que ahora, siendo yo millonaria... La biblioteca del Sr. Carranza me la he zampado; por cierto que encierra muy buenos libros. Así es que estoy fuertecita en los clásicos, casi sé latín, conozco la historia y no me falta mi baño de arqueología. Carranza lamenta que haya pasado el tiempo en que las doctoras enseñaban en la Universidad Complutense. Se consolaría si yo fuese una de esas monjas eruditas, cuyos retratos grabados las representan pluma de ganso en mano, tintero al margen, y sobre el fondo de una librería de infolios de pergamino.

Por haber tenido yo la curiosidad de leer algunos manuscritos del Archivo, las hijas del Juez, que son las *lionnes* de Alcalá, y que me tienen tirria, me han puesto de mote *la Literata.* ¡Literata! No me meteré en tal avispero ¿Pasar la vida entre el ridículo si se fracasa, y entre la hostilidad si se triunfa? Y, además, sin ser modesta, sé que para eso no me da el naipe.

Literatura, la ajena, que no cuesta sinsabores... ¡Cuánto me felicito ahora de la cultura adquirida! Va a servirme de instrumento de goce y de superioridad.

En la estación me aguarda Farnesio, D. Genaro Farnesio en persona, con cara lúgubre y circunstancial. Se sorprende y hasta me figuro que se indigna ante mis ojos secos, deshinchados y brillantes, mi aplomo de heredera franca, que no se tampona la faz con el pañuelo, ni se suena cada tres minutos.

—¿Qué dices de esto? —suspira hondamente al cogerme las manos.

—¿Qué he de decir? —contesto—. ¡Pobre tía! Que le llegó la suya.

Un lacayo correcto recoge mi humilde saco, me precede respetuoso, y, alzando el enlutado sombrero de librea, abre la charolada portezuela de una berlina, acolchada como un estuche de joya. *Es mi berlina, es mi lacayo.* ¡Qué sensación punzante! Lo que no pudo el anuncio del fortunón, lo puede el detalle de conforte y lujo... Cerrando los ojos, me reclino. Farnesio entra y da una orden. Arrancamos, al elástico trote de los bayos fogosos.

El intendente de doña Catalina me mira a hurtadillas, me estudia. D. Genaro Farnesio es esa persona «de toda confianza» que surge indefectiblemente al margen de las señoras viudas y con caudal. Mestizo de amigo y administrador, misterioso y enfático, D. Genaro Farnesio pasa por mejor enterado de lo que atañe a la casa de Mascareñas, ¡retumbante apellido! que su dueña lo estuvo nunca. Es el duende familiar del palacio ya mío; y su actitud cautelosa y la mirada que siento apoyarse sobre mi perfil, sin duda tienen por origen la zozobra egoísta: "¿Habrá cambio de ministerio? ¿Perderé la breva disfrutada tantos años?"

Llegamos... En el momento de bajarme en el zaguán y de cuadrarse el solemne portero —de levitón largo, cara lunar entre dos chuletas negras bien lustradas— ante la soberana nueva, recuerdo las pocas veces que he venido aquí, siempre acuciada por D. Genaro para que me reintegrase a Alcalá cuanto antes. Me asalta otra vez la inquietadora extrañeza. ¿Por qué me lega sus millones la que casi no me ha visto? Evoco memorias.

Cuando era introducida a la presencia de doña Catalina Mascareñas y Lacunza, viuda de Céspedes, medio se alzaba del sillón; las mejillas se le encendían, bajaba los ojos, como para no verme, y con voz un poco ronca me preguntaba:

—¿Cómo te va, Natalia? ¿Qué tal de salud?

—Muy bien, tía...

—¿Careces de algo? ¿Te falta alguna cosa, vamos, para tu vida?

—No señora —respondía, mortificada y altanera—. Tengo lo suficiente.

—¿Eres buena? ¿Te portas bien?

—Se me figura que sí...

Brevemente, como deseosa de cortar la conferencia (tres fueron en once años) la señora se levantaba, abría un armario, revolvía en él un poco, y me ponía en las manos un objeto, diciendo: —Para ti. —La primera vez, un rosario de oro y perlas barrocas; la segunda, un reloj-saboneta[59] de esmalte; la tercera, una sortija-semanario, de ensaladilla.[60] Este último regalo me gustó mucho. No he tenido otra joya, y por las joyas siento pasión magdalénica.

—Bueno, bueno —farfullaba la señora al murmurar yo las gracias—. Cuidado, no nos des disgustos...

Farnesio, presente a la entrevista, me hacía seña. "Adiós, tía Catalina..."

—Adiós, hasta la vista, Natalia, avisa si te ocurre algo... —Y me retiraba, con la cabeza gacha y el andar tímido, oblicuo, de los parientes pobres, de los protegidos humillados. —¡Ahora!

Hinco la planta en la alfombra que trepa por la escalinata de mármol, con la energía violenta de una toma de posesión. Farnesio me coge por la muñeca, y en voz baja, balbuciente:

—¿Quieres *verla*?

Me escalofrío como si me soplasen en los abuelillos[61]

59. *reloj-saboneta*: reloj de bolsillo con la esfera cubierta por una tapa que se descubre apretando un muelle.

60. *sortija-semanario*: sortija con siete piedras de diferentes colores mezcladas.

61. *abuelillos del cogote*: según DRAE son los mechoncillos que tienen las mujeres en la nuca, a uno y otro lado del nacimiento del pelo.

del cogote... ¡Verla! ¡Está de cuerpo presente! ¿Y qué? ¡No me conviene mostrarme pueril, ni medrosa!

—Voy. Muy justo que rece un Padre nuestro.

La capilla ardiente es el salón, fastuoso y anticuado, con profusión de doradas tallas y espejos, magníficos tibores,[62] cuadros de mérito y colgaduras de una estofa brochada que se tiene de pie. Han armado en el fondo el altar donde mañana se dirán las misas; un crucifijo de marfil lo preside; al pie del altar, entre blandones,[63] el féretro. Las ventanas están abiertas, los cirios arden. Huele a lo que huelen las flores a la media hora de contacto con un cuerpo muerto, y cuando su aroma se mezcla con efluvios de cera y cloruro. Siento otro escalofrío chico: los ojos se me han ido directamente, atraídos sin resistencia, a la cara de la difunta, dorada al oro verde por la luz de los cirios tristes. La han amortajado con hábito del Carmen, y el cerco de la toca presta a su fisonomía una nobleza y una austeridad que en vida no tuvo. A todo el que entra en una cámara mortuoria le pasa lo que a mí: la cara del muerto imanta la vista. Dos Siervas de María velan sentadas, leyendo en un libro de negra cubierta; un criado antiguo, Mateo el jardinero, de rodillas, marmonea una oración, comprimiendo sobre el pecho, con ambas manos, un sombrero blando muy raído. Las Siervas, al verme, se levantan, me saludan en sordina, me acercan un almohadón rojo, para que me arrodille con comodidad. ¡Soy la heredera! Con el espíritu pegado a la tierra, murmuro rezos. Farnesio se queda en pie detrás de mí. Con esa agudeza de percepción que poseo, todo el tiempo que dura mi plegaria noto los ojos del intendente que es-

62. *tibores*: jarrones chinos.

63. Se da el nombre de blandón tanto al hacha de cera de un pabilo, como al candelabro donde se colocan estas hachas.

crutan mi nuca y mis hombros, y reprueban lo superficial de mi plática con Dios. Me incorporo, y dentro de mí zumba un acento apremiante, venido no sé de donde. "Hay que besarla... Tienes el deber de darla un beso... Será muy feo que no se lo des..." Desoigo la voz. "Desde hoy no conozco más ley que mi ley propia..." decido, al retirarme con tranquilo paso, no sin haberme persignado e inclinado al modo ritual. Al encararme con Farnesio, noto que algo semejante al rastro de baba de un caracol espejea en sus mejillas. ¿Llanto? ¿La quería de verdad a esta señora tan pava, tan poco interesante? (En el momento actual, lo de pava será irreverente, pero ¿existen irreverencias interiores?)

—¿Mi dormitorio, mi tocador? —pregunto imperiosamente. No conozco la distribución de la vivienda; pero supongo que no se les ocurrirá indicarme la habitación donde doña Catalina exhaló su postrer aliento.

Me precede Farnesio, por ancho pasillo, hasta una estancia lujosa, como toda la casa. Me tranquilizo. Se ve que no está habitada desde hace tiempo. Ostenta aparatosa cama de ébano, con colcha de raso rosa, velada de guipur, y muebles de ébano, también macizotes.

—¿Mi doncella?

Sorprendido al pronto, parpadeó D. Genaro. ¿Por qué? ¿Pues no voy a tener doncella, y también doncellas, teniendo millones? ¿Puede que crea Farnesio que he de seguir con mi maritornes alcalaína? Al fin toca el timbre, y aparece una sirviente añeja, especie de dueña azorada, prevenida contra mí (es visible) desde antes de conocerme.

—¿Es usted la primer doncella?

—Sí, señora... Para servir a la señora.

—Llame usted a la segunda.

—No... no está.

—¿Cómo se entiende? ¿No está?

—Ha salido a recados... D. Genaro sabe...

—Bueno; en lo sucesivo, no se sale sin mi autorización.

—Muy bien, señora. Yo no salgo nunca.

—Prepáreme usted un baño... ¿Habrá cuarto de baño, verdad?

—Ya lo creo.

—Ponga usted en el baño un frasco entero de colonia... ¿Habrá colonia?

—Sí, señora, sí.

—¿Y toallas finas, y jabón de violeta?

—De violeta no sé si habrá. De todos modos, será buen jabón. ¿Pediremos el de violeta a la perfumería?

—Es tarde. Estará cerrada. Es igual. Cualquier jabón. Deseo bañarme pronto.

—¿No cena la señora?

—Después del baño...

—Que te aproveche —pronunció Farnesio—. Yo no cenaré: me encuentro algo indispuesto. Mañana tenemos mucho que hablar, pero no por la mañana, puesto que... —Se le quebró el acento; sobrevino carraspera.

—Ya, ¡el entierro! —dije con naturalidad—. ¡Y yo sin manto de luto para las misas! ¿Cómo se llama usted? —pregunté vuelta hacia la dueña.

—Eladia, para servir a la señora.

—Ocúpese usted de que yo tenga manto mañana a primera hora. Y muy tupido.

II

Hasta la tarde del día siguiente, no se celebró la anunciada conferencia. Todavía el salón conservaba el olor dulzaino y repulsivo de los desinfectantes y las flores, envenenadas, en descomposición, desde el punto mismo en que las depositamos sobre un cadáver. Mandé abrir las ventanas de par en par; ordené que a nadie se recibiese, pues los contados íntimos de la tía ya habían asistido a las misas, devorándome a miradas de curiosidad frenética; y recorrí la casa. Magnífica, concedido... pero apelmazada, de pésimo gusto. Ya la airearé también. Las casas envejecen con sus dueños. Daré juventud... Mi juventud, reconcentrada por el aislamiento y llena ya de una experiencia amarga y sabrosa cual la aceituna.

Conversamos D. Genaro y yo en el gabinete inmediato a mi dormitorio. Por él se puede bajar al jardín. Un macizo verde, al través de los vidrios, me halaga. Estoy chancera y afectuosa con el sesentón.

—¿Sabe usted, D. Genaro que esta mañana, al despertarme en una habitación desconocida, creí que era un sueño lo de la herencia?

—¡Ojalá! —gimió él.

—¡Muchas gracias, mala persona!

—Ya comprendes por qué lo digo.

—Bueno, D. Genaro; usted siente sobre todo la muerte de la pobre tía, pero, además, sospecho que opina que no debí heredar estos caudales. Le advierto que yo tampoco me explico la chiripa. ¿Soy la pariente más cercana? ¿Me equivoco, o existen allá en Córdoba los hijos de su hermano D. Juan Clímaco?

—En efecto, existen, no en Córdoba, sino en Granada.

—¿Y no soy yo hija de un primo hermano de la señora? ¿De un Mascareñas de la rama menesterosa, de la rama infeliz?

—Es la verdad, Natalia... Pero —añadió como alegando disculpa— por lo mismo; tú eras pobre, y los hijos de D. Juan Clímaco tienen bien cubierto el riñón. La señora era libre, y te dejó lo suyo, porque te quería.

Me recosté en la butaca de seda fresa rameada de verde, y canturreé:

—¿Me que-que-quería? ¿Sabe usted que lo disimulaba?

La barbilla de Farnesio tembló; se inmutó su cara, y el reflejo dorado del aro de sus quevedos zigzagueó un instante.

—Esto es cruel —tartamudeó—. No sabes lo que estás diciendo. ¡Si lo supieses!

—Don Genaro —respondí—, razonemos. No me pinte usted lo que no ha existido. ¿Es querer a una muchacha tenerla recluida, darle una mesada que solo por la baratura de Alcalá me permitía no morir de hambre, y tramar una conjura para meterla en un convento?

—Que no sabes lo que te dices —terqueó él—. Cuando se trató de que abrazases ese estado —el más feliz para una mujer—, aun vivía Dieguito, el hijo de doña Catalina. ¿Quién pensara que aquel buen mozo, en lo mejor de su edad, iba a sucumbir del tifus, en pocos días?

Medité un instante, cogiéndome la barba.

—Y... ¿qué tiene que ver? ¿Viviendo Dieguito, yo monja? ¿Es que temían que Dieguito se enamorase de mí?

—¡De absurdo en absurdo! —Violenta indignación soliviantaba a Farnesio.

Yo insistí, pesada:

—Pues no entiendo, señor. Y como se trata de mí, de mí misma, tengo derecho a entender.

—Y yo a que respetes lo que no te importa... ¿Qué más quieres? Cualquiera, en tu caso, se hubiese vuelto loco de alegría. Por otra parte, Natalia, mi papel no es censurar los actos de la señora, si no ponerte en posesión de tu fortuna, que es de las más saneadas y cuantiosas que habrá en España en bienes territoriales y en acciones del Banco. ¡Hace treinta y dos años que la administro, y tengo el orgullo de decir que ha crecido en mis manos y se ha redondeado bien! Si quieres cambiar de apoderado general, no haya reparo, me sobra con qué vivir; de mi sueldo poco he gastado, y soy solterón...

Volviéndose súbitamente hacia mí, con transición incomprensible, con ansiedad, me interrogó:

—¿Por qué no la diste un beso?

Mi soledad y mi género de vida me han hecho independiente. Tengo a veces la espontaneidad de gestos y movimientos de una fierecilla. No sé cómo —pero con mímica expresiva—, manifesté la repulsión a la hipótesis del ósculo en las mejillas heladas. Y hablé duramente.

—¡Qué ocurrencia! La he dado los mismos besos que ella me dio a mí...

Le vi tan consternado, que, con igual viveza, cogí su diestra desecada, rasposa y senil, y la apreté afectuosamente. Bajo la presión, la mano parecía remozarse: la sangre afluía y la piel se hacía flexible.

—Usted se queda toda la vida conmigo. ¡Pues no me hace usted poca falta! No le suelto. Que lo crea o no, le tengo ley. Al fin, el único que se ocupó un poco de mí, fue el señor de Farnesio... por más que usted, pícaro, también estaba en el negro complot para que yo... ¿No es verdad?

Con mis dos índices alzados dibujé alrededor del óvalo de mi cara (es muy perfecto, que conste) el cerquillo de una monástica toca... Mi risa timbrada contrastaba con los crespones ingleses de mi atavío, que acababan de traerme —¡milagro de rapidez!— de la *Siempreviva,* especialidad en lutos precipitados. Noté que se le caía la baba a Farnesio... ¿Me querrá este vejete, o es un solapado enemigo? Él callaba, extático.

—¿De modo que soy poderosa? —pregunté.

—¡Ya lo creo!

—Y diga usted... —¡Diga usted!— ¿Tenía joyas doña Catalina?

Sacó Farnesio del bolsillo un reluciente llavero y me lo entregó con dignidad.

—Son las de sus armarios... los de su cuarto. Las recogí cuando entró en la agonía, por orden anterior que me tenía dada. Recuerdo que hay joyas magníficas. Desde la desgracia de Dieguito, ya no se las puso. Tú, hasta quitarte el luto, no debes lucirlas tampoco.

El consejo frunció mis cejas. ¿Consejitos a mí? Tomé el llavero y resueltamente penetré en la cámara mortuoria. No era alcoba, sino dormitorio amplio, con tres balcones al jardín, un cuarto de tocador contiguo y un ropero. Cambié de opinión: este departamento, convenientemente refrescado, será el mío.

El retrato al óleo de Dieguito ocupa el lugar preferente, en el tocador, sobre el sofá. Alrededor del marco, una tira de tul negro, ajado, cogida con un ramo de violetas artificiales. Yo no conocí a Dieguito. ¿Cómo ni dónde había de conocerle? Así es que miro muy despacio su imagen. Es un muchacho guapo, elegante, lleno al parecer de robustez y vigor. Sus ojos me siguen cuando doy vuelta. Es un retrato que parece hablar, salirse del cuadro. ¡Atención! Se me parece... No cabe duda; ¡se me parece! La forma de la nariz, el corte de cara... ¿Qué tiene de particular? Bien cercanos parientes somos.

Conservo en la mano el llavero, y los enormes armarios de palosanto me atraen con su misterio suntuoso; pero otro enigma me ha salido al paso con esta imagen de mi primo, a cuya muerte debo la fortuna. La idea retorna. ¿Por qué, viviendo él, tenían que abrirse para mí las puertas melancólicas de algún monasterio? Vuelvo a fijarme en la pintura, como si en ella, en su mudo lenguaje, estuviese la explicación; después observo que enfrente, encima de la chimenea, hay otro lienzo, doña Catalina, jamona, vestida de raso azul obscuro, escotada, muy peripuesta.

Yo la conocí ya decadente. Aquí conserva buen ver; es linfática, de blancas carnes, de ojos enamorados, con ojera mazada y párpado luengo. Su óvalo de cara, todavía puro, es idéntico al mío y al de Dieguito. Lleva un estupendo aderezo de perlas como garbanzos y brillantes como habas; aderezo que me impulsa a abrir los armarios inmediatamente. En el primero, ropa blanca en hoja; mucha, muy rica, sin gracia. La *lingerie*[64] elegante no debe de ser así... Mantillas de blonda, abanicos, chales de Manila, pieles, frascos enteros de esencia, cajas de sombreros. En el segundo —hay cuatro seguidos formando un costado de la vasta habitación— un deslumbramiento de plata repujada y sin repujar. Plata de arriba abajo, como en las alacenas de las Catedrales. Una vajilla espléndida, que da indicios de no haberse usado apenas; sería doña Catalina de las que adquieren la argentería para legársela a los sucesores sin abolladuras. Bandeja, mancerinas,[65] vinagreras, salvillas, jarras, palanganas, saleros, hasta... lo que no puede decirse... de plata maciza. Los cubiertos, por docenas, y los platos, en rimeros, blasonados con el león atado a un árbol, de Mascareñas.

Aquí no están las joyas. Estarán de fijo en el último armario que registre. No... En el tercero. Muchos estuches, muchas cajas. Lo saco todo y lo extiendo sobre la mesa, ante el sofá. Me siento. Una ligera fiebre enrojece mis mejillas; me late aprisa el corazón. ¡Las joyas! La ilusión de tantas mujeres, y yo me cuento entre ellas. ¡Y nunca las he poseído! En mis viajes a Madrid —tan cor-

64. *lingerie*: voz francesa: 'lencería', 'conjunto de ropa blanca'.

65. *mancerina*: plato con una abrazadera circular en el centro, donde se coloca y queda sujeta la jícara en que se sirve el chocolate (DRAE)

tos, de horas— me paraba ante los escaparates, fascinada, embobada... ¡Las piedras, y sobre todo, las perlas! Lo primero que encuentro es el estuche, forrado de felpa rosa, en forma de garganta y escote de mujer, donde se escalona el collar de cinco hilos. Me lo pruebo, temblorosa, sobre el negro de la blusa; lo acaricio; trabajo me cuesta quitármelo. ¡Ah! Al acostarme, haremos otra prueba más convincente...

¡Qué redondas, qué oriente, qué igualdad la de estas perlas! Farnesio es todo un hombre de bien, para tener en su poder las llaves y que yo encuentre tales preseas en su sitio. Hay un caudal aquí. ¿Cómo no lo resguardó en el Banco doña Catalina? Acaso, anticuada, temía a los Bancos. Hay una diadema de hojas de yedra, de brillantes; hay el soberbio aderezo del retrato; hay brazaletes, medallones, broches, sortijas, sin hablar de rosarios, relicarios de oro y pendientes colgantes. ¡Las joyas! Piel virginal de la perla; terciopelosa sombra de la esmeralda; fuego infernal del rubí; cielo nocturno del zafiro... ¡qué hermosos sois! Al fin os tengo entre las yemas de los dedos. ¡Yo, la señoritinga de Alcalá, que por necesidad ha dado tantas puntadas, sin gozar nunca de un dedalito de oro bien cincelado!

Río de gozo a solas, y lo registro, lo revuelvo todo para cerciorarme de que es mío. Un momento, la curiosidad se sobrepone. Dale; me zumba el moscón... Si viviese Dieguito, yo estaba condenada a ganguear en un coro... Olvido los esplendores y busco las confidencias de las joyas. Profano los medallones. Hay tres: uno cuajado de diamantes, a tope, otro de oro liso con enorme solitario en el centro, otro con cifras, de rosas y rubíes —C. M., Catalina Mascareñas—. Todos encierran retratos, fotografías ya pálidas. Un niño —será Dieguito— un señor de levita, sin barba— el marido de doña Catalina, D. Diego de Céspedes— hay otro retrato suyo en el salón, al óleo, con cruces y bandas.

—En el tercer medallón, el de cifras, en forma de corazón, una niña... ¡Jesús! ¡Yo, yo misma! ¡No cabe duda! ¡Como que poseo otro ejemplar de esta fotografía, con peinado de bucles, y vestido blanco muy almidonado!... ¡Yo! ¡Me guardaba la tía con tanto afecto, en su joya más personal! ¿Sería verdad que, como afirma Farnesio, me quería mucho? Suspensa, vuelvo a cogerme la barbilla, medito... Y no acostumbro a meditar en balde.

¿Habrá papeles en el armario número cuatro? ¿De esas cartas limadas por los dobleces, en que dijérase que se ha consumido de añoranza la tinta, en que el papel se pone sedoso y rancio como el pellejo de una anciana aristócrata? ¿Encerrarán esas epístolas una revelación, o sólo indicios, que para mí serían bastantes?

Gira la llave dulcemente. El armario número cuatro guarda mil objetos, cajas, cintas, guantes, gemelos de teatro, calzado nuevo, sombrillas, medicinas, todo sin un átomo de polvo, todo en orden... Me fijo. Los otros armarios, más bien se encontraban revueltos. En éste, donde podrían estar los papeles, es evidente; se ha limpiado, se ha practicado un registro. Un pupitre incrustado, donde la señora escribiría, está también en frío y meticuloso orden: el papel timbrado forma pirámides con los sobres; no hay un renglón de manuscrito, no hay un apunte. Esto no ha podido hacerlo doña Catalina, porque la sorprendió la enfermedad, un derrame. La *idea* toma cuerpo. Levanto la placa de la chimenea. Allí, atrás, limpieza absoluta. Sin embargo, en una esquina, mis dedos se tiznan ligeramente, no de hollín, sino de ese tizne como alado que forman las pavesas del papel. Allí se han quemado cartas... Reciente, hecho antes de que viniese yo. Y, en la dificultad de escoger, en la premura de aprovechar el tiempo, no se han quemado sólo los peligrosos, sino todos. No se me avisó a mí hasta tomar la precaución. Doña Catalina murió ayer, a las seis de la mañana. Recibí el telegrama a las cinco de la tarde. El precavido, ¡quién ha de ser sino Farnesio! dispuso de bastantes horas. Es inútil pescudar en los muebles, ni en los demás rincones de la casa, porque nada hallaré.

Llamo a D. Genaro, que acude solícito. Noto que, tras los quevedos, rojean los inflados ojos.

—¿Qué tal? —me dice—. ¿Te has enterado bien de lo que te pertenece?

—¿Sabe usted que hay cosas soberbias? Pero he notado algo que me extraña. Esos armarios no contienen ningún papel.

Farnesio se estremeció. Sin duda no contaba con este ataque.

—¿Ningún papel? —murmuró, en voz que trataba de aclarar y serenar—. Naturalmente que no hay papeles ahí. Yo soy quien te los entregaré, y en toda regla. La documentación del archivo de la señora, es de las mejores. ¡No se ha trabajado poco al efecto! Mi vida entera se consagró a esa tarea, puede decirse. No temas cuestiones ni pleitos. Ya se te comunicará también oficialmente el testamento. Los inventarios de la plata y alhajas, están hechos en vida de la señora, y legalizados. Creo que algún legado deja a los hijos de D. Juan Clímaco...

—¿No me entiende, o me entiende demasiado? —cavilo, recelosa. Y, en voz alta, preparando el floretazo—: ¿Qué dirá usted que he encontrado en este medallón?

Se inmutó tanto, que ni contestar podía. En su inquisición de papeles, no había pensado en las joyas, en que las joyas pueden guardar secretos. Le vi afligido de una especie de disnea, y pensé si estaría yo cometiendo el sacrilegio de los violadores de tumbas. Quizás temía Farnesio que el medallón guardase otra cosa. Respiró, cuando vio mi retrato.

—¿A ver? ¡Calle! ¡Tu retrato de niña!

Se enterneció. Y, con aquella flemita en la garganta que ya le había yo notado, en instantes de emoción, salió por esta inocentada:

—¡Ya lo ves, ya lo ves, si te quería tu bienhechora!

III

Me instalo en el bienestar —no en el lujo— de mi gran fortuna. El bienestar es práctico, y el lujo, estético. El lujo no se improvisa. El lujo, muy intensificado, constituye una obra de arte de las más difíciles de realizar. Yo tengo un ideal de lujo, hambre atrasada de mil refinamientos; ahora comprendo lo que he sufrido en la prosa de mi vida alcalaína. Otra mujer quizás hubiese encontrado hasta dulce aquel escondido vivir, pero mi fantasía y el culto que profeso a mi propia persona, me hicieron a veces llorar ante un puchero desportillado o unos zapatos cuyo tacón empezaba a torcerse...

No está todavía depurado mi gusto para formarme mi envolvente lujosa, y, por ahora, me limito a la comodidad, a alegrar esta casa suntuosa que trasuda aburrimiento.

La mentalidad de doña Catalina, sus burgueses instintos, iban reflejándose en el mobiliario. Llamo a un prendero y le vendo un sinfín de cachivaches. Comprendo que Farnesio se horripila; cree que hago una locura. Respiro al verme libre de estos espejos de tan mal gusto, de estos entredoses con bronces falsos, de estas butacas rellenas, recercadas, que parecen acericos de monja. Lo vuelvo todo patas arriba; no dejo cosa con cosa; el jardincillo pierde su aspecto terroso, secatón, y arreglo en él una

serre[66] en miniatura, provista de calorífero. Allí almuerzo casi todos los días. Mi departamento lo alhajo a la moderna, de claro, y salpico alguna antigualla fina.

He comisionado a un prendero de altura para que me busque cuadros que no representen gente escuálida ni martirios; retratos de señoras muy perifolladas, y porcelanas del Retiro y Sajonia. Las vitrinas empiezan a llenarse.

Vivo retirada; he pagado las tarjetas con otras, y no tengo amiga alguna, porque las de doña Catalina son viejas apolilladas, gente de su tiempo, y me he negado formalmente a recibirlas. Sin embargo, a pesar de este recogimiento que complace a Farnesio, cuando salgo por las tardes en coche abierto a la Moncloa, a la Casa de Campo o a las soledades del Hipódromo,[67] mi coche suele llevar escolta. Hay dos "muchachos", hijo el uno de la condesa de Páramos, sobrino el otro de la generala Mansilla, que me rondan. Ambas señoras fueron tertulianas y compañeras de Juntas de Beneficencia de doña Catalina, y, sin duda, saben lo que yo *valgo*... Son los primeros pretendientes que asoman en el horizonte. Les veo pasar haciendo corvetas, obligando a sus monturas, mientras yo, envuelta en pieles de zorro negro y astracán, las únicas que permite mi luto, y acariciando al friolero lulú de Pomerania Daisy, que se refugia al calor de mi manguito y parece otro manguito viviente, me fijo en que el sobrino de la generala tiene las piernas un poco arqueadas, y el hijo de la condesa, al sol, los ojos rojizos y sin cerco de pestañaje...

Farnesio me ha indicado reiteradamente que necesito una dama de compañía. Le he contestado que, así como

66. *serre*: término francés: 'invernadero'.

67. El Hipódromo se encontraba aproximadamente por donde están hoy los Nuevos Ministerios.

viví largos años en Alcalá sin ese apéndice, y no me ocurrió cosa digna de contarse, pensaba seguir en Madrid sin dueñas doloridas.

En efecto, me he habituado en mi soledad, en mi abandono, a ser libre. Este único bien no pudieron quitármelo; mejor dicho, ni aun creyeron que merecía la pena de querérmelo quitar. Sin duda Roa y Carranza, los dos canónigos, me observaban y enviaban notas tranquilizadoras. Yo no cometía irregularidad alguna, yo no abría la puerta a ningún galán. Farnesio cree que debo ingresar en la cohorte de la gente víctima de los formulismos. ¡Es tarde, es tarde!

Cuento veintiocho años; me acerco a veintinueve. Mi carácter se ha templado en las aguas amargas de mi soledad y abandono. El sentimiento de la injusticia cometida conmigo, tan largo tiempo, me ha infundido un ansia de desquite y goce de exaltación de mí misma, que tiene vistas a lo infinito. Yo necesito apurar los sabores de la vida, su miel, su mirra, su néctar. ¡Yo necesito ir a su centro, a su núcleo, a su esencia, que son la hermosura y el amor! En estos meses he podido cerciorarme de que la comodidad, las riquezas, en sí, no me satisfacen, no me bastan. Cuando era menesterosa, y me zurcía mis medias, pensaba tal vez, como en algo inaccesible, en la contingencia de que doña Catalina muriese acordándose de mí con una manda que representase una vida de modesto desahogo. ¡Bah! Ahora me sonrío de las puerilidades del primer día, mi goce físico cuando me recliné en la berlina acolchada, mi soberbia de *parvenue*[68] al llamar despóticamente a la doncella y exigir el baño... Y, adquirido ya cierto buen gusto, me complazco en salir a pie, vestida sencillamente,

68. *parvenue*: término francés: 'nueva rica'.

en peinarme yo misma. El propio instinto me impulsa a proyectar un viajecillo a Alcalá, para ver a mis antiguos amigos, y unir el pasado al presente.

Todas las noches, a solas, encerrada en mis habitaciones, me doy una fiesta a mí misma. Me despojo de los crespones, visto trajes exquisitos, de color, y me prendo joyas. He hecho transformar y aumentar, a mi capricho, las de doña Catalina. Libres de sus pesadas monturas, ahora los brillantes y las esmeraldas son flores de ensueño o pájaros de extraño plumaje; las perlas salen húmedas de su gruta marina, y algún grueso solitario, pendiente de sutil cadenilla invisible, esmaltada del color de la piel, cuelga lo justo para iluminar como un faro el nacimiento del seno... Antes de todo, he entrado en el baño, preparado por mí, y en el cual he vertido a puñados las pastas suaves de almendra, los espumosos afrechos,[69] y a chorros los perfumes, todo lo que el cuerpo gusta de absorber entre la tibia dulzura del agua. Uno de mis primeros refinamientos ha sido ¿es esto refinamiento?, colar el agua de mi baño al través de filtros poderosos, para no bañarme en ese légamo en que generalmente se baña Madrid... el poco Madrid que se baña. Encendidas las estufas, radiante de luz eléctrica mi tocador, paso a él envuelta en la tela turca. Lienzos delgados y calientes completan la tarea de enjugarme, y ligera fricción pone mi sangre en movimiento. Me extiendo en la meridiana,[70] enhebrándome en una bata de liberty blanco y encajes. Descanso breves minutos. En seguida procedo al examen detenido de mi cuerpo y rostro, planteándome por centésima vez el gran problema femenino: ¿Soy o no soy hermosa?

69. *afrecho*: en sentido estricto, es 'salvado, cáscara de grano'. Aquí debe de tratarse de algún cosmético usado en la época.

70. *meridiana*: sofá sin respaldo ni brazos.

La triple combinación de espejos reproduce mi figura, multiplicándola. Me estudio, evocando la beldad helénica. Helénicamente... no valgo gran cosa. Mi cabeza no es pequeña, como la de las diosas griegas. Con relación al cuerpo, es hasta un poco grande, y la hace mayor el mucho y fosco pelo obscuro. Mi cuello no posee la ondulación císnea, ni la dignidad de una estela de marfil sobre los hombros de una Minerva clásica. Mis pies y mis manos son demasiado chicos ante la proporcionalidad estatuaria, y mis brazos mórbidos y mi pierna nerviosa miden un tercio menos de lo que deben medir para ser aplicables a una Febe.[71]

Empiezo a vestir mi desnudez, y cada prenda me consuela y me reanima. La camisa, casi toda entredoses, nuba[72] mis formas prestándolas vaporoso misterio, y haciendo salir los brazos de entre la espuma, mucho más gentiles que los brazos forzudos de la Palas lancera. Al jugar el calado de sedosas transparencias sobre el tobillo menudo de española que poseo, me figuro que es imposible acordarse de la extremidad inferior de la Cazadora. El corsé de raso mate, bordado, guarnecido de valenciennes, se adapta a mi torso, ciñe y recoge mi vientre pequeño, emplaza mis senos vírgenes, y más abajo, la falda de surá complica sus adornos ligeros, ricos sin parecerlo, y diseña la silueta de la flor de la datura, arriba hinchado capullo, abajo despliegue de una campana ondulante. Sospecho que no hay razón para deplorar que el tronco de la Dea de Milo parezca, a mi lado, el de un fuerte púgil.

Labrada la fácil arquitectura de mi moño, de mi tupé

71. *Febe*: Diana, diosa de la caza.

72. La voz *nubar* no está registrada en el diccionario de la Academia. Doña Emilia la emplea varias veces en la novela y siempre con el sentido de 'difuminar', 'envolver como una nube'.

sombrío que avanza sobre los ojos haciendo de su expresión un enigma, clavo en él un ave de pedrería, unas espigas que radian diamantes alrededor de mi cabeza, o dos audaces plumas de pavo real que divergen y me flechan de esmeraldas, o un mercurio de roca antigua, cuyas alas picantes dan a la testa la inquietud del vuelo. El traje, sin faralaes, adherido, recamado, cae como veste solemne hasta cubrir enteramente los pies, derramándose en rebordes artísticamente severos sobre la alfombra. Es el peso de sus bordados bizantinos, de oros rojos, verdosos, apagados, sonrosados, lo que produce esa línea de mosaico de Rávena o miniatura de misal. Sobre el lujo a la vez violento y sobrio del traje, y realzando su curiosidad, la salida de teatro, también pesada, desciende arrastrada por sus flecos de irisado vidrio y sus rebordaduras complicadas, de matices sabiamente combinados. De mi cuello penden los hilos de perlas, que he dispuesto a mi manera y que bajan hasta la cintura. Ninguna otra joya, excepto las sortijas, enormes, en los pulidos dedos. Los dedos de mis manos —y hasta los de mis pies— son para mí objetos de un antiguo culto. En mis escaseces de Alcalá, ¡cuántos sacrificios para no deshonrarme las manecitas! Uso perpetuo de guantes de algodón en las faenas caseras, y derroche de una pasta para suavizar y adobar la piel. Ahora, abuso de los estuches atestados de cachivaches de plata con mis cifras, de las infinitas limas, las tijeras de todas las formas y curvaturas, los bruñidores y pinzas, los botes de cincelada tapa que contienen mudas y blandurillas para acentuar lo rosado de mis uñas, y conservar la sedosidad de mi piel.

Ya revestida de mis galas, me sitúo de nuevo ante los espejos que me reflejan, y trato de definirme. Mi figura es una de tantas como la moda actual, artísticamente pérfida y reveladora, troquela en sus moldes. Tiene trazos graciosos, y la tela, al ajustarse estrechamente a caderas y muslos, marca líneas de inflexión gentil; pero lo mismo les sucede a casi todas las que se visten de este modo, a menos que sean cincuentonas, o su estructura se base en el tocino o la cecina. ¡Ni soy torcida, ni obesa, ni flaca, y esto es todo lo que el espejo me dice!

Mi cara... La consulto como se consulta a una esfinge, preguntándola el secreto psicológico que toda cara esconde y revela a un tiempo. Sombreada por el tejadillo capilar en el cual titila un diamante montado en tembleque, mi cara, más bien descolorida, ni es nimiamente correcta, ni irregular de facciones. No tengo un lado de la cara distinto del otro, como sucede a tanta gente. Mi tez es de una vitela sólida, sin granos, pecas, barros ni rojeces. Mis cejas forman doble arco elegante. Mis ojos, color café, al sol, recuerdan una de esas piedras romanas en que parece que hierven partículas derretidas de oro. Mi boca es mediana, no bermeja; pero los dientes, de cristal más que de marfil, la alumbran, y no la sombrea bozo. Los labios tienen un diseño intenso, y gracias a él, siendo carnosos, no llegan a sensuales. Mi faz es larga; la nariz la caracteriza aristocráticamente.

No llamo la atención desde lejos. De cerca, puedo agradar. Nunca he creído en el triunfo de las perfectas. Además, soy de las mujeres de engarce. Lo que me rodea, si es hermoso, conspira a mi favor. El misterio de mi alma se entrevé en mi adorno y atavío. Esto es lo que me gusta comprobar lejos de toda mirada humana, en el tocador radiante de luz, a las altas horas de la noche silenciosa, extintos los ruidos de la ciudad. Las perlas nacaran mi tez. Los rubíes, saltando en mis orejas, prestan un reflejo ardiente a mis labios. Las gasas y los tisúes, cortados por maestra tijera, con desprecio de la utilidad, con exquisita inteligencia de lo que es el cuerpo femenino, el mío sobre todo —he enviado al gran modisto mi fotografía y mi descripción— me realzan como la montura a la piedra preciosa. Mi pie no es mi pie, es mi calzado, traído por un hada para que me lo calce un príncipe. Mi mano es mi guante, de Suecia flexible, mis sortijas imperiales, mis pastas olorosas. Toda yo quiero ser lo quintaesenciado, lo superior —porque superior me siento, no en cosa tan baladí como el corte de una boca o las rosas de unas mejillas— sino en mi íntima voluntad de elevarme, de divinizarme si cupiese. Voluntad antigua, que en mi primera juventud era sueño, y ahora, en mi estío, bien puede convertirse en realidad. Para mí ha de aparecer el amor cortado a mi medida, el dueño extraordinario, superior a la turba que va a asediarme, que empieza a olfatear en mí a la heredera poderosa y a la mujer inexperta socialmente, fácil de cazar. ¡No tanto, señores! No soy una heroína de novela añeja. Invariablemente, en ellas, la protagonista, millonaria, se aflige porque sus millones la impiden encontrar el amor sincero. Pienso todo lo contrario. Esta inesperada fortuna me permitirá artistizar el sueño que yace en nuestra alma y la domina. Como el inteligente en arte que, repleta la cartera, sale a la calle dispuesto a elegir, yo, armada con mi caudal, me arrojaré a descubrir ese ser que, desconocido, es ya mi dulce dueño. Y aparecerá. Él también poseerá su fuerza propia. Será fuerte en algún sentido. Algo le distinguirá de la turba; al presentarse él, una virtud se revelará; virtud de dominio, de grandeza, de misterio. Las cabezas se inclinarán, o los ojos quedarán cautivos, o el corazón se descolgará de su centro, yéndose hacia *él*...

Pensando en *él,* prolongo mi estación ante el tocador, y las lunas altas, límpidas, copian mi cara expresiva, mis ojos ansiosos, mi busto brotando del escote como un blanco puñal de su vaina de oro cincelado... Y pruebo más trajes; uno azul, del azul de los lagos, bordado de verdes chispas de cristal y largas cintas de seda crespa, y otro blanco, en que se desflecan orlas de cisne, y otro del tono leonado de las pieles fulvas, transparente, bajo el cual se trasluce un forro de seda naranja, azafranoso... Y me sonrío, y entreabro abanicos, y juego a prenderme flores, y vierto por el suelo esencias, y, por último, rendida, arrojo aprisa mis galas, y estremecida por la horripilación del amanecer, corro con los brazos cruzados sobre el pecho a refugiarme en mi cama, donde me apelotono, me hago un ovillo, encogida, trémula de cansancio, con los pies helados, la cabeza febril...

IV

Al empezar a crecer los días, remanece[73] la idea de irme a Alcalá una semana, a ver a mis viejos amigos. Se combina este propósito con mis maliciosos recelos. Es indudable que esos arrinconados y modestos señores, que no me han hecho en tres o cuatro meses ni una visita, poseen la clave de mi historia, saben lo que yo todavía no comprendo, lo que inútilmente busqué en el armario de papeles. Farnesio es impenetrable; nada le arrancaré; cada día se difumina mejor la verdad en las nieblas de su habla sobria. El secreto, sin embargo, no puede ser verdadero secreto, ya que lo han conocido, por lo menos, tres personas: Farnesio, Carranza, y Roa, el fallecido.

Dispongo mi viaje. Nada de aparato; me alojaré en la casa que tantos años habité, y que ahora es mía, y me

73. Del verbo *remanecer*, 'aparecer de nuevo e inopinadamente' (DRAE)

servirá Sidra, la misma maritornes de antaño... La tengo allí al cuidado de los muebles. ¡Vaya unos muebles! El cocinero, eso sí, enviará todos los días la comida, y un pinche encargado de presentarla.

Invitaré al canónigo; se le soborna por la boca: es amigo de la mesa. Malo será que no se descorra el velo. Una circunstancia, al parecer insignificante, acrece mi curiosidad ardorosa. Con motivo de las formalidades de testamentaría, he visto mi partida de bautismo. Fui bautizada en Segovia. Y mis nombres de pila son: Catalina, Natalia, Micaela... He interrogado a Farnesio, como al descuido:

—Si me llamo Catalina, ¿por qué me han llamado Natalia?

Ligera rubicundez, tartamudeo.

—¡Porque Natalia... es más bonito! Es decir, supongo que sería por eso, —añade, ya aplomado— pero es imposible averiguarlo, no habiendo medio de preguntárselo a tus padres!

—Pues desde hoy, Catalina vuelvo a ser.

En mi saco, guardo una maravilla de arte que pretextará mi excursión por el deseo de que mis amigos la vean y estudien. Es una medalla que parece del XV. La descubrí en el oratorio de doña Catalina, churreteada de cera y protegida por un vidrio oval y un marco indecoroso, de coral basto y recargada filigrana.

Visto un luto sencillo, y me voy a la estación completamente sola. Saboreo la confusa sorpresa de encontrar que un cambio tan capital en mi suerte no altera mis impresiones. Como siempre, me embelesa el paisaje, que la primavera empieza a realzar con tímidos y blanquecinos toques verdes, con idealidades de acuarela (la primavera es acuarelista). La sensación tranquila y señorial de Alcalá es la misma, igual la impresión de limpieza de sus aceras de ladrillo y su caserío claro. A pie voy desde la estación a mi casa. Cerca del bulto de bronce de Cervantes, ¡castizo bulto! me cruzo, casi a la puerta de mi domicilio, con las hijas del Juez, las que me ponían motes. De sorpresa, se inmovilizan. Me devoran, con mirar hostil. Luego, con aire de sufrimiento, vuelven la cara. Voy ataviada sin pretensiones ningunas, pero mi toca negra es parisiense, mi sotana de casimir, del gran modisto, mi luto una apoteosis. Mi bolsita de cuero negro luce inicial de chispas. El dinero es tan difícil de ocultar como la pobreza. ¡Qué de envidias! ¡Qué de charlas chismosas! ¡Cómo rabiarán!

Vuelta a ver mi casita, me hace el efecto de uno de esos lugares donde estuvimos de niños, y que juzgábamos mucho mayores. Sidra me acoge con una mezcla de resabios familiares y terror respetuoso. ¡Su señorita, la que la regañaba por diez céntimos mal administrados! ¡Y ahora, no saber adónde llega mi fantástica fortuna!

—Bueno, Sidra, cállate, barre mucho, friega mucho... Traerán la comida de Madrid; tú enciende el fogón, para que la calienten... Y manda un chiquillo a avisar al Sr. Doctoral y a D. Antón. ¡Que almuerzan conmigo! Y si le estorbase al Sr. Doctoral almorzar, por las horas de coro, que le aguardo a las tres para el café, y que cenará aquí.

Ninguno pudo acudir a almorzar. A las tres, llegaron radiantes. Intentaron un retrasado pésame, que sonaba a enhorabuena.

—Déjense de niñerías. Ya sabemos que esto es motivo de felicitación —advertí—. No lo oculten, puesto que lo piensan.

Se rieron. Leí en sus caras la satisfacción de verme, y de verme tan dichosa, sin género de duda. Yo también reía. Fue un momento sabroso, en que revivieron los tibios afectos y las intimidades apagadas del pasado.

Empecé a hartarles de café extraordinario, de ron muy

viejo, de licores primera marca. ¡Bastante agua chirle les había dado en mi vida!

—¿Se acuerda usted, Carranza, de cuando me regalaba usted, de tiempo en tiempo, una librita de molido, porque mis recursos...? ¿Buen cambiazo, eh? ¿Qué tal, si le hago a usted caso y entro monja? No, no se excuse; su intención era buena, de fijo. Las circunstancias mandan en nosotros. Viviendo Dieguito Céspedes, yo estaba mejor emparedada...

El canónigo sonreía de un modo pacato, mirándose los rollizos pies, que asomaban calzados de vaca reluciente, con plateada hebilla.

—Sin embargo —añadí—, Dieguito y yo cabíamos en el mundo. ¿Qué estorbo le hacía esta infeliz? Mi pensión, de dos mil pesetas, no mermaba su caudal. Y usted sabe que yo era incapaz de pedir más, de molestar a mi...

—A tu respetable tía doña Catalina —atajó el ladino y erudito eclesiástico—. De sobra conocemos tu delicadeza. Pero, Nati, eso del monjío y la mesada son viejas historias. Casi prehistoria, niña. Doña Catalina Mascareñas te ha dado una prueba bien estupenda de su cariño, y nosotros, contentísimos de que lo haya heredado nuestra Natalita —porque supongo que nos permites llamarte así.

Lo dijo con tono ahidalgado, con esa seca y grave cortesía castellana, que rebosa dignidad.

—Lo único que no permito es que me llamen Natalia. Catalina me pusieron en la pila. Llámenme Lina, ¿eh? ¿Convenido?

—Corriente... ¡Lina, consejo de amigo antiguo! Yo intenté, hace tiempo, darte un esposo sin tacha. Ahora, escógetelo bien tú... Mira lo que vas a hacer...

—¡Esto ya no se puede sufrir! —grité afectando indignación—. Ayer me quería usted meter entre rejas, hoy casarme. ¿De dónde saca usted...?

Desde su rincón, D. Antón de la Polilla me hacía misteriosos guiños.

—No te vas a quedar vistiendo santos... No es bueno para el hombre vivir solo. ¿Qué diremos de la mujer?

—La mujer que posee un capital, debe considerarse tan fuerte como el varón, por lo menos —sentencié.

—A veces —arguyó el Magistral— el dinero es un peligro. ¡Expone a tantas cosas!

—A mí, no —respondí tranquilamente—. A ustedes les consta que he cursado en las aulas de la necesidad. No hay doctora complutense que me pueda enseñar esta asignatura. Y he visto que las pobres no infunden pasiones.

—De todos modos... Polilla, déjese usted de hacer morisquetas, y ayúdeme. ¿No cree usted también que Nati... digo, Lina... debe casarse?

—Hay —enfatizó el volteriano— una ley imperiosa, grabada por la naturaleza en nuestros corazones, que nos manda amar.

—¿Ha recogido usted alguna estela donde se inscriba esa ley? —pregunté malignamente—. ¿Y se ha enterado usted de que no hablábamos de amor, sino de matrimonio?

—Hija mía —baboseó el vejete—, eres pesimista de sobra. Dices que tu pobreza... Yo he visto a más de un teniente pasear esta plaza mirando hacia tus balcones.

—Era su deber, como las guardias. ¿Qué hace un teniente aquí, si no mira a los balcones? Me miraban... como se mira al mar cuando no hay propósito de embarcarse.

—Insisto, Lina —decretó Carranza—. Necesitas sombra.

—Tengo a Farnesio... Me sombreará, como sombreó a doña Catalina.

El golpe era traicionero. Estudié la fisonomía de Ca-

rranza, aquella faz de medalla romana, de papada redondeada y labios irónicos a fuerza de inteligencia. Juraría que se alteró un poco.

—¡Farnesio no es... pariente ni deudo tuyo!... Se necesita familia...

—Se necesita querer —mosconeó Polilla, sentimental.

—¡Tiene gracia! Usted, Carranza, sin familia vive, y hecho un papatache... Y usted, don Antón, no supongo que haya sido un Amadís... Pero, en fin, si a querer vamos, le querré a usted. Capaz soy de ofrecerle mi blanca mano.

¡Ridiculez humana! Polilla se emocionó. Su cráneo pequeño, raso y satinado como manzana camuesa madura —excepto el cerquillo gris que orla el cogote y trepa hasta la sien—, se sonrojó como el camarón cuando lo echan en el agua hirviendo. Y el caso es que comprendió la chanza y la devolvió.

—Aceptado, Linita... Carranza, bendíganos, aunque eso en mis principios no entra.

Le miré con afecto, con dejos de añoranza... Los dos señores eran mis iniciadores intelectuales. Por ellos podía yo saborear más conscientemente las mieles de la riqueza. En este pueblo decaído, entre estos amigos trasconejados, sazonados con especias de sabiduría, yo fui abeja libadora de secretos y curioseadora de flores marchitas, todavía olientes. Por dentro, había vivido más intensamente que las fatuas cuyo nombre traen y llevan los revisteros de salones. Sonreía de gozo ante mis maestros. El Magistral, ceremonioso y malicioso, enemigo de quimeras, antirromántico, con su fisonomía más ancha abajo que arriba, sus ojos agudos tras los espejuelos, su azul barbilla rasurada, su entendimiento orientado hacia las fuentes claras y cristalinas del clasicismo nacional; Polilla, vivaz como un roedor y tierno como un palomo, con su jeta color de hueso rancio. Su bigotillo cerdoso, sus dientes semejantes a teclas viejas que enverdeció la humedad, su terno color ocre, su corbata con rapacejos[74] y sus botas resquebrajadas, representaban la luz de mi conocimiento, la formación de mi mentalidad; yo les era superior, no en el saber, sino en el sueño... Mientras saboreo la cordialidad de mi emoción y la nostalgia inevitable del pasado, no pierdo de vista mi propósito.

¡Es evidente que nada sacaré de Carranza! El único que se entregará es Polilla. Hay que quedarse sola con él.

La casualidad lo arregla. Vienen a traer al Magistral un recado urgente del Deán. Intrigas, cabildeos. Carranza responde que va en seguida, pero no querría marcharse sin ver la placa del XIV o del XV que le he anunciado. Cuando se la presento, libre de marco y cristal, limpia, prorrumpe en exclamaciones.

—¡Qué portento! ¡Pero de dónde sale esto! ¿Dices que del oratorio de la señora de Mascareñas? Naturalmente, como que es su Patrona, Santa Catalina de Alejandría... ¡Pero no haberla visto yo!

—¿No entró usted nunca en el oratorio de la señora?

—No, jamás —responde, con su estudiada reserva de camarlengo del Papa—. Apenas si fui allá dos o tres veces a visitarla, por asuntos de administración, pues quiso tu tía encargarme de la hacienda que hoy posees en Alcalá. ¡Pero figúrate mi júbilo! Casualmente (dedicada a la señora de Céspedes), tengo yo escrita una relación de la vida de esa santa. Pensaba ofrecérsela, pero Dios dispuso...

—¿La vida de la filósofa? Dedíquemela usted a mí. Haremos que vea la luz.

74. *rapacejos:* flecos.

—¡Lina, eres toda una señora! No sé cómo agradecerte...

—La placa —interrumpí yo— ¿será del XIV?

—Del XV —intervino Polilla. ¿No nota usted el plegado del traje? Y el procedimiento del esmaltado... Y todo, todo...

—La Santa debía de ser muy elegante...

—Vaya... ¡Refinadísima!

—Mañana, despacio, por la tarde, me leerá usted la relación, y repito que la edición corre de mi cuenta.

Se dilató el semblante del erudito. Ya se veía empaquetando ejemplares para enviar a los académicos que a veces le escriben, no más que para consultarle cosas de Alcalá y sus contornos. Ahora verían que puede dominar otros asuntos su pluma.

—Leeré —dijo— únicamente lo narrativo. Las notas serían enojosas. Quedan para la impresión.

—Bien pensado.

Y me dejó sola con D. Antón de la Polilla.

V

No necesito diplomacia, o por lo menos, no necesito astucia con este amigo, cuya boca no sufre candados.

—Me estaba riendo, D. Antón, de los guiños que usted me hacía.

—Ya, ya lo noté... ¡Ese Carranza! ¡Qué clérigos! Antes, empeñado en meterte en un claustro, y ahora... ¡Vamos, son criminales; no reconocen ley moral desde el momento en que se ordenan!

Le llevé la corriente.

—En efecto, a mí me parece que eso no está bien, y lo que más me fastidia, Polillita, de los eclesiásticos, es el prurito del disimulo; la falta de franqueza. Carranza tiene la manía de hacer misterio de todo; de tonterías sin importancia.

—Una chifladura... Lo menos se cree en las antecámaras del Vaticano, revolviendo el guiso negro de aquella diplomacia. ¡Oh! ¡Qué cosa más artística, confitarse en discreción! ¡Prodigar detalles sobre lo que pasó hace dos mil años, y guardar una reserva ridícula, sobre lo que ha sucedido ayer, y, además, no importa nada absolutamente!

—¿Qué fin se llevará en eso la gente de iglesia, D. Antón? ¿A qué vendrá tal arte de maquiavelismo?

Polilla frunció la boca y enarcó los dos hopitos de las cejas.

—¡Ay, hija mía! No dudes que algún fin llevan; que ese sistema de disimulo les da buen resultado. No hay como ser zorro. En estos zorritos se fía la gente. En un hombre franco, no. Ya verás, ya verás si Carranza se las arregla para buscarte novio de su mano; y claro, después mandará en tu casa y en ti y satisfará sus ambiciones. No tengas miedo de que se pierda! Pero yo trataré de madrugar y defenderte...

—Usted es muy buen amigo —declaré.

—No, no vayas a creer que no nos estimamos el Magistral y yo. Como digo una cosa digo otra.

Entablé a mi vez el elogio de Carranza.

—¡Oh! ¿Qué me va usted a contar? Es persona que vale mucho. También D. Genaro Farnesio es excelente y parece que me quiere de verdad. Y... ¿conoce usted a D. Genaro?

—Sí, desde hace muchos años. Alguna vez se ha dejado caer por aquí, con motivo de asuntos administrativos de doña Catalina. Cuando tú eras niña, venía bastante a menudo. Era el tiempo en que cuidaba de ti aquella Roma-

Emilia Pardo Bazán, hacia los treinta años.

Santa Catalina. Pintura anónima del siglo XIV.

na, la que luego se puso tan enferma que fue preciso enviarla a su pueblo, a Málaga, donde murió. Después te colocaron de interna en un colegio de Segovia. Y luego, cuando fuiste mayor, te trajeron aquí, con una bruja vieja que se llamaba doña Corvita. Ya te acordarás: estaba medio ciega y hacías de ella a tu capricho.

—¿Y mientras estuve en Segovia yo, también venía por aquí el señor de Farnesio?

—Déjame recordar... No; se me figura que por entonces no venía.

—Ese apellido de Farnesio debe de ser ilustre. D. Antón, usted que todo lo sabe, ¿conoce el origen de ese apellido?

—Hay una dinastía de príncipes que lo han llevado, pero el Sr. D. Genaro no procede de esos príncipes, sino probablemente de la aldea de Farneto, de donde los Farnesios eran señores, y daban su nombre a los aldeanos, como ha sucedido también algunas veces en España. Esto de los apellidos engaña mucho. Los hay que suenan y no son; y los hay que son y no suenan. ¿Creerás que, por ejemplo, el de Polilla es de los principales apellidos castellanos? Los Polillas, según he podido rastrear en Godoy Alcántara, venían de...

—¡Sí, sí, lo recuerdo! —exclamé evitando que aquel enemigo de toda preocupación nobiliaria me espetase su genealogía—. Pero se me ocurre: D. Genaro Farnesio, ¿es italiano?

—Él, no. Lo era su padre.

—Y a su padre ¿le conoció usted también?

—Precisamente conocerle, no. Supe que era cocinero del señor de Mascareñas, el padre de doña Catalina. D. Genaro nació en la casa.

—¡Qué bien enterado está usted siempre, Polillita! Es un gusto consultar a usted.

Sonríe, halagado, enseñando las teclas añejas de su dentadura.

—¿Diga usted —porfío—, D. Genaro viviría siempre con los señores de Mascareñas?

—No por cierto. Tendría veintitrés años cuando, acabada su carrera de abogado, empezó a rodar por ahí, empleado en Oviedo, en Zamora, en León, en secretarías de Gobierno civil y varios destinos.

—¿No se casó nunca? Yo me figuraba que era viudo.

—Solterón, como yo... —se ufanó Polilla.

—Le parecerá raro que esté tan mal enterada, pero usted no ignora qué poco le he visto, y me conviene saber, para conocer los antecedentes de una persona hoy tan allegada. Al fin, Farnesio va siendo mi brazo derecho, como fue el del Sr. de Mascareñas... y del Sr. de Céspedes, el marido de doña Catalina.

—¿Brazo derecho? ¡Quiá! En vida de esos señores, Farnesio no administraba. Cuando doña Catalina enviudó, a los cinco años de matrimonio, siendo Dieguito una criatura, es cuando vuelve a la casa Farnesio, para arreglar el maremagnum de la testamentaría y mil cuestiones y pleitos que intentó la familia de Céspedes. Y como doña Catalina no se daba mucha maña, Farnesio se hizo indispensable. Eso sí: es honrado a carta cabal, y entiende el busílis. En sus manos, debe de haber crecido como la espuma la fortuna de Mascareñas. ¡Mejor para ti, hija mía! Todo esto lo sabe Carranza... ¡Apostemos a que no te lo dice!

—Pues no veo en ello ningún secreto de Estado. Y... a propósito... Y a mis padres, ¿les ha llegado usted a conocer?

—Personalmente, tampoco... ¿Cómo quieres? Pero hay noticias, hay noticias.

—Vengan... ¡Pobrecitos papás míos!

—Tu papá, D. Jerónimo Mascareñas, era hijo de un primo hermano del padre de doña Catalina. El tal primo hermano, tu señor abuelo, perdió hasta la camisa en el juego y otras locuras. Total, que a sus hijos les dejó el día y la noche. A tu padre le atendió doña Catalina muchísimo. Bueno fue, porque pasaba cada crujida... ¿Oye, no te parece mal?

—¡Amigo Polilla, qué pregunta! ¿Pues no he sido yo pobre tantos años?

—Tienes razón... La pobreza enaltece... Rodando y rodando, tu papá conoció a una señorita muy guapa, estanquera en Ribadeo... Dicen que propiamente una imagen... Era enfermiza, la desdichada. Falleció al nacer tú, o poco después, que eso no lo sé de positivo. Ello es que de ti se hizo cargo, por orden de doña Catalina, el Sr. Farnesio, que te puso ama y te dejó al cuidado de ella, en tierra de Segovia. Pero esto ya lo sabrás tú muy bien. ¿Qué te estoy contando?

—No lo crea. Los recuerdos de la niñez son confusos. Sé que mi padre también murió joven.

—No tan joven, pero no viejo. Sobrevivió a su mujer, y aun decían si había vuelto a casarse; pero salió mentira. La gente, amiga de catálogos, chismorreaba que había jurado no verte, porque le recordabas a su santa esposa. Esto también lo creo fábula. Lo seguro es que, como le dieron un cargo allá en Filipinas, donde cogió la disentería que acabó con él, no tuvo tiempo de venir a hacerte fiestas. La protección de doña Catalina le tranquilizaba respecto a tu suerte.

—Por lo visto mi papá era una cabeza de chorlito, como el abuelo. Y hasta parece que... —hice ademán de alzar el codo.

—Ya que estás enterada... —balbuceó, turbadísimo, don Antón.

—Los que tienen esa costumbre y van a Filipinas, dejan allí el pellejo.

Polilla, aguado, modelo de sobriedad, aprobó con la cabeza, sentencioso.

—Vamos a ver —insisto afectuosamente, engatusando al ratoncillo de biblioteca— todo eso está muy bien, y debo a doña Catalina profunda gratitud; pero, ¿a qué venía querer que yo entrase monja? Carranza y el pobre Roa, que en gloria esté, hicieron una campaña...

—¡No me hables! ¡Indigna! Estuve por enviar un comunicado a las *Dominicales*. ¡Tenebrosa conspiración! No ignoras que hice lo posible porque abortase; bien recordarás mis protestas, mis consejos.

—¿A qué idea obedecería tal empeño, D. Antón?

—¿A qué? ¡Inocente! ¿Y una muchacha tan superior como tú me lo pregunta? A fanatismo, a malicia negra. Quieren extinguir la fecundidad, el amor; su odio a la vida toma esa fortuna.

—El caso es, D. Antón, que ahora Carranza me aconseja que me case.

—Negocio verá en ello. Que si no...

—¿Y qué negocio pudo ver en mi monjío?

—¡Dale, hija! Fanatismo brutal. Inquisición pura.

—Creo que tiene usted razón —asentí—. Y en lo de ahora, ya viviré prevenida. Pero usted, reservadamente, me auxiliará con sus advertencias.

—Haré algo más... Tengo una idea... Una idea sublime.

¡Oh, inefable D. Antón! Ya no me haces falta. Tú, el hombre de los datos; el genio de la menudencia... sin enterarte, me has puesto en las manos la antorcha. Me has enseñado, buen maestro, lo que no sabes. ¡Creía interpretar tus guiños, como clave de la verdad que ibas a descubrirme, ahora que ya no importa que yo la sepa; y los

guiños no significaban sino el inofensivo desahogo de tu prevención contra Carranza, a quien no he de guardar rencor alguno por haber salvado la honra de mi madre!

Sí; ahora ni un solo hilo me falta; el pasado sale de su penumbra silenciosa y se acerca a mí, evocado por los hechos que me relató don Antón, y son ciertos, pero significan enteramente lo contrario de lo que él entiende... ¡Mi desprecio hacia los hechos, mi gran desprecio idealista, qué bien fundado! El hecho es cáscara, es envoltura de la almendra amarga de la verdad... El hecho vive porque nosotros, con la fantasía, le vestimos de carne y sangre... El hecho es la tecla; hay que pulsarlo... Ahora poseo la historia, si se quiere la novela, construida completamente...

Desfilan sus capítulos. Catalina Mascareñas y Genaro Farnesio, jóvenes, criándose juntos, jugando juntos en la casa. Genaro, como chiquillo listo, que sobresale de la domesticidad; Catalina, hija de padre viudo, un poco abandonada a sí misma, descuidada en la edad en que el corazón se forma y los sentimientos despuntan. Un amorcillo nace, y se delata, imprudente. El padre toma el mejor partido: buscándole decentes colocaciones, envía al muchacho fuera, lejos de Madrid. Le protege; vería con gusto que se casase. Entretanto, busca un buen novio para su hija. Catalina se une al Sr. de Céspedes. Probablemente no se casa a disgusto. Catalina es muy pasiva y acepta la vida, en vez de crearla. Vegeta satisfecha entre el esposo y el hijo. El marido muere; la señora se encuentra libre, sin saber qué hacer de su libertad, con los asuntos embrollados y mucha hacienda. Un cariño tranquilo, un recuerdo grato, han sustituido al antiguo amor; Farnesio la escribe un pésame; contesta afectuosa, deplorando a un tiempo la viudez y el peso de tanto negocio, la imposibilidad de fiarse en nadie; Farnesio replica ofreciendo su lealtad; a los pocos días está al frente de la casa, la dirige con absoluta probidad, con un celo de hermano. Es el útil, es el indispensable. La señora saborea la dicha de no tener que ocuparse de nada; Farnesio aquí, Farnesio allá... La presencia, continua; la confianza, omnímoda... Hay horas de soledad, frente a frente... La buena posición de doña Catalina atrae pretendientes; pero Farnesio, hábilmente, los aleja, los desconceptúa... Y sucede lo que tenía que suceder, y también algo presumible, siempre imprevisto; comprometida ya la señora, Farnesio no quiere saltar el peldaño, al contrario, desea por hidalguía, por abnegación, seguir siendo el inferior, el dependiente, el que en la sombra vela por una dama y una estirpe. La idea del matrimonio, que no hubiese sido antipática a la pasiva doña Catalina, él la rechaza reiteradamente, definitivamente; no rebajará a la mujer amada (el amor ya lo había olfateado yo en aquel dolor silencioso, profundo, en presencia del cadáver), no la hará avergonzarse ante su hijo, no suscitará la menor complicación para el porvenir. El altar de la honra y del decoro pide una víctima; la víctima seré yo. Se me buscan padres, es decir, padre, porque mi supuesta madre sucumbe al dar a luz a una niña, que habrá vivido algunas horas. Con dinero e influencia se arregla todo. Se aleja de mí a mi padre, no sólo para que no sea indiscreto, sino para no exponerme a las contingencias de su vida desordenada. Se le prohíbe, a ese pariente pobre y vicioso, que se vuelva a casar, para evitar que otra persona entre en el secreto, para ahorrarme madrastra. Mi padre apócrifo también ignora que yo sea cosa de doña Catalina. Supone acaso una aventurilla de Farnesio. El misterio se ha espesado por todos lados. La bala perdida se dirige a Filipinas... Allí hará su vida de costumbre... Reflexiono. Cuando la pasión aguija, ¿se retrocede?... ¡No! El clima de Filipinas es mortífero para sujetos como mi padre...

A mí se me inculca la idea monástica. El único que está en el secreto ¿total? ¿parcial? es Carranza, y Carranza guarda la clave. Se trabaja, se prepara el terreno... Desde un convento no podré yo nunca afrentar a doña Catalina. Se me contenta con una pensión escasa, para que viva obscuramente, no me salgan galanes y me sea más fácil renunciar a un mundo en que hasta sufro privaciones.

Me resisto. Hay en mi fuerza, nervio, voluntad. Muere Diego. Entonces cesa la catequización... Sobreviene la larga enfermedad de doña Catalina. No quiere emociones; la horroriza verme; soy, ahora que distingue las cosas a la luz poniente de la vejez, su remordimiento, su caída... Y D. Genaro me mantiene alejada, pero trabaja, siempre en la penumbra, para asegurarme la fortuna que él ha acrecentado. ¡Y lo consigue! Nada ignoro ya de lo que me concierne. El conflicto interior, prontamente lo soluciono. Me quedo con mis *padres oficiales*. Si lo fuesen realmente, por serlo; y si no, por cooperar a esta superchería bien urdida. Es más cómodo, es más decoroso para mí aceptar la versión que me dan hecha. Y encuentro singular placer en reconocerme incapaz de sentimentalismos previstos y escénicos; de representar uno de esos melodramas en que se grita: "¡Hija! ¡Padre!" y se mezclan las lágrimas y los brazos. ¿Me han querido a mí de este modo, por ventura? No; me han impuesto el secreto, el silencio, la mentira. La mentira no es antiestética. Me conviene. Dueña de la verdad, encierro esta espada desnuda en un armario de hierro y arrojo la llave al pozo. Farnesio será toda la vida mi apoderado general; le trataré con extrema consideración, pero desde mi sitio, y, por medio de matices, conservaré la distancia que él ha querido que existiese...

—Un millón de gracias, amigo Polilla... Voy a ver si encuentro fotografías de papá y mamá, para encargar al mejor retratista dos lienzos. Quiero tenerlos en mi salón.

—¡Es muy justo! No comprendo —aquí que hablamos sin hipocresía— más religión que la de los antepasados. La moral del gran Confucio, que en eso se basa…

Le di cuerda, y me sirvió una menestra de descreencias cándidas, fundadas en que Josué no pudo parar el sol, en que la Inquisición tostó a mucha gente, y en que —éste era su caballo de batalla— los cuerpos de los niños mártires Justo y Pastor, no se descubrieron porque tuviese revelación el Obispo Asturio, sino por la tradición que sostuvieron los versos de Prudencio y San Paulino. "He allegado pruebas —repetía—, y echaré abajo esa ridícula fábula. Ya verán lo que es depurar los hechos hasta las semínimas. ¡Llevo escritas trescientas veinte cuartillas! ¡Me he remontado a las fuentes!"

III

Los procos

I

EPISODIO SOÑADO

Volví de Alcalá con una venda menos en los ojos del alma. El caudal de la experiencia parece completo y siempre es menguado. La sospecha, al confirmarse, nos deja un poso que satura eternamente nuestras horas. Si se conociese la historia íntima de cada persona, ¡qué de acíbares!

La herida me sangra hacia dentro. Me acuerdo de mi madre, negándome no ya su compañía, sino una caricia, un abrazo; empujándome a un claustro por evitarse rubores en la arrugada frente... ¡Miseria todo! Una necesidad de ilusión, de idealismo inmenso, surge en mí. ¡Azucenas, azucenas! Porque me asfixio con los vapores de la tierra removida, del craso terruño del cementerio, en que se pudre lo pasado.

¿Dónde habrá azucenas...? Donde lo hay todo... En nosotros mismos está, clausurado y recóndito, el jardín virginal. Un amor que yo crease y que ninguno supiese;

un amor blanco y dorado como la flor misma... ¿Y hacia quién?

No conozco en Madrid a nadie que me sugiera nada... nada de lo que me parece indispensable ahora, para quitarme este mal sabor de acerba realidad. Los que siguen a caballo mi coche, son grotescos. Los que me han escrito inflamadas y bombásticas declaraciones, me enseñaron la oreja. ¿Quién me escanciará el licor que apetezco, en copa pura...?

Retirada como vivo, es difícil; y si anduviese entre gente, acaso fuese más difícil aun. Debo renunciar a un propósito tan raro, y que por su carácter cerebral hasta parece algo perverso. Me bastará una impresión honda de arte. Oír música, tal vez provoque en mi sensibilidad irritada y seca la reacción del llanto. En el teatro Real, que está dando las últimas funciones de la temporada —este año la Pascua cae muy tarde— encargo a cualquier precio uno de los palcos de luto, desde los cuales se ve sin ser muy vista. Y sola enteramente —porque Farnesio, cuya corbata parece cada día más negra, se niega a acompañarme, hincando la barbilla en el pecho y velando los ojos con escandalizados párpados— me agazapo en el mejor sitio y escucho, extasiada ya de antemano, la sinfonía de *Lohengrin.*

Nunca he oído cantar una ópera. Mi frescura de sensación tiende un velo brillante sobre las mil deficiencias del escenario. No veo las tosquedades del coro, las coristas en la senectud, imponentes de fealdad o preñadas, en meses mayores; los coristas sin afeitarse, con medias de algodón, zurcidas, sobre las canillas garrosas; todo lo que, a un espíritu gastado, le estropea una impresión divina. Tengo la fortuna de poder abstraerme en las delicias del poema y de la música. He leído antes opiniones; ¿quién fue el verdadero autor? ¿Se puede, sí o no, atribuir la tercera parte de la trilogía a Wolfrango de Eschenbach...?[75] Nada de esto recuerdo, desde los primeros compases del preludio. Con sugestión misteriosa, la frase mágica se apodera de mí. "No intentes saber quién soy... No preguntes jamás mi nombre..." Así debe ser el amor, el gran adversario de la realidad. De países lejanos, de tierra desconocida, con el prestigio de los sortilegios y los encantos, ha de venir el que señorea el corazón. Deslizándose por la corriente sesga de un río azul, su navecilla císnea le traerá, a luchar nuestra lucha, a vencer nuestras fatalidades. Le tendremos a nuestro lado sólo una noche, pero esa noche será la suprema, y después, aunque muramos de dolor, como Elsa de Brabante, habremos vivido.

El preludio acentúa su magnífico *crescendo*. Saboreo el escalofrío del tema heroico que vibra en sus notas. Se alza el telón. El pregón del heraldo anuncia la esperanza de que llegue el caballero. Y... aparece la barquilla, con su fantástico bogar. Espejea en la proa un deslumbramiento relampagueante de plata. El caballero desembarca, entre la mística emoción de todos, de Elsa palpitante, de Ortruda y Telramondo estremecidos de pavor. Avanza hacia la batería, y yo me ahínco en la barandilla del palco para mejor verle.

Es una especie de arcángel, todo encorazado de escamas, en las cuales riela, culebreando, la luz eléctrica. La suerte ha querido que no sea ni gordo, ni flaco de más, ni tenga las piernas cortas o zambas, ni un innoble diseño de

75. *Wolfrango de Eschenbach*: trovador alemán (h. 1179-1220). La ópera de Wagner se basa en leyendas medievales. Lohengrin es hijo de Parsifal y caballero del Santo Grial. Se casó con Elsa de Brabante con la condición de que ella no le preguntase nunca por su origen. Después de tres años de matrimonio cedió a la tentación de saber de dónde había venido y, al preguntárselo, él desapareció en una nave arrastrada por cisnes.

facciones. ¡Qué miedo sentía yo a ver salir un Lohengrin caricaturesco! No, por mi ventura grande. Llámase Cristalli —y hasta el nombre me parece adecuado, retemblante y fino como el choque de dos copas muselina—. ¿Su edad? Rasurado, con los suaves tirabuzones rubios de la peluca, simulando el corte de cara juvenil, se le atribuirían de veintidós a veinticinco años, pero la viril muñeca y el cuello nervudo acusan más edad. Y todo esto de la edad, ¡qué secundario! Lohengrin no es el héroe niño, como Sigfredo. Es el paladín; puede contar de veinte a cuarenta.

Sabe andar grave y pausado; sabe apoyarse en su espada fadada; sabe permanecer quieto, esbelto, majestuoso. Sobrio de movimientos, es elegantísimo de actitudes. Y me extasío ante el blancor de su vestimenta de guerra. El tema del silencio, del arcano, vuelve, insistente, clavándose en mi alma. "No preguntes de dónde vengo, no inquieras jamás mi nombre ni mi patria..." ¡Así se debe amar! Mi alma se electriza. Mi vida anterior ha desaparecido. No siento el peso de mi cuerpo. ¿Quién sabe? ¿No existe, en los momentos estáticos, la sensación de levitación? ¿No se despegará nunca del suelo nuestra mísera y pesada carne?

La necedad de Elsa, empeñada en rasgar el velo, me exaspera. ¿Saber, qué? ¿Una palabra, un punto del globo? ¿Saber, cuando tiene a su lado al prometido? ¿Saber, cuando las notas de la marcha nupcial aún rehílan en el aire?

Yo cerraría los ojos; yo, con delicia, me reclinaría en el pecho cubierto de argentinas escamillas fulgurantes. "Sácame de la realidad, amado... Lejos, lejos de lo real, dulce dueño..." Y, en efecto, cierro los ojos; me basta escuchar, cuando el *raconto* se alza, impregnado de caballeresco desprecio hacia el abyecto engaño y la vileza, celebrando la gloria de los que, con su lanza y su tajante, sostienen el honor y la virtud... Lentamente, abro los párpados. Los aplausos atruenan. Dijérase que todo el concurso admira a los del Grial, sueña como yo la peregrinación hacia las cimas de Monsalvato... Quieren que el *raconto* se repita. Y el tenor complace al público. Su voz, que en las primeras frases aparecía ligeramente velada, ha adquirido sonoridad, timbre, pasta y extensión. Satisfecho de las ovaciones, se excede a sí mismo. La pasión íntima que late en el *raconto,* aquel ideal hecho vida, me corta la respiración; hasta tal punto me avasalla. Anhelo morir, disolverme; tiendo los brazos como si llamase a mi destino... apremiándole. Imantado por el sentimiento hondo que tiene tan cerca, Lohengrin alza la frente y me mira. Fascinada, respondo al mirar. Todo ello un segundo. Un infinito.

"Brabante, ahí tienes a tu natural señor..."

Lohengrin ya navega río abajo en su cisne simbólico. Le sigo con el pensamiento. Vuelve hacia la montaña de Monsalvato, al casto santuario donde se adora el Vaso de los elegidos, la milagrosa Sangre. Allí iré yo, arrastrándome sobre las rodillas, hasta volver a encontrarlo. Yo no he sido como Eva y como Elsa; yo no he mordido el fruto, no he profanado el secreto. A mí podrá acogerme el caballero de la cándida armadura y murmurarme las inefables palabras...

Me envuelvo en mi abrigo, despacio, prolongando la hora única, entre el mosconeo de los diálogos y el toqueteo de las sillas removidas al ir vaciándose la sala. Bajo poco a poco las escaleras. Me pierdo en un dédalo de pasillos mugrientos, desalfombrados, inundados de gentío que me estorba el paso, me empuja y me codea impíamente, obligándome a defenderme y profanando mi elevación espiritual. Al fin, huyendo del *foyer*[76], de las curiosidades, llego a la salida por contaduría, donde me esperará mi berlina. Y mientras el lacayo corre a avisar, me recuesto en la pared y desfilan ante mí grupos comentando la victoria de Cristalli. "Ni este divo, ni aquél, ni el otro... Frasear así, tal justeza de entonación..." Estallan aplausos... ¡Es el divo que pasa!

Subido el cuello del abrigo, a pesar de lo avanzado de la estación, por miedo a las bronquitis matritenses, terribles para los cantantes; mal borrado el blanquete, corto el cabello en la fuerte nuca, algo saliente la mandíbula, riente la boca, que delata la satisfacción de una noche triunfal, cruza mi ensueño de un instante; el muñeco sobre cuya armazón tendí la tela de un devaneo psíquico...

Y, con mi facultad de representarme lo sensible del modo más plástico y viviente, casi de bulto se me muestra lo que hará Cristalli ahora, terminada la faena artística: le adivino invitado a una cena con admiradores, masticando vigorosamente los platos sin especias, encargados *ad hoc* para que no raspen su garganta, absorbiendo Champagne, reluciéndole las pupilas de orgullo, no por ser el paladín del Grial, sino porque ha justificado sus miles de francos de contrata, pagaderos en oro; y, a fin de que no se le tenga por afeminado, propasándose con las flamencas que forman parte del agasajo y caracterizan el ágape de los apasionados del divo.

Exhalo un suspiro que ahogo en mi boca, de negro, sutilísimo marabú, y, despierta, salto dentro del coche, oyendo que de una piña de curiosos sale un cuchicheo.

—¿Quién es?

—No la conozco.

—¡Buena mujer!

76. *foyer*: término francés, lugar a donde acuden los espectadores del teatro durante los entreactos, para beber o fumar.

II

EL DE POLILLA

Una mañana, ¡sorpresa! Se aparece en mi casa el bueno de D. Antón, pidiéndome familiarmente de almorzar.

Le acojo alegre, y, desde el primer momento, abordo la cuestión de los cuerpos de los niños mártires...

—Ya sabe usted que corre de mi cuenta imprimir la disertación, Polillita. Con grabados, si usted quiere. Y muchas notas. ¿Qué se creía Carranza? También por acá se es erudito.

Ríe el hombrezuelo, y le noto una especie de trepidación azogada, propia de su naturaleza ratonil. A la hora del café, que le sirvo en la *serre,* al retirarse los criados, se espontánea.

—¡Oye, Nati... Digo, Lina! ¡La costumbre! ¡Ya sabes que temo por ti!; temo que te envuelvan en redes tupidas y te me casen con un intrigante o con un beato. Tú eres una joya, un tesoro, y debes emplearte en algo grande y elevadísimo. Si no se adoptan precauciones, serás víctima de solapados manejos, criatura. No sé de qué recónditos y tenebrosos antros saldrá la orden de apoderarse de ti, que tanta fuerza puedes aportar; pero que saldrá, es seguro. Digo mal, ya habrá salido. Sólo que yo velo. ¡Vaya si velo! Y la casualidad hace que este modesto pensador, arrinconado en un pueblo, lejos del bullicio y hervidero intelectual, pueda, no sólo labrar tu dicha, sino prestar a la humanidad un servicio eminente.

—¿Chartreuse verde o amarilla?

—Verde, verde... En cuanto conozcas al sujeto, te va a impresionar. Porque, a pesar de cierto escepticismo de que a veces alardeas, en tu corazón residen los gérmenes de todo lo noble y entusiasta. Él y tú os comprenderéis: habéis nacido para eso. ¿Lo dudas?

—No por cierto, D. Antón. Lo juraría. Ardo en deseos de conocer a mi proco. ¿No es así como se llamaban los pretendientes de mi Patrona?

—¡Valiente patochada, la historia de tu Patrona! Carranza es un iluso... o un pillo muy largo. Me inclino a la última hipótesis.

—Polillita, mi impaciencia es natural. ¿Cuándo voy a conocer a ese gran pretendiente?

—Cuando quieras. No he venido más que a eso; a poneros en contacto. Te advierto que es un tipo... vamos, una cabeza de estudio.

—Me saca usted de quicio. Ea, muéstreme siquiera un retrato, tamaño como un grano de centeno.

—Retrato... ¡Hombre, qué descuido el mío! Debí provistarme... En fin, mañana verás al original.

—Anticípeme detalles. Su cacho de biografía. No extrañará usted esta exigencia...

—Si tú debes de conocer su nombre. Yo te habré hablado de él, más de una vez, por incidencia. Figúrate que es hijo de mi mayor amigo, compañero de estudios, que se casó con una prima mía, y en su casa, en el pueblo, he pasado largas temporadas. A este muchacho le vi nacer. ¡Ya, desde chiquitín...! No tiene la fama que merece, pero así y todo, y aun contando con el indiferentismo de España hacia los que valen...

—¿Se llama?

—Atención... Haz memoria... ¡Hilario Aparicio, el autor de la *Gobernación colectiva del Estado,* del *Sudor fecundo,* de *Los explotadores,* y de otras muchas obras que permanecen inéditas, por nuestros pecados y por la desidia y la desgana de leer que aquí se padece! No te ocultaré que el candidato es pobre, hija mía.

—Me lo sospechaba. Ya sabe usted que a mí la codicia no me ciega.

En un arranque de verdadera sensibilidad, Polilla se levantó, sin concluir de apurar el globito truncado donde le había servido el aceitoso licor, y, tiernamente, me tomó las manos.

—¡No he de conocer tu corazón, Lina! En ti hay algo que te hace superior al vulgo de las mujeres. Tu inteligencia es de águila. Y en ti debe de fermentar una indignación generosa contra los que, no bastándoles relegarte a un poblachón, intentaban saciar su fanatismo dándote por cárcel las verdinegras paredes de un convento. Tú tienes que ser del partido de los oprimidos, y anhelar venganza. Entendámonos: no una venganza vil y ruin. Una venganza como la practicaría el filósofo Jesús. Redimiendo a las que, cual tú, sean víctimas de esos sicarios. Abriéndoles la puerta de la vida y de la maternidad; haciendo que el niño se eduque en la conciencia de sus derechos. ¡Qué misión la tuya!

—¿Y qué tiene que ver eso, don Antón, con lo del noviazgo?

—¡Boba! ¡Que unida a Hilario Aparicio, juntos realizaréis tan bello ideal!

Tardé en dar la réplica. Miraba con interés la orilla flotante de mi traje de interior, de crespón de la China, bordado de seda floja, y guarnecido de Chantilly. Había relajado ya bastante la severidad de mi luto. Un gramófono de precio, algo distante, nos enviaba, sin carraspeo metálico, las notas de la *Rêverie* de *Manon*,[77] cantada por Anselmi.[78]

77. Es el aria del tenor de la *Manon* de Massenet, que empieza con las palabras "En fermant les yeux...". Esta ópera era más conocida, en tiempos de doña Emilia que la *Manon Lescaut* de Puccini.

78. *Giuseppe Antonio Anselmi* (1877-1929): tenor italiano que cantó con frecuencia y éxito en el Teatro Real de Madrid, al que legó al morir su corazón.

—Misión, en efecto, sublime. Y dígame, Polilla, ¿no podría yo desempeñarla sin unirme a don...a D. Hilario?

—¡Oh! No, criatura. Las mujeres necesitan apoyo, sostén. Tengo respecto a las mujeres mis ideas especiales. No digo que seáis inferiores al hombre; pero sois diferentes... muy diferentes. La sagrada tarea maternal, por otra parte, os impide a veces dedicaros...

—Pero si no me caso... ya la sagrada tarea maternal...

—Sí; pero casándote... como lo manda la ley de la vida... serás discípula del hombre a quien ames, y tu ciencia y tu alto papel en la historia, te los dictará el amor: amor, ¡cuidadito!, no sólo al esposo, sino a la humanidad entera.

—¿No será demasiado amor? ¡Tantos millones de hombres como componen la humanidad! ¿Más chartreuse?

Y, notando la emoción del filántropo, transijo.

—Su doctrina de usted, Polilla, es realmente cristiana.

—Como que éste es el verdadero cristianismo, y no lo que pregonan los de la vestidura negra. Más cristiano que el astuto zorro de Carranza, soy yo cien veces.

—¿En qué quedamos? ¿No es usted librepensador?

—Si por librepensador se entiende no admitir cosas que repugnan a mi razón...

—Y yo, D. Antoncito, ¿debo someterme a lo que mi razón no ha aceptado? Porque eso del amor a la humanidad... Vamos, para hablar sin ambages...

Sintió el floretazo y se aturdió.

—Según, niña, según... Si lo que llamas razón es, al contrario, preocupación... ¡estarás en el deber estricto de buscar la luz! Y nadie para alumbrar tu inteligencia como Aparicio.

Yo prestaba oído al célico, "¡oh, Manon!", deshecho en llanto con que termina la sentimental *rêverie*. Me estorbaba, en aquel instante, Polilla, con su mosconeo. Me volví, encruelecida, planeando malignidades.

—Venga Aparicio, pues.

—¡Venir!... Y ¿cómo? Si le digo que te haga una visita, tal vez se acorte, tema representar un mal papel... ¡qué sé yo! Hilario no se ha criado en los salones. Su talento es de otro género; género superior. ¿Por qué no revestir de un tinte poético vuestra primera entrevista?

Batí palmas.

—Eso, eso... ¡El tinte poético! Estos amores basados en la filantropía, no pueden asemejarse a los amores del vulgo. Mañana usted lleva a su ilustre amigo a dar un paseíto por la Moncloa, a eso de las seis de la tarde. Yo voy allá todos los días: con mi luto... Paso en coche; ustedes se cruzan conmigo; yo ordeno al cochero que pare; D. Hilario, al pronto, se queda discretamente en segundo término; le dirijo una sonrisa, hago que le conozco de fama y pido presentación... Lo demás corre de mi cuenta.

Polilla trepidaba.

—¡Qué lista eres! ¡Qué bien lo arreglas todo! ¡Mira, Lina, como se trata de una persona tan diferente de las demás... hay que esmerarse! Y eso es muy bonito...

Acordados sitio y hora. Serían las seis y cuarto cuando me hundí en las nobles frondas seculares. La primavera las enverdecía, el cantueso abría su cálices de amatista brojiza, y olores a goma fresca se desprendían de los brezos. ¡Lástima de amor! El marco reclamaba el cuadro...

Recostada, con una piel velluda y ligera sobre las rodillas, aunque no hacía frío, con Daisy, el gentil lulú, acurrucado en el rincón del coche; paladeando aquella tarde tibia que anunciaba un grato anochecer, yo había mirado con ojos de poeta el pintoresco aspecto de las márgenes del Manzanares, la fisonomía especial de los tipos populares que en ellas hormiguean, bullentes y voceadores. La gente también me escudriña, ávida de acercarse, con hostil e irónica curiosidad chulesca. Todos ellos —mendigos, arrapiezos, golfería, lavanderas, obreros aprestándose a dejar con deleite el trabajo, hecho de mala gana y entre dos fumaduras— me apuñalan con los ojos, sueltan chistes procaces, sobre base sexual. Su impresión es malsana y torpe; la mía, de repulsión y tedio infinito. He aquí la humanidad que debo, según Polilla, ¡amar tiernamente y redimir!

Los pordioseros, reptando o cojitranqueando; los golfillos claqueando sus rotas suelas contra el polvo de la calzada, se llegaban a mí y al coche cuanto podían. En el gesto de los pilluelos al agarrarse a los charoles relucientes del vehículo, al sobar mi lujo con engrasadas manos, leo una concupiscencia sin fondo, el ansia ardiente de tocarme, de enredar los dedos entre las lanas de Daisy, el aristocrático perrillo, que al recibir las punzantes emanaciones de la suciedad y la miseria, mosquea una orejilla y gruñe en falsete. Después de implorar "medio centimito", los comentarios.

—¡Tú, qué chucho! ¡Andá, un collarín de plata!

Y los dedos atrevidos se alargan, buscan el contacto... Es el movimiento del enfermo que intenta palpar la reliquia. El padecimiento de éstos consiste en no tener dinero. El signo del dinero es el lujo. Quieren manosear el lujo, a ver si se les pega.

Y acaso por primera vez —al salvarme de la turba entre las arboledas— medito acerca del dinero. ¡Extraña cosa! ¡Qué vigor presta la riqueza! ¡Qué calma! D. Antón de la Polilla me asegura que puedo redimir a esclavos sin número. ¿Qué esclavos son esos? Si duda los mismos que acaban de comentar lo espeso de mis pieles y el collarín de mi cusculetillo; los que, entre chupada y chupada de fétido tabaco, trocaron, al verme pasar, una frase aprendida en algún teatro sicalíptico. Son personas que no amo, como ellos no me aman, ni me amarían si estuviesen en mi lugar. Entonces...

Y D. Hilario, por su parte, ¿les ama? Poco he de tardar en saberlo...

Y ¿a mí? Claro que D. Antón no me ha pegado su candidez. Si en estos instantes se le ha alterado el pulso a mi proco, no es que me aguarde; es que aguarda a mi fuerza, a mis millones...

Y, casi en alto, suelto la carcajada. Se me ha ocurrido la idea de que ésta es mi primera cita de amor...

III

Apagado el eco sordo de mi risa, absorbida ampliamente la bocanada de fragancia amargosa —tomillo, jara, brezo, menta—, sobre el sendero que alumbra el sol declinando, veo avanzar a dos hombres.

Representamos la comedieta. —¡Usted por aquí, D. Antón! — Y lo demás. Autorizado, se acerca el acompañante. La luz poniente enciende su cara, de un tono en que la palidez parece difumada con arcilla. Se descubre, y veo su pelo tupido, rizoso, su frente bruñida aún por la juventud, sus ojos azules, miopes, indecisos detrás de los quevedos, que le han abierto un surco violáceo a ambos lados de la nariz. Es de corta estatura, de pecho hundido, y se ve que viene atusado; no hay peor que atusarse, cuando falta la costumbre. El proco huele a perfume barato y a brillantina ordinaria. Lleva guantes completamente nuevos, duros. Sus botas, nuevas también, rechinan.

Al cabo de un minuto de coloquio, les hago subir al coche, con gran descontento de Daisy, que gruñe en sordina, y de cuando en cuando lanza un ladridillo cómico, desesperado. Si se atreviese, mordería, con sus dientecitos invisibles. Si no tolera el lulú el vaho de miseria, quizás le exaspera doblemente la mala perfumería.

La conversación se entabla, algo embarazosa. El intelectual, sentado junto a mí, disimula la timidez del hombre no acostumbrado a sociedad, con una reserva y un silencio que la hacen más patente. Felina, le halago, para aplomarle. Le sitúo en el terreno favorable, le hablo de sus obras, de su fama, de sus ideas regeneradoras. Al fin consigo que, verboso, se explaye. Todo el mal de la humanidad —según él— dimana de la autoridad, de las leyes y de las religiones...

—¿No se escandalizará esta señorita?

—No por cierto... Escucho encantada...

—Hay que aspirar a una sociedad natural, directa, que se funde únicamente en el bien... No es que yo no sea, a mi manera, muy religioso; pero mi altar sería un bosque, una fuente, el mar...

Mi aprobación le anima. Dócil, le pregunto qué advendrá el día en que...

—Eso no es fácil adivinarlo. Esta gran transformación no tiene *después*. No es de esos movimientos que duran un día, un mes, un año, y crean algo estable que, por el hecho de serlo, es malo ya. Para que la evolución se realice libremente y sin trabas, toda autoridad habrá de desaparecer de la tierra.

Me conformo, y él prosigue, exaltándose en el vacío, pues nadie le impugna:

—Para destruir el podrido estado social que nos aplasta, necesitamos valernos de iguales armas que *ellos*... Fuerza y dinero son necesarios. Esto yo no lo he dudado jamás.

—Parece evidente, en efecto —deslizo con suavidad y gracia—. ¡Quietecito, Daisy! ¿Qué es eso de querer morder?

—Al hablar de fuerza, no me refiero sólo a la fuerza bruta... Se trata de la fuerza de los hechos, la fuerza que conduce al mundo... Y a veces, ¡también la violencia es necesaria!

—¡Incuestionable! ¡Daisy, ojo, que te pego! Y esa violencia... ¿en qué forma?...

—¡En todas las formas! —declara, anudando el entrecejo sobre el brillo de los cristales de los quevedos, que el sol muriente convirtió en dos brasas.

—Por ejemplo... ejércitos... cañones...

—Sí, es probable que convenga apelar a todo eso contra la autoridad y la explotación. Después se les disolverá.

—¿Si hay después?...

—¡Ah! En ese sentido, siempre hay después. ¡Tenemos que disolver tanto, tanto! Tenemos que disolver a los estafadores de la política, que se mantienen en la escena parlamentaria por su completa falta de vergüenza...

—Vamos, no exageres tanto, hijo mío —intervino Polilla, alarmado—, que Lina, por ahora, no es una prosélita muy convencida...

—Cállese usted, D. Antón... ¡Estoy en el quinto cielo! Pues qué, al desear conocer a su amigo —porque yo lo deseaba— ¿acaso me prometía encontrarme a un cualquiera, con ideas hechas? Expóngame usted su criterio acerca de todo... Por ejemplo... del amor... ¿Cómo lo comprende usted en esa sociedad transformada?

—Yo... Si usted tiene el alto valor de preferir la verdad...

—¡Ah! ¡Bien se ve que usted no me conoce!

—Pues yo creo que el amor, tan calumniado por las religiones oficiales, que han hecho de él algo reprobable y vergonzoso —cuando es lo más sublime, lo más noble, lo más realmente divino—, tiene que ser rehabilitado.

—¿Y cómo, y cómo?

—Para desterrar la idea de que el amor es cosa afrentosa, es preciso un cambio radical en la pedagogía. ¡Es indispensable que en la escuela se enseñe a los niños lo augusto, lo sagrado de ese instinto! Hay que hacer sentir al niño la belleza de las leyes universales de la creación, la trascendencia del misterio sexual, su poderosa poesía... ¿No se va usted a incomodar?

—No señor. Considéreme usted como a uno de esos niños que en la escuela han de aprender todas esas cosas.

—En el momento en que se inicie a la niñez en tan graves problemas habremos destruido el imperio del sacerdote sobre la mujer.

—¡Háblale tú de eso a Linita! —explotó Polilla—. El ciego fanatismo colocó a su lado a dos sotanas, para hacerla monja contra su voluntad. Y si ella no tiene tanta fuerza de ánimo, a estas horas está rezando maitines. Y si (séame permitido ufanarme), no me encuentro yo allí, a su lado...

—Vamos, uno de tantos crímenes ocultos— asintió Aparicio.

—Eso... Pero, otra pregunta —me atreví a objetar—. ¿No envuelve cierta dificultad para el maestro esa explicación científica hecha a los chicos de la escuela de la... de la...

—Todo está previsto. Lo explico detalladamente en uno de mis libros, que aún no ha visto la luz. ¡Tendré el honor de dedicárselo a usted!, a su espíritu comprensivo, elevado... Verá usted allí... La explicación se verifica por medio de ejemplos tomados de la vida vegetal. ¡Oh!, conviene que la demostración se haga con mucho tacto...

¡Titubeó de pronto y enrojeció!

—Quiero decir, con arte... con dignidad... presentando, verbigracia, las plantas fanerógamas... Del grano de polen, de los estigmas de las flores, se irá ascendiendo a

las especies animales... Y, basándose en ello, hay campo para demostrar la ley de sacrificio y de belleza que envuelve la procreación...

—¿De modo que los animales realizan sacrificio?...

—¡Cuidado, Hilario! —precavió Polilla—. A fuerza de inteligencia, Lina es terrible... Un espíritu crítico: a todo le encuentra el flaco...

—La convenceremos... El que conserva y propaga la vida, se sacrifica, señorita, es evidente. Más sacrificio hay en unirse a un hombre, que en recluirse en un monasterio.

—Voy creyéndolo.

—¡Una prosélita como usted! —se extasió Aparicio—. ¡La mujer, atraída a nuestra causa! Y es más: el conocer plenamente la ley de la vida, disminuirá la emotividad nerviosa de la mujer. Todo los males que ustedes sufren, proceden de ideas erróneas, del prejuicio religioso del pecado, del absurdo supuesto de que es una vergüenza...

—¿Qué? —auxilié, candorosa.

—Nada... El amor —rectificó segundos después.

Desplegué una habilidad gatesca para animarle a que se expresase sin recelo. Cuanto más recargaba, mostrábame más persuadida. A mi vez, tomé la palabra, manifestando el anhelo de consagrarme a algo grande, singular y digno de memoria. Este deseo me había atormentado, allá en mi retiro, cuando de ninguna fuerza disponía. Ahora, con la palanca que la casualidad había puesto en mis manos, creía poder desquiciar el mundo... Si *alguien* me dirigía, me auxiliaba, me prestaba ese vigor mental de que carecemos las mujeres... Supe, con suavidad, hacerle creer que de él esperaba el favor. Yo aportaba lo material, pero mi materia pedía un alma...

Polilla temblaba de júbilo.

—¡Ya lo decía yo! ¡Si tenía que ser! Estabas preparada... ¡Cometieron contigo la injusticia... y la injusticia clama por la venganza y por el acto redentor! ¡Con qué gozo lo veré, desde mi rincón, porque, viejo y pobre, no puedo más que admirarte! ¡Para la juventud son los heroísmos! ¡Lina, Lina!

Anochecía, y empezaba a parecerme pesado el bromazo. La brillantina del proco apestaba y me cargaba la cabeza.

—Voy a dejarles a ustedes en la plaza de Oriente, donde hay tranvía —avisé—. Me agradaría que D. Hilario continuase enterándome de sus teorías, que no entiendo bien aún. ¿Por qué no se va usted mañana a almorzar conmigo, D. Antón, y el Sr. Aparicio le acompaña?

—Hija mía —repuso el erudito—, yo no tengo más remedio que volverme mañana a Alcalá. Ya sabes que mi menguado modo de vivir es el destinito en el Archivo...

¡Corriente! Conozco el secreto de esas vidas sin horizonte, que se crean un círculo de menudos deberes, y de hábitos imperiosos, tiranos. Por otra parte, me conviene que desaparezca Polilla y me deje en el ruedo frente a frente con el proco.

—A usted le espero... —insinúo, estrechando la mano, tiesa y rígida en la cárcel de los guantes.

Se confunde en gratitud...

—¡A la una! —insisto, al soltarles en la acera.

IV

Choque, con Farnesio, cuando se entera de que tengo invitado a almorzar a un hombre desconocido, una nueva relación.

Planteo la cuestión resueltamente.

—Amigo mío, le quiero a usted muy de veras, no lo dude, pero pienso hacer mi gusto.

—Vas a desacreditarte... Serás la fábula de Madrid.

—Nadie me conoce en Madrid, Farnesio. Que soy la heredera de doña Catalina Mascareñas, lo saben los cuatro amigos rancios de... mi tía; amistades que no he querido continuar. Mi tía se había oscurecido bastante en los últimos años. Madrid me ignora, como ignoro yo a Madrid. En Alcalá me conocen... Pero, ¿qué importa Alcalá? Cuando yo vegetaba allí, entre viejos, en la antesala del claustro, ¿qué dueña ni qué rodrigón me han puesto ustedes para guardarme? He decidido vivir como me plazca.

Farnesio me oye, amoratado de enojo.

—He cumplido mi deber. No puedo ir más allá...

—¿Quiere usted, de paso que sale, disponer que pongan los dos cubiertos en la *serre*?

Y recalco lo de los *dos* cubiertos, porque, a veces, Farnesio almuerza conmigo, y no es cosa de que hoy se me instale allí, de vigilante. Me reservo la libertad de mi *tête-a-tête*.

El proco, más que puntual. Se adelanta una hora justa. A las doce, ya el gabinete hiede a brillantina. Yo no me presenté hasta un cuarto de hora antes de la señalada, vestida de gasa negra con golpes de azabache, mangas hasta el codo y canesú calado, y las manos, cuidadísimas, endiamantadas, sin una piedra de color. Al saludarle observé que estaba volado. Anestesié su vanidad con excusas y chanzas, y tomé su brazo para pasar a la *serre*, donde era una coquetería la mesita velada de encaje, centrada de rosas rojas, servida con Sajonias finas, y sombreada por los flábulos de una palmera lustrosa. De puro emocionado, Aparicio no acertaba a deglutir el *consommé*.[79]

79. Doña Emilia traduce en sus libros de cocina la palabra francesa y usa "consumado" para designar el caldo de carne. Hoy está admitida por la Academia la forma "consomé".

Evidentemente recelaba comer mal, verter el contenido de la cuchara, manchar el mantel, tirar la copa ligera donde la bella sangre del Burdeos ríe y descansa. Y estaba alerta, inquieto, sin poder gozar de la hora. Para él, yo soy una dama del gran mundo... (De un mundo que no he visto, pero que no me habrá de causar ni cortedad ni sorpresa cuando llegue a verlo.)

Me dedico a serenar el espíritu del intelectual, y alardeo de admiración, de cierto respeto, de cordialidad amena y decente. Con la malicia retozona que siempre tengo dispuesta para Polilla, me entretengo en representar este papel fácil, *hecho*. Doy al proco un rato de deliciosa ilusión. ¿No es la ilusión lo mejor, lo raro?

El café, las mecedoras, ese momento de beatitud, en que la digestión comienza... Él, ya a sus anchas, acerca su silla un tanto, y yo no alejo la mía. Estoy de excelente humor, y no percibo ni rastro de esa emotividad que, según Aparicio, caracteriza a la mujer. Mi corazón se encuentra tan tranquilo como un pájaro disecado.

—Lina... —se atreve él— no puede usted figurarse...

Vamos —calculo— es el momento... Se decide...

—No puede usted figurarse... —insiste—. Hay cosas que, realmente, tienen algo de fantástico, de irreal... Cómo había de imaginarme yo que... que...

Se adivina lo que añade D. Hilario, y se devana fácilmente el hilo de su discurso. Así como se presume mi respuesta, ambiguamente melosa y capciosa. Después de las primeras cucharadas dulces, sitúo mis baterías.

—Hilario, entre usted y yo no caben las vulgaridades de rúbrica... Somos seres diferentes de la muchedumbre. Y nos hemos acercado y nos hemos sentido atraídos, por algo superior a la... a la mera atracción del... del sexo. ¿Me equivoco? No, no es posible que me equivoque. Aquí estamos reunidos para tratar de una idea salvadora...

—Para eso... y para algo quizás mejor —objeta él, soliviantado.

—¿No habíamos quedado en que el amor era un sacrificio?

—Según... según —tartamudeó—. Lina, hay horas en que olvida uno lo que piensa, lo que diserta, lo que escribe. La impresión que se sufre es de aquellas que... ¡Sea piadosa! ¡No me obligue a recordar ahora mi labor dura, incesante, mi acerba lucha por la existencia!

—Sí, recordémosla —argüí—, pues aquí estoy yo para que fructifique. Ese es mi oficio providencial. Poseo una fortuna considerable, y usted me ha enseñado cómo debo invertirla.

Hizo un gesto, como si el hecho fuera desdeñable, mínimo.

—No, si adivino su desinterés. Me he adelantado a él. La fortuna no será para nosotros: entera se consagrará al triunfo de los ideales. Ni aun la administraremos. Eso se arreglará de tal manera, que ni la más viperina maldad pueda atribuirnos, y a usted sobre todo, vileza alguna. Nosotros, unidos libremente, claro es, renunciaremos a todo, viviremos de nuestro trabajo, en nuestro apostolado... ¡Qué divertido será! ¿Por qué se queda frío, Aparicio...? ¿No he acertado? ¿Es una locura de mujer entusiasta? ¿No es eso lo que usted pretendía, la realización de su ensueño?

—Sí, sí... Es que, de puro esplendoroso, así al pronto, el plan me deslumbra... Déjeme usted respirar. ¡Es tan nuevo, tan inaudito lo que me pasa! ¡Desde ayer creo que vivo soñando y que voy a despertarme rodeado, como antes, de miseria, de decepciones! ¡Que se me aparezca el ángel de salvación... y que tenga su forma de usted! ¡Una forma tan hermosa! Porque es usted hermosísima, Lina. No sé lo que me pasa...

—Cuidado, Aparicio —y simulo confusión, rubor, trastorno— no perdamos de vista que el objeto... el objeto...

La brillantina se me acerca tanto, que debo de hacer una mueca rara.

—No, no lo pierdo de vista... El objeto es la felicidad de muchos seres humanos. Si empezamos por la nuestra, cuánto mejor. Así caminaríamos sobre seguro.

—¿No es usted altruista?

—Altruista... sí... y también, verá usted... también soy *Kierkegaardiano*...[80]

—¿Cómo? ¿Cómo?

—Ya, ya le explicaré a usted ese filósofo... No hay ética colectiva... La moral debe ser nuestra, individual...

—Eso me va gustando —sonreí.

—Es claro... No puede por menos. Tiene usted demasiada penetración. Y por eso, aun en nuestra obra redentora de apostolado, debemos partir de nosotros mismos.

—Y prescindir de Polilla —observo, infantilmente.

—Y prescindir de Polilla. *Nosotros* lo arreglaremos perfectamente. No hay que ir al extremo de las cosas. Nadie mejor que nosotros para administrar... administrar solamente, bueno... las riquezas que usted posee... y que, en otras manos, tal vez serían robadas, dilapidadas... Y en cuanto a nuestra unión... Lina, por usted... por usted, por su respetabilidad... yo me presto, yo asiento a todas las fórmulas, a todas las consagraciones... Una cosa es el ideal, otra su encarnación en lo real...

No pude contenerme. Solté una risa jovial, victoriosa. Aquel toro, desde el primer momento, se venía a donde

80. Partidario o discípulo de Kierkegaard, filósofo y escritor danés (1813-1855). El personaje alude a uno de los principios de su sistema filosófico: que la única verdad posible es subjetiva, la que se apropia y vive como tal el ser humano singular.

lo citaban los capotes revoladores y clásicos. Un marido como otro cualquiera, ante la iglesia y la ley. Porque así, yo le pertenecía, y mis bienes lo mismo, o al menos su disfrute.

—No se sobresalte, Hilario... Si no me río de usted. Me río de nuestro inmejorable Polilla. Figúrese mi satisfacción. Es que le he ganado la apuesta. Aposté con él a que, a pesar de las apariencias, era usted un hombre de talento. ¡Espere usted, espere usted, voy a explicarme...! Perdóneme la inocente añagaza, la red de seda que le he tendido. Las apariencias le presentan a usted como un teórico que devana marañas de ideas, basándose en el instinto que sienten todos los hombres de exigirle a la vida cuanto pueden y de adquirir lo que otros disfrutan. Pero usted reclama todo eso para el individuo, y el individuo que más le importa a usted, es naturalmente, usted mismo. ¡Cómo no! Si dentro de las circunstancias actuales su individuo de usted puede hallar lo que apetece, ya no necesita usted modificar en lo más mínimo esas circunstancias. Ninguna falta le hace a usted la transformación de la sociedad y del mundo. Para usted el mundo se ha transformado ya en el sentido más favorable y justo... ¿Acierto?

No me respondía. Abierta la boca, fijos los ojos, más pálido que de costumbre, aterrado, me miraba; no se daba cuenta de cómo y por dónde había de tomar mi arenga. ¿Era burla escocedora? ¿Era originalidad de antojadiza dama? ¿Qué significaba todo ello?

—Acierto de fijo —adulé—. Usted, persona de entendimiento superior, tiene dos criterios, dos sistemas; uno, para servirle de arma de combate, en esa lucha recia que adivino, y en la cual derrochó usted la juventud, la salud y el cerebro, sin resultado; otra, para gobernar interiormente su existir y no ser ante sí propio un Quijote sin caballería... y sin la gran cordura de Don Quijote, que a mí se me figura uno de los cuerdos más cuerdos! Vuelvo a preguntar. ¿Me equivoco?

—En varios respectos... —barbotó indeciso— no... Todo eso... Mirándolo desde el punto de vista... Sin embargo... ¿Por qué...?

—Atienda, Hilario... Yo veo en usted a un hombre superior, que patulla en un pantano donde se le han quedado presos los pies. Le saco a usted de ese pantano... con esta mano misma.

Se la tendí. Resucitado, enajenado, besó los diamantes, a topetones, y los dedos, ansioso.

—Le saco del pantano. Créame. Va usted a donde debe, al Congreso, al Ministerio, a las cimas. Y acepta usted cuanto existe, desde el cetro hasta el hisopo. Como que, dentro de usted, aceptado estaba. ¡Ni que fuera usted algún sandio! ¿Conformes? Si yo se lo decía a D. Antón: "Seré su ninfa, su Egeria... si resulta que tiene talento, a pesar de semejantes teorías y semejantes libros..." ¿Digo bien? Pues a obedecerme...

Hizo una semiarrodilladura.

—Me entrego a mi hada...

Cuando se fue —obedeciendo a una orden, porque su brillantina ya me enjaquecaba fuertemente— sentí algo parecido a remordimiento. Y escribí a Polilla algunos renglones; esto, en substancia:

"Cuando necesite Aparicio protección, dinero, avíseme usted. Y así que pueda, y me haga amiga de algún personaje político, he de colocarle, según sus méritos, que son muchos. Tiene facultades extraordinarias... Agradezco a usted altamente que me haya facilitado conocerle..."

Llamé a un criado.

—Esta carta al correo. Y cuando vuelva este señor que ha almorzado aquí, que le digan siempre que he salido.

IV

El de Farnesio

I

Los soplos primaverales, con su especie de ilusoria renovación (todo continúa lo mismo, pero al cabo, *en nosotros,* en lo único que acaso sea real, hay fervorines de savia y turgencias de yemas), me sugieren inquietud de traslación. Me gustaría viajar. ¿No fueron los viajes uno de los goces que soñé imposibles en mi destierro?

A la primera indicación que hago a Farnesio, para que me proviste[81] de fondos, noto en él satisfacción; mis planes, sin duda, encajan en los suyos. Es quizás el solo momento en que se dilata placenteramente su faz, que ha debido de ser muy atractiva. Habrá tenido la tez aceitunada y pálida, frecuente en los individuos de origen meridional, y sobre la cual resalta con provocativa gracia el bigote negro, hoy de plomo hilado. Sus ojos habrán sido apasio-

81. Forma extraña que no recogida en los diccionarios que he consultado. Aparece dos veces en el texto. Puede ser un error, por "proveer" o un neologismo de la autora.

nados, intensos; aún conservan terciopelos y sombras de pestañaje. Su cuerpo permanece esbelto, seco, con piernas de alambre electrizado. No ha adquirido la pachorra egoísta de la cincuentena: conserva una ansiedad, un sentido dramático de la vida. Todo esto lo noto mejor ahora, acaso porque conozco antecedentes...

—¿Viajar? ¡Qué buena idea has tenido, Lina! Justamente, iba a proponerte...

—¿Qué? —respingo yo.

—Lo que me ha escrito, encargándome que te lo participe, tu tío D. Juan Clímaco. Dice que toda la familia desea mucho conocerte, y te invita a pasar una temporada con ellos en Granada. Ya ves...

—Ya veo... No era ese el viaje libre y caprichoso que fantaseaba... Pero Granada *me suena*... ¿Y qué familia es la de mi tío? No lo sospecho.

La cara de Farnesio, siempre sentimental, adquirió expresión más significativa al darme los datos que pedía. Hablaba como el que trata de un asunto vital, de la más alta y profunda importancia.

—Por de pronto, tu tío, un señor... de cuidado, temible. Desde que le conozco ha duplicado su fortuna, y va camino de triplicarla. Está viudo de una señora muy linajuda, procedente de los Fernández de Córdoba, y que tenía más de un cuarterón de sangre mora, ¡tan ilustre en ella como la cristiana! Descendencia de reyes, o emires, o qué sé yo... Le han quedado tres hijos: José María, Estebanillo y Angustias.

—¿Solteros?

—Todos. El mayor, José María, contará unos veintinueve a treinta años...

—¡Entonces ya entiendo el mecanismo del viaje, amigo mío! ¿A que sí, a que sí? No guarde usted nunca secretillos conmigo, Farnesio; ¡si al cabo no le vale! D. Juan

Clímaco Mascareñas debía ser el heredero de mi... tía, y yo le he quitado esa breva de entre los dientes. Según usted me lo pinta, codicioso, el buen señor lo habrá sentido a par del alma. Como además es inteligente, ha tomado el partido de callarse y trazar otro plan, *a base* de hijo casadero... Y como usted tiene la desgracia de tener... buena conciencia...se cree en el deber de auxiliar a D. Juan en el desquite que anhela... y de aproximarme al primo José María o al primo Estebanillo...

—¡Oh! Lo que es el primo Estebanillo... ese...

—¡Ya! Se trata de José María...

Farnesio calla conmovidísimo, con el respiro anhelante. No se atreve a lanzarse a un elogio caluroso; tiembla y se encoge ante mis soflamas y roncerías.

—Sea usted franco...

Se decide, todo estremecido, y habla ronco, hondo.

—No veo por qué no... En efecto, opino que tu primo José María puede ser para ti un marido excelente, y creo que, en conciencia, ya que de conciencia hablaste, Lina... ya que piensas en la conciencia... ¡porque en ella hay que pensar!... mejor sería que, en esa forma, los Mascareñas no pudiesen nunca... nunca...

—¿Era o no doña Catalina dueña de su fortuna? —insisto acorralándole y descomponiéndole.

—¡Dueña! ¡Quién lo duda!... Sin embargo... En fin...

Y, cogiéndome las manos, con un balbuceo en que hay lágrimas, D. Genaro añade:

—No se trata sólo de la conciencia... ni del daño y perjuicio de tus parientes... Es por ti... ¿me entiendes?, por ti... Cuando un peligro te amenace, cuando algo pueda venir contra ti..., oye a Farnesio... ¡Qué anhela Farnesio sino tu dicha, tu bien!

Mi corazón se reblandeció un momento, bajo la costra de mis agravios antiguos, del injusto modo de mi crianza, que casi hizo de mí un Segismundo[82] hembra, análogo al anarquista creado por Calderón.

—Lo creo así, D. Genaro. Y como con ver nada se pierde... iré a Granada. Será, por otra parte, cosa divertida. ¿No le agradaría a usted acompañarme?

Se demuda otra vez.

—No, no... *Conviene* más que me quede... ¿Por qué no buscamos una señora formal...?

—¡Déjeme usted de formalidades y de señoras! Me llevaré a Octavia, la francesa.

—Buen cascabel.

—Va para limpiarme las botas y colgar mis trajes. Para lo demás, voy yo.

Se resigna. Él escribirá, a fin de que me esperen en la estación...

Empieza mi faena con Octavia. Es una docella que he pedido a la Agencia, y que parece recortada de un catálogo de almacén parisiense. A ninguna hora la sorprendo sin su delantal de encajes, su picante lazo azul bajo el cuello recto, níveo, su tocadito farfullado de valenciennes, divinamente peinada. Trasciende a *Ideal,* y está llena de menosprecio hacia lo barato, lo anticuado, *les horreurs.* La vieja Eladia, a quien he relegado al cargo de ama de llaves, aborrece de muerte a la "franchuta".

Prepara Octavia genialmente mi equipaje, pensando en ahorrarme las molestias de las pequeñeces, los *petits riens,* lo que más mortifica, la hoja de rosa doblada. ¡Friolera! ¡Hacer noche en el tren! Hay que prevenirse...

82. Personaje de *La vida es sueño* de Pedro Calderón de la Barca. Su padre, temeroso de que se cumplieran los oráculos que vaticinaban que su hijo le destronaría, le mantuvo encerrado en una mazmorra sin contacto con el mundo exterior.

—¿Cuándo es la marcha, madame?

—Dentro de una semana, ma fille... Cuando nos entreguen todo lo encargado...

—¿La señorita no tiene prisa?

—Maldita... ¡Figúrate que voy en busca de novio!

Se ríe; supone que bromeo. Es una mujer de cara irregular, tez adobada, talle primoroso. Ni fea ni bonita; acaso, por dentro, ajada y flácida; llamativa como las caricaturas picarescas de los kioscos. Tal vez no muy conveniente para servir a una dama. Pero tan dispuesta, tan complacedora... ¡Se calza tan bien... lleva las uñas tan nítidas!

Al disponer este viaje, advierto más que nunca la falta —en medio de mi opulencia— de lujos refinados. De doña Catalina, que nunca viajaba, no he heredado una maleta decorosa. Encuentro un amazacotado neceser de plata, de su marido, con navajas de afeitar, brochas y pelos aún en ellas. Octavia lo examina. "¡L'horreur!" Recorro tiendas: no hay sino fealdades mezquinas. No tengo tiempo de encargar a Londres, único punto del mundo en que se hacen objetos de viaje presentables... En Madrid —deplora Octavia— no se halla *rien de rien*... A trompicones, me provisto de *sauts de lit,*[83] coqueterías encintajadas, que son una espuma. Ya florezco mi luto de blanco, de lila, de los dulces tonos del alivio. Batistas, encajes, primavera... Y seda calada en mis pies, que la manicura ha suavizado y limado como si fuesen manos.

—¿Todo esto, por el primo de Granada, a quien no conozco?

83. La autora prodiga, como puede verse, las expresiones y palabras francesas: *rien de rien* 'nada', *¡l'horreur!* 'qué horror!, *sauts de lit,* 'saltos de cama o batas'...

No; por mi autocultivo estético. Es que el bienestar no me basta. Quiero la nota de lo superfluo, que nos distancia de la muchedumbre. Lo que pasa es que procurarse lo superfluo, es más difícil que procurarse lo necesario. No se tiene lo superfluo porque se tenga dinero; se necesita el trabajo minucioso, incesante, de quintaesenciarnos a nosotros mismos y a cuanto nos rodea. La ordinariez, la vulgaridad, lo antiestético, nos acechan a cada paso y nos invaden, insidiosos, como el polvo, la humedad y la polilla. Al primer descuido, nos visten, nos amueblan cosas odiosas, y el ensueño estético se esfuma. ¡No lo consentiré! ¡Mejor me concibo pobre, como en Alcalá, que en una riqueza basta y osificada, como la de doña Catalina Mascareñas, mi... mi tía!

Por otra parte, como no soy un premio de belleza, y lo que me realza es el marco, quiero ese marco, prodigio de cinceladura, bien incrustado de pedrería artística, como el atavío de mi patrona, la Alejandrina, que amó la Belleza hasta la muerte.

En cuanto al proco... ¡bah! Ni sé si me casaré pronto o tarde, ni si lo deseo, ni si lo temo. ¿Qué duerme en el fondo de mi instinto? Es aún misterioso. Casarse será tener dueño... ¿Dulce dueño?... El día en que no ame, mi dueño podrá exigirme que haga los gestos amorosos... El día en que mi pulmón reclame aire bravo, me querrá mansa y solícita... La libertad material no es lo que más sentiría perder. Dentro está nuestra libertad; en el espíritu. Así, en frío, no me seduce la proposición de Farnesio.

Hago memoria de que en Alcalá, leyendo las comedias antiguas, me sorprendía la facilidad con que damas y galanes, en la escena final, se lanzan a bodas. "Don Juan, vos casaréis con doña Leonor, y vos, don Gutierre, dad a doña Inés mano de esposo... Senado ilustre, perdona las muchas faltas..." Y recuerdo que en una de esas mismas

comedias, de don Diego Hurtado de Mendoza[83 bis], hay un personaje que dice a dos recién casadas:

"Suyas sois, en fin; mas ved
que ya en nada quedáis vuestras..."

Pocos maridos recuerdan la advertencia del mismo personaje:

"Ya vos, don Sancho y don Juan,
estad cada uno advertido
que el entrar a ser marido
no es salir de ser galán..."

En resumen, mi caso no es el frecuente de la mujer que repugna el matrimonio porque repugna la sujeción. Hay algo más... Hay esta alta, íntima estimación de mí propia; hay el temor de no poder estimar en tanto precio al hombre que acepte. El temor de unirme a un inferior... La inferioridad no estriba en la posición, ni en el dinero, ni en el nacimiento... Este temor, ¡bueno fuera que lo sintiese ahora! Lo sentía en Alcalá, cuando barría mi criada con escobas inservibles... Acaso me ha preservado de algún amorcillo vulgar.

¿Habrá proco que me produzca el arrebato necesario para olvidar que "ya en nada soy mía"? No sé por dónde vendrá el desencanto; pero vendrá. Soy como aquel que sabe que existe una isla llena de verdor, de gorjeos, de grutas, de arroyos, y comprende que nunca ha de desembarcar en sus playas. No desembarcaré en la playa del amor. Y, si me analizo profundamente, ello es que deseo

83 bis. Diego Hurtado de Mendoza (1503-1575). Literato, militar y diplomático español. Descendiente de Íñigo López de Mendoza, Marqués de Santillana. Es conocido, sobre todo, por sus poesías y por su obra en prosa *Historia de la guerra de Granada*.

amar... ¡cuánto y de qué manera! Con toda la violencia de mi ser escogido, singular; como el ciervo anhela los ocultos manantiales...

¿Por qué lo deseo? Tampoco esto me lo defino bien. En tantos años de comprimida juventud y de soledad, he pasado, sin duda, mi ensueño por el tamiz de mi inteligencia; he pulido y afiligranado mi exigencia sentimental; he tenido tiempo de alimentarla; la he alquitarado, y su esencia es fuerte. Mi ansia es exigente; mi cerebro ha descendido a mi corazón, le ha enlorigado con laminillas de oro, pero en su centro ha encendido una llama que devora. Y, enamorada perdida, considero imposible enamorarme...

II

En la estación de Granada me aguardan los Mascareñas.

Desde una hora antes, hemos trabajado Octavia y yo en disimular las huellas de la noche en ferrocarril. Y me he tratado, a mí misma, de estúpida. ¿Por qué no haber venido en auto? Pero un auto de camino, decente, tampoco se encontraría en Madrid, de pronto.

Por fortuna he dormido, y no presento la máscara pocha del insomnio. Mi hálito no delata el trastorno del estómago revuelto. Lo impulso varias veces hacia las ventanas de la nariz, y me convenzo de su pureza. Por precaución, me enjuago con agua y elixir y mastico una pastilla de frambuesa, de las que encierra mi bombonerita de oro, cuya tapa es una amatista cabujón,[84] orlada de chispas. En joyería, está Madrid más adelantado que en *confort.*

84. *amatista cabujón*: no tallada sino pulimentada en forma convexa.

Refresco mi tez, mi peinado, mi traje. Me mudo la tira blanca del cuello. Renuevo los guantes, de Suecia flexible. Atiranto mis medias de seda, transparentes, no caladas (lo calado, para viaje, es *mauvais genre.*[85]) Y bien hice, porque al detenerse el tren y precipitarse el primo José María a darme la mano para bajar, su mirada va directa, no a mi cara, sino al pie que adelanto, al tobillo delicado, redondo.

El rostro, verdad es, lo llevo cubierto con un velo de tupida gasa negra, bajo el cual todavía nuba las facciones un tul blanco. Entrevista apenas, yo veo perfectamente a mis primos. José María es un moro; le falta el jaique. Estebanillo un mocetón, rubio como las candelas. La prima, igual a José María, con más años y declinando hacia lo seco y lo serio meridional, más serio y seco que lo inglés. El tío Juan Clímaco... De éste habrá mucho que contar camino adelante.

Hay saludos, ceceos, ofrecimientos, cordialidades. Dos coches, a cuál mejor enganchado, nos aguardan. En uno subimos las mujeres, el tío Clímaco —así le llamo desde el primer momento— y el hijo mayor. En el otro, Octavia y las maletas. Estebanillo lo guía.

La casa es un semipalacio, en una calle céntrica, antigua, grave. ¡Qué lástima! Un edificio nuevo, bien distribuido, vasto, sustitución de otro viejo "que ya no prestaba comodidad". En el actual, obra de mi tío, nada falta de lo que exigen la higiene y la vida a la moderna. Se han conservado muebles íntimos, viejos —bargueños, sillerías aparatosas, cuadros, braseros claveteados de plata— pero domina lo superpuesto, la laca blanca, el mobiliario a la inglesa. Estebanillo me lo hace observar. Angustias —a quien llaman sus hermanos *Gugú*, transformación infantil

85. *mauvais genre*: mal gusto.

de un nombre feo— se siente también orgullosa de la educación recibida en un convento del Yorkshire, de que "el niño" se haya recriado en Londres, de los baños y los lavabos de porcelana que parece leche, de esa capa anglófila que reviste hoy a tanta parte de la aristocracia andaluza. Me conducen a mi cuarto, me enseñan el tocador lleno de grifos, de toda especie de aparatos metálicos para llamar, soltar agua hirviendo o fría... Me advierten que se almuerza a las doce y media. Y el lánguido, fino ceceo del primo José María, interviene:

—No cean uztéz apuronez; la verdá, siempre nos sentamo a la una.

Lo agradezco. Octavia prepara el baño, deshace bultos, y a las dos horas de chapuzar y componerme algo, salgo hecha una lechuga, enfundada en tela gris ceniza, y hambrienta.

Me sientan entre el tío y el primo, que así como indiscretamente escudriñó el arranque de mi canilla, ahora registra mi nuca, mi garganta, hunde los ojos en la sombra de mi pelo fosco. Me sirve con aire de rendimiento adorador, y a la vez con suave cuchufleteo, burlándose de mi apetito. Él come poco; al terminar se levanta aprisa, pide permiso, saca accesorios muy elegantes de fumador y enciende un puro exquisito, de aroma capcioso, que mis sentidos saborean. Es la primera vez que a mi lado un hombre fuma con refinamiento, con manos pulidas, con garbo y donaire. —Carranza, al fumar, resollaba como una foca—. La onda del humo me embriaga ligeramente.

José María tiene el tipo clásico. Es moreno, de pelo liso, azulado, boca recortada a tijera, dientes piñoneros, ojos espléndidamente lucientes y sombríos, árabes legítimos, talle quebrado, ágiles gestos y calmosa actitud. Su habla lenta, sin ingenio, tiene un encanto infantil, espontáneo. No charla; me mira de cien modos.

Reposando el café, surge lo inevitable.

—¿Tu querrá ve la Jalambra, prima?

¡Si quiero ver la Alhambra! Pero no así; yo sola, sin que coreen mi impresión. Pecho al agua. Lo suelto.

—¡Ah! —celebra Estebanillo—. Como las inglesas...

—Has tu gusto, niña —sentencia el tío Clímaco—. Es la cosa más sana...

También el tío Clímaco se parece a su hijo mayor; pero evidentemente la sangre de la señora que descendía de reyes moros, ha corregido las degeneraciones de la de Mascareñas, en este ejemplar muy patentes. Mientras el perfil de José María tiene la nobleza de un perfil de emir nazarita, el de su padre es de rapiña y presa y se inclina al tipo gitanesco. No veo en él el menor indicio de ilustre raza. ¿Quién será capaz de adivinar los cruzamientos y los injertos de un linaje? ¿No sé yo bien que hay sus fraudes? Y que me maten si no está harto de conocer la novela secreta de mi nacimiento don Juan Clímaco... De otra novela más popular aún procederán tal vez los rasgos, más que avillanados, picarescos, de este señor, que afecta cierta simpática naturalidad, y bajo tal capa debe de reservar un egoísmo sin freno, una falta de sentido moral absoluta. ¿Que cómo he notado esto en el espacio de unas horas? La intuición...

El tío Clímaco opina que haga mi gusto. Me excuso de mi falta de sociabilidad; me ponen el coche; ofrezco volver para un paseo al caer la tarde, al laurel de la Zubia, y sin más compañía que la que nunca nos abandona, a la Alhambra me encamino.

Voy a ella... no a satisfacer curiosidades irritadas por lecturas, sino porque presiento que es el sitio más adecuado para desear amor. Y mi presentimiento se confirma. El sitio sobrepuja a la imaginación, de antemano exaltada.

No creo que en el mundo exista una combinación de

paisaje y edificios como ésta. Ojalá continúe solitaria o poco menos. Ojalá no se le ocurra a la corte instalarse aquí. Recóndita hermosura, me estorban hasta tus restauradores. Vivieras, semiarruinada, para mí sola, y desplomárase en tierra tu forma divina cuando se desplome mi forma mortal.

Mil veces me describirían esta arquitectura y no habría de entenderla, pues aislada de su fondo adquiere, en las odiosas, y, sin embargo, fieles reproducciones que corren por ahí, trazas de cascarilla de santi-boniti. Lo que dice la Alhambra es que no la separen de su paisaje propio, que no la detallen, que no la vendan. El Partenón se puede cortar y expender a trozos. La Alhambra de Alhamar no lo consiente.

No me sacio del fondo de ensueño de la Alhambra. Baño mis pupilas en las masas de felpa verde del arbolado viejo, en las pirámides de los cipreses, en el plateado gris de las lejanías, en las hondonadas densamente doradas a fuego, recocidas, irisadas por el sol. No niego el encanto de las salas históricas, alicatadas, caladas, policromadas, de los alhamíes,[86] cuyo estuco es un encaje, de los ajimeces[87] y miradores, de los deliciosos babucheros, donde creo ver las pantuflas de piel de serpiente de la sultana; pero si colocamos estos edificios sobre el celaje de Castilla, sobre sus escuetos horizontes, sus desiertos sublimes y calcinados, ¡adiós magia! Son los accidentes del terreno, es la vegetación, y, especialmente, el agua, lo que compone el filtro.

A ellos atribuyo el sentimiento que me embargó —no sólo el primer día, sino todos— en la Alhambra. Sentimiento para mí nuevo. Disolución de la voluntad, inva-

86. *alhamíes*: bancos de piedra, más bajos que los ordinarios y revestidos de azulejos.

87. *ajimeces*: ventanas de arcos, divididas en el centro por una columna.

sión de una melancolía apasionada. Quisiera sentarme, quedarme sentada toda mi vida, oyendo el cántico lento, triste y sensual del agua, que duerme perezosa en estanques y albercas, emperla su chorro en los surtidores, se pulveriza y diamantea el aire, se desliza sesga por canalillos antiguos, entre piedras enverdecidas de musgo, y forma casi sola los jardines, ¡extraños jardines sin flores apenas! Y se desliza como en tiempo de los zegríes, como cuando aquí se cultivaba el mismo estado de alma que me domina: las mieles del vivir lánguido, sin prosa de afanes. Es agua del ayer, y en el agua que corre desde hace tantos siglos hay llanto, hay sangre; aquí la hay de caballeros degollados dentro de los tazones de las fuentes, cuyo surtidor siguió hilando, sobre la púrpura ligera, sus perlas claras. Y los pies de la historia, poco a poco, bruñeron los mármoles, todavía jaspeados de rojo.

Me dejan pasarme aquí las tardes, sin protestar, aunque Gugú —lo leo en su cara— encuentra chocante mi conducta. Si yo hubiese nacido en la Gran Bretaña, ¡anda con Dios! Ya sabemos que son alunadas las inglesas. A una española no le pega la excentricidad. Sin embargo, al cuarto día de estancia en Granada, observo que Gugú sonríe franca y amena al saber que también iré, después de almorzar, al mismo sitio. Y, cuando sentada en un poyo del mirador de Lindaraja, contemplo la gloria de luz rubia y rosa en que se envuelven los montes, suena cerca de mi oído una voz baja, intensa:

—¿En qué piensa la sultaniya?

Sonrío al primo. Ni se me ocurre formalizarme. Él, previsor, se excusa.

—Tú quisite venir sola. Venir sola, no es tanto como está sola tóa la tarde. Si estorbo...

—No estorbas. Siéntate en ese poyo, y no hables.

Obedece con graciosa y festiva sumisión. El imán de sus

negras miradas, al fin, me atrae. Aparto la vista del paisaje y la poso en él.

—¿Sabes lo que pienso?

—¡Qué má quisiera!

—Me gustaría que estuvieses vestido de moro.

—¡Cosa má fásil! Aquí alquilan lo trahe; y tú puede vestirte de reina mora también, y nos hasen la fotografía. Verá qué pareja. Saide y Saida...

—He dicho mal —rectifico. Lo que quisiera no sería que te vistieses de máscara, sino que fueses moro hecho y derecho.

—Pué, niña, moro soy. Moro bautisado, pero moro, créeme, hata el alma. Me guta lo que gutó a lo moro: flore, mujere, cabayos. Los que andan de mácara son lo granadino como mi señó hermano Estebaniyo, que me gata uno trahe a cuadro que parten el corasón, y se atisa a la sei un yerbajo caliente porque lo hasen así en Londre a la sinco. ¡Por vía de Londre! ahora les ha entrao ese flato a lo andaluse... Nena, nosotro no hemo nasío para eso. Yo me quise educá aquí, y no soy un sabio é Gresia, pero lo señorito como Estebaniyo aún son má bruto. Aqueya tierra donde lo novio van del braso y no se ven la cara por causa e la niebla... hasta tú fú, como el gato al perro. La vía es corta, hechiso... y el que tiene a Graná... ¿pa qué quiere otra cosa?

Las palabras coincidían de tal modo con mi impresión, que mi cara lo descubrió.

—Y a ti te pasa iguá. Si somo para en uno...

Desde aquel día, invariablemente, mi primo vino a cortejarme en el palacio de las hadas. Y yo no resistía, no exigía que se respetase mi soledad. No acertaba a sacudir mi entorpecimiento delicioso, ritmado por el fluir del agua secular, que había visto caer imperios y reinos, bañado blancos pies, tobillos con ajorcas, y que susurraba lo eterno de la naturaleza y lo caduco del hombre. Reclinada, callaba largos ratos, complaciéndome en el musical ¡risssch! de mi abanico al abrirse. Según avanzaba la tarde, los arrayanes del patio de la Alberca, donde nos instalábamos, exhalaban amargo aroma, y el gorgoriteo del agua era más melodioso. José María ha llegado a conseguir —¡no es poco!— no echarme a perder estas sensaciones. Le admito: él cree que le aguardo...

No niego la gentileza de su sentenciosidad, que no degenera nunca en charla insípida, y, no obstante, hay a su lado el fantasma de un moro, contemporáneo de Muley Hazem, a quien pido que me descifre los versículos árabes, las suras del Korán inscritas en los frisos y en las arquerías elegantes. Y el fantasma murmura, con la voz del agua llorosa, lastimera: "Sólo Alá es vencedor. Lo dicen esas letras de oro, en el alicatado. Soy Audalla; mi yegua alazana tiene el jaez verde obscuro, color de esperanza muerta; una yegua impetuosa, toda salpicada de la espuma del freno. Soy el amante de Daraja. No diga que sirve dama quien no sirve dama zegrí. Y enójense norabuena las damas gomeles y las almoradíes...»

—¿En qué piensa la sultaneja...?

—En Audalla pienso... ¿No has leído tú el Romancero?

—¡He leío tanto cosa tonta! Ahora quisiera leé en ti. Tú eres un libro de letra menúa. Tú no ere como las demá mujere. Contigo estoy acortao, palabra.

—¿Sabes que deseo ver la Alhambra a la luz de la luna? Y creo que no permiten, por lo del incendio.

—¿No permití a este moso? Con una propina...

En efecto, los obstáculos se allanan. Llevamos una lamparita eléctrica de mano para los sitios oscuros. El patio de los Leones, a esta hora, sobrepuja a cuanto me hubiera forjado imaginándolo. Las filigranas son aéreas. Todo parece irreal, porque, desapareciendo el color, queda la fragilidad de la línea, lo inverosímil de las infinitas columnillas de leve plata, la delicadeza y exquisitez de los arquitos, que, lo observo con placer, tienen el buen gusto de no ser de herradura. Dijérase que todo es luz aquí, pues las sombras parecen translúcidas, de zafiro claro. Nos domina el encanto voluptuoso de este arte deleznable, breve como el amor, milagrosamente conservado, siempre en vísperas de desaparecer, dejando una leyenda inferior a sí mismo. No se siente la pesadumbre de esta arquitectura de silfos, que acaso no existe; que es el decorado en que nuestro capricho desenvuelve nuestra vida interior. Libres estamos aquí de la piedra agobiadora, como en los jardines del palacio lo estamos de la tierra, y no vemos sino agua y plantas seculares. Y siempre la impresión de irrealidad. ¿Existieron las sultanas que dejaban sus babuchas microscópicas en los babucheros de oro, azul y púrpura? Seguramente son un poético mito. ¿Brotaron y se difundieron alguna vez perfumes de estos pebeteros incrustados en el suelo? ¿Se bañó alguien en estas cámaras de cuyo techo llovían, sobre el agua, estrellas luminosas? No, jamás... Se lo aseguro a José María, que se ríe, acercando cuanto puede su rostro al mío.

—Todo ensueño y mentira, primo... Un ensueño viejo, oriental, de arrayanes, laureles y miradores, bajo la caperuza de nieve de una sierra... ¿Por qué me gusta Granada? Porque estoy segura de que no existe.

—Niña, tú debe de ser poetisa. La verdá. ¿No te has ganao algún premiesiyo, vamo, en los Juego florale? Sigue, sigue, que yo, cuando te oiho, me parese que esa cosa ya se me había ocurrío a mí. Y no crea: he leído hase año los verso de Sorriya.

—¡No soy poetisa, a Dios sean dadas gracias! Conste, primo. La Alhambra no existe. En cambio, esos leones, esos monstruos están vivos. Les tengo miedo. Me recuerdan unas esfinges de Alejandría que persiguieron a una santa... Los versos entallados al borde de la fontana dicen que están de guarda, y que el no tener vida les hace no ejecutar su furia... Vida, yo creo que la tienen esas fieras.

—¡Qué me gusta tó lo que dises! —balbucea, en tono de adoración, el moro bautizado—. Sigue, sigue, Saida...

—Calla, calla... Miremos sin hablar...

—Miremo —responde, y me toma una mano, iniciándome en las lentas, semi-castas delicias de la presión...

Es algo sutil, insidioso, que no basta para absorberme, pero me hace ver la fontana de los terribles monstruos al través de un velo de gasa argentina con ráfagas de cielo, como rayado chal de bayadera. La Alhambra, al través del amor... de una gasa tenue de amor, flotando, disuelta en el rayo lunar... Y los versos que para entallar en el pilón compuso el desconocido poeta musulmán, se destacan entre el ligero zumbido de mis oídos. El agua se me aparece como él la describe, hecha de danzarín aljófar y resplandeciente luz, y que, al derretirse en profluvios sobre la albura del mármol, dijérase que también lo liquida...

¡Y el silencio! ¡Un silencio sobresaturado de vida ideal, de suspiros que se exhalaron, de ciertas lágrimas de que habla la inscripción, lágrimas celosas, que no rodaron fuera de los lagrimales; un silencio morisco, avalorado por el susurro sedoso de los álamos y por el soplo del aire fresco de la Nevada, que desgarró sus alas en los nopales!

¡Y el perfume! ¡Perfume seco de los laureles asoleados, resto de los pebeteros que se agotaron, brisa ajazminada, y tal vez, vaho ardiente de sangre vertida por trágicos lances amorosos!

Cuando existen sitios como la Alhambra, tiene que existir el amor. ¿Por qué no viene más aprisa? ¿Por qué no me devora?

III

En casa de mi tío no saben qué pensar de mí. ¿Soy una maniática; soy una casquivana; soy una hembra "de cuidado", con la cual hay que mirar donde se pisa? Gugú no me entiende. Se afana en obsequiarme, insegura del resultado. Estebanillo, el mocetón anglófilo, de labio rasurado, aunque afecte frialdad y superioridad, me teme un poco. José María, que no es ningún patán, pero cuyo pensamiento no va más allá del sensualismo de su raza, está desconcertado: con otra mujer hubiese él pisado firme... ¡Vaya! Su olfato sagaz en lo femenino le aconseja que conmigo no se aventure, no se resbale... Y, sobre todo, el tío, el gitano-señor, anda receloso: empieza a consagrarme un estudio excesivo, una atención disimulada, de todos los momentos. ¿Por dónde saldré? Es sobrado ladino para no conocer que José María y yo, a pesar de las apariencias, todavía no... vamos, no... En el mismo acostumbrado tono, de galantería chancera, picante, popular y señoril, el tío Clímaco me analiza, quiere desentrañar mis aspiraciones, saber de qué pie cojea esta sobrina millonaria y extravagante, que se va de noche a la Alhambra, con un guapo mozo, a mirar realmente correr el agüilla... ¿Seré de mármol, como los leones? ¿Seré una romanticona...? ¡Qué de hipótesis! La verdad, no es dable que la interprete el de las grises patillas, el marrajo que me ha señalado por suya, a fin de que no prevalezca la superchería y vuelva la rama a la rama y el tronco al tronco...

Debe de correr por Granada una leyenda a propósito de mí. Lo noto en la aguda curiosidad que me acoge, en los eufemismos con que se me habla. ¡Lo que más ha contribuido a dar cuerpo a la leyenda, es mi originalidad de no querer ver, en la ciudad, absolutamente más que la

Alhambra! El primer día me llevaron al Laurel de la Reina. Después, me negué rotundamente. Ni Catedral, ni Cartuja, ni sepulcro de los Católicos, ni Albaicín, ni Sacro Monte... Nada que pudiese mezclar sus líneas y sus colores y sus formas con las de la Alhambra.

—Se acabó, prenda: que la Jalambra te ha embrujao...

Para desembrujarme, el tío propone unos días en Loja. Tiene allí asuntos; hay que ver aquellos rincones, donde posee dos palacios y un cortijo, hacia la Sierra.

—Capás eres de que te gusten más aquellos caserones que este de aquí.

—Si son antiguos, de seguro.

—¡Pero qué afisioná a las antiguayas! —susurra el proco, dando a lo inofensivo intención—. Voy a pedí a la Virgen e la Victoria, de Loha, que me haga encanesé...

Y, en efecto, el palacete de Loja me cautiva tanto como me deja fría la cómoda vivienda de Granada, y su inglés "conforte". Es un edificio a la italiana, con vestíbulo y ático de mármol serrano, y columnas de jaspe rosa. No está en Loja misma: de la posesión al pueblo media un trayecto corto, entre sembrados y alamedas. No tiene el palacio, de las clásicas construcciones andaluzas, sino el gran patio central, pero sin arcadas. En medio, la fuente, de amplio pilón, se rodea de tiestos de claveles, y el surtidor canta su estrofa, compañera inseparable de la vida granadí.

Al entrar en la residencia, dueñas ceceosas y mozas de negros ojos me dirigen cumplimientos. Mi habitación cae al jardín, donde toda la noche cantan los ruiseñores. Jazmines y mosquetas enraman la reja de retorcidos hierros. Al amanecer, salgo a tomar aire, y desde el parapeto veo, en un fondo de cristal, el panorama de Loja, la mala de ganar, la que dio que hacer al cristiano, por lo cual, los Reyes pusieron a su Virgen la advocación de la *Victoria*.

Diviso los dos arcos del puente sobre el Genil, el blanco caserío, las densas frondas, las ruinas, las montañas, las torres de las iglesias, descollando la redonda cúpula de la mayor... Y José María se aparece, saliendo no sé de dónde.

—¿Te gusta el poblachón? Yo te llevaré a ver sitio... Esto lo conosco... Aquí me crié...

Voy con él a recorrer los tales *sitios*. Gugú tiene que hacer en casa; tío Clímaco se pasa la vida sentado en el patio, escuchando a los lugareños, que vienen a hablarle de cosechas, arriendos y labores; Estebanillo allá se ha quedado, en Granada, con unos amigos ingleses, que acaso se lo lleven a dar una vuelta por Biarritz, en automóvil... Y yo pertenezco a José María, pero le tengo a raya; sigue presintiendo en mí enigmas psicológicos, no comprendidos en su ciencia femenina. Me lleva a la Alfaguara o fuente de la Mora, torrente que brota, al parecer, de un inmenso paredón inundado de maleza, y mana límpido por veinticinco caños. ¡El agua! Siempre el agua misteriosa, varias veces centenaria, que habrán bebido los que murieron! Si subimos por los abruptos flancos de la Sierra, hacia algún cortijo, a comer gachas y a cortar albespinas silvestres, el agua rueda de las laderas, surte de los pedruscos, retostados, candentes... Si seguimos la llanura, al revolver de un sendero, nos sale al paso la extraña cascada de los Infiernos, oculta en un repliegue, delatada por su fragor espantable, saltando espumeante, retorcida y convulsa. Y si visitamos, en la falda de la Nevada, la fábrica de aserrar mármoles, el agua es lo deleitoso. Trepamos por las suaves vertientes, sembradas de fragmentos de mármol amarillo, con vetas azules y blancas, y de un ágata roja, en la cual serpentean venas de cuarzo. El cielo tiene esa pureza y esos tonos anaranjados, que hicieron que Fortuny se quedase dos años donde había pensado estar quince días, y que extasiaron a Regnault.[88] No sin protestas de José María —¡estropear las manitas de sea!— alzo un trozo de piedra y hallo impresa en él la huella fósil, las bellas volutas del anmonites primitivo. Mi primo lo mira enarcando las cejas.

—¿No se te ha ocurrido subir a los picos de la Sierra? —le pregunté.

—No... ¿Pa qué? ¡Pero si é antoho, te acompaño! Se buscan mulo, y por lo meno hata el picacho de Veleta... Porque despué, se pué, se pué... pero sólo en aeroplano, hiha!

—¿Quién sabe, primo, si te cojo la palabra?

—Contigo, al Polo.

Bajamos a la serrería; nos enseñan los pulimentados tableros de mármol; seguimos hasta un recodo que forma el riachuelo, donde en la corriente remansada se mecen las plumeadas hojas de culantrillos y escolopendras. Un zagal se acerca, tirando de la cuerda que sujeta a una hermosa cabra fulva, de esas granadinas, cuya leche es deliciosa. A nuestra vista la ordeña y mete la vasija dentro del remanso. De la serrería nos traen pestiños, alfajores, miel sobre hojuelas, rosquillas de almendra, muestras de la golosa confitería de Loja, donde se venden más yemas y bollos que carne de matadero. Riendo, bebemos la leche: en el baño se ha helado casi. Es una hora divina, un conjunto de sensaciones fluidas, livianas como el agua, rosadas como el cielo, que vierte ráfagas lumbrosas sobre las nieves de los picos.

Volvemos despacio, por las sendas olientes a mejorana y a menta silvestre. José María me lleva del brazo. Su

88. *Henri Regnault* (1843-1871), pintor francés sucesor del romanticismo pictórico de Gericault y Delacroix.

sentido de lo femenil le dice que los momentos van siendo propicios. De súbito, manifiesta entusiasmo por la expedición a la Alpujarra, y me cuenta maravillas del pico de Mulhacén, de los aspectos pintorescos de los pueblos de la sierra, que él jamás ha visto. Penetro su intención, y quién sabe si late en mí una secreta complicidad. Después de la poesía moruna de la Alhambra, la sierra es el complemento, la clave. Allí se había refugiado la raza vencida... Las aguas seculares descendían de allí, de los riscos donde, impensadamente, en oasis, el naranjo cuaja su azahar. José María, para la excursión, se vestiría —y no sería disfraz, pues así suele andar por el campo— de corto, airosamente, con marsellés, faja, sombrero ancho y elegantes botines. Yo llevaría falda corta, y los cascabeles de las mulas, tintineando sonoramente, despertarían un eco melancólico en las gargantas broncas del paisaje serrano. Mientras la noche desciende, clara y cálida, forjo mi novela alpujarreña. José María empieza a producirme el mismo efecto que la Alhambra; disuelve, embarga mi voluntad. Hay en él una atracción obscura, que poco a poco va dominándome.

En eso pienso mientras Octavia me desnuda, escandalizada de los accidentes de mi atavío en estas excursiones: de mi calzado arañado y polvoriento; de mi pelo, en que se enredaron ramillas; de mis bajos, en que hay jirones.

—*¡Si c'est Dieu possible! ¡Comment madame est faite!* [89]

Ella, que trae revuelta y encandilada a la servidumbre y a los campesinos que acuden a conferenciar con mi tío, y hasta sospecho que a mi propio tío,

89. Más que a francés suenan estas frases a una traducción de las expresiones castellanas: "¡Si será posible! ¡Cómo se ha puesto la señora!".

"que, aunque viejo, es de fuego,
corriente en una broma y mujeriego,"[90]

está, en cambio, más emperifollada y crespa que nunca, y ha aprendido de las andaluzas la incorrección del clavel prendido tras la oreja...

Pienso en esta marea que crece en mi interior, en este dominio arcano que otro ser va ejerciendo sobre mí. No puedo dudar de que mi primo me pretende porque soy la heredera universal de doña Catalina Mascareñas, y así como el interés de una familia trató antaño de hacerme monja, el interés de otra decide hogaño que me case... Pero asimismo se me figura que produzco en mi primo el efecto máximo que produce una mujer en un hombre. ¿Se llama esto amor? ¿Hay otra manera de sentirlo? ¿Qué es amor? ¿Dónde se oculta este talismán, que vaya yo a matar al dragón que lo guarda?

He observado que mi primo, cuando me habla, exagera la tristeza; dijérase un hombre muy desdichado, a dos dedos del suicidio por los desdenes de una ingrata. Y cuando habla con los demás, su tono se hace natural y humorístico. Lo gracioso es que las sentenciosas dueñas y las mocitas con flores en el moño, que componen la servidumbre, hablan del "zeñito José María" con acento de conmiseración, como si yo le estuviese asesinando. Y un aperador ha llegado a decirme:

—Zeñita, peaso e sielo... pa cuándo son los zíes?

Los lugares, el coro, conspiran en favor del proco rendido. Y, en medio de este ambiente, trato de descomponer mis sensaciones por la reflexión. No, el amor no puede ser *esto*. Sin embargo, ¡menos aún será la comuni-

90. Versos de *El diablo mundo* de José de Espronceda, con los que el autor describe al patrón de Adán, el viejo rejuvenecido.

cación intelectual! Este aturdimiento, esta flojedad nerviosa algo significan... Quizás lo signifiquen todo.

La noche de un día en que no hemos salido a pasear largo, al través de la tupida reja de mi salita, que está en la planta baja, oigo guitarrear. José María me llama, me invita a asomarme a las ventanas del comedor, que caen al patio, para ver el jaleo. Es él quien ha convocado a las contadísimas bailarinas de fandango que quedan en Loja y su contorno, ya todas viejas, cascadas, porque las mocitas ahora dan en aprender otros bailes, de estos a la moderna, achulados, no moriscos. Estas ventanas no tienen reja y nos recostamos en el antepecho el primo y yo. Don Juan Clímaco y Gugú han sacado sillas al patio. La música del fandango es una especie de relincho árabe, una cadencia salvajemente voluptuosa, monótona, enervante a la larga. La luna, colgada como lámpara de plata en un mihrab pintado de azul, alumbra la danza, y el movimiento presta a los cuerpos ya anquilosados de las danzarinas, un poco de la esbeltez que perdieron con los años. Sus junturas herrumbrosas dijérase que se aceitan, y entre jaleamientos irónicos y risas sofocadas de la gente campesina que se ha reunido, bailan, haciéndose rajas, las viejecitas. Baila con sus piernas el Pasado, la leyenda del agua antigua, donde las moras disolvieron sus encendidas lágrimas...

Siento la respiración vehemente, acelerada de José María; el respeto que le contiene le hace para mí más peligroso. Noto su emoción y no puedo reprender la osadía que anhela y no comete. Extiendo, como en sueños, la mano, y él la aprisiona largamente, derritiéndome la palma entre las suyas, y luego apretándola contra un corazón que salta y golpea. Al retraer el brazo, nuestros cuerpos se aproximan, y él, bajándose un poco, me devora las sienes, los oídos, con una boca que es llama. Allá fuera siguen bailando, y las coplas roncas gimen amores encelados, penas mahometanas, el llanto que se derramó en tiempo de Boabdil... El balbuceo entrecortado de los labios que se apoderan de mí, repite, con extravío, la palabra mora, la palabra honda y cruel:

—¡Sangre mía! ¡Sangre! Mi sangresita...

Me suelto, me recobro... Pero él ya sabe que del incidente hemos salido novios, esposos prometidos y cuando D. Juan Clímaco vuelve —habiendo mandado que se obsequie con vino largo a los del jaleo— José María, pasándose la mano bien cortada y pulida por el juvenil mostacho, dice a su padre:

—Esta niña y yo no vamo a la Sierra el lune... Quiere eya vé eso pueblo bonito... del tiempo el moro... Hasen falta mulo y guía.

A solas en mi cuarto, todavía aturdida, el temblor vuelve. ¿Es esto amar? ¿Es esto dicha? Parece como si tuviera amargo poso el licor, que ni aún me ha embriagado. Me acuesto agitada, insomne, y cuando apago la luz, la obscuridad se me figura roja. Enciendo la palmatoria varias veces, bebo agua, me revuelvo, creo tener calentura. Y, convencida ya de que no podré dormir, al primer tenue reflejo del alba que entra por resquicios de las ventanas, salto de la cama en desorden, me enhebro en los encajes de mi bata, calzo mis chinelas de seda y salgo al pasillo apagando el ruido de mis pasos para llamar a Octavia, que me haga en mi maquinilla una taza de tila. El cuarto de la francesa está al extremo del pasillo, frente a mi departamento, que comprende alcoba, tocador, gabinete y salón bajo. No hay en este palacio, al cual sus dueños vienen rara vez, timbres eléctricos. Recatadamente, sigo, entre la penumbra, adelantando. Al llegar cerca, veo que la puerta de Octavia se abre, y un bulto surge de su cuarto, titubea un momento y al cabo se cuela furtivamente por la puerta del salón, el cual tiene salida, por el comedor, al patio central. No importa que se haya dado tal prisa. Conozco la silueta, conozco el andar. Es mi primo. Él también me ha visto, ¡me ha visto perfectamente! ¡Gracias, primo José María! Glacial, serena, retrocedo, me despojo, me rebujo y medito, con bienestar, mi resolución.

Cuando a las diez de la mañana salgo al patio en busca de la familia, él no está. El tío me embroma. ¡Vamos, se conoce que también yo bailé el fandango, quedé rendida y me levanté tarde!

—Puede que haya sido eso...

—Y ¿cómo andamos de ánimo? Joseliyo etará hasiendo milagro para yevarte a la Sierra con má comodidá...

—Tío, no iré a la Sierra. Me siento un poco fatigada, y además, he recibido aviso de que es necesaria mi presencia en Madrid para asuntos. Le ruego que me conduzca hoy a la estación en su coche...

La transformación de la cara del señor, fue algo que siento no haber fotografiado. De la paternidad babosa y jovial dio un salto a la ira tigresca. ¡Juraría que adivinó...! Su instinto, de hombre primitivo, que ha tomado de la civilización lo necesario para asegurar la caza y la presa, le guió con seguridad de brujería, excepto en lo psicológico, que no era capaz de explicarse.

—¿Qué dises, niña? ¿Eh? ¿Mono tenemo? ¿Historia? ¿Seliyo? Mira tú que... ¿Llevarte al tren? ¿Para que Joseliyo me pegase un tiro? Tú no te vas. ¿Estás loca?

Bajo el tono que quería ser de chanza, había la indicación amenazadora. Ocupábamos, bajo la marquesina, mecedoras, y el fresco del surtidor nos halagaba. Adopté el estilo cortés, acerado, la mejor forma de resistencia.

—Tío, supongo que usted no me querrá detener por fuerza. Lo siento en el alma; agradezco la hospitalidad tan cariñosa, pero necesito irme.

—Y yo te digo que no te vas, hata haser las pase. ¿Si conoseré yo a los niños? Sobrina, ¿piensas que el tío Clímaco es siego o es tonto? Como palomitos os arruyásteis anoche en el comedor. Cuanto más reñidos, más queridos. Y esta boda, serrana, te parecerá a ti que no, pero es de necesiá. No me hagas hablar más, que tú tampoco ere lerda, y me entiendes a media habla, y se acabó, y no demos que reir al diablo.

—Ni hay boda, ni arrullos, tío. Al menos, por ahora —transigí—. Dispénseme usted; no cambio yo nunca la resolución. Menos aún cambiaría ante lo violento.

—Qué violento, ni... Si a ti se te ha metido en el corasón el muchacho. Si le quieres. Suerte que sea así, porque te ahorras muchos disgustos que te aguardaban... Yo soy un infeliz, pero eso de que quiten a uno lo que debe ser suyo, no le hase tilín a nadie. Y hay modos y modos de quitar. ¡Nada, que no suelto la lengua! Ni es preciso, porque, al cabo, mi hijo y tú... —Y juntó las yemas de los pulgares.

Me levanté tranquila, hasta sonriente —aunque por dentro, un terremoto de indignación me sacudía ante aquel gitano trabucaire, que me exigía la bolsa o la vida, apostado en un desfiladero de la Sierra. Todo el britanismo de cascarilla se le caía a pedazos, y aparecía el verdadero ser... el natural, acaso el más estético y pintoresco. Me propuse burlarle; realicé un esfuerzo, me dominé, me incliné hacia él, y, acariciando con el abanico sus patillas típicas, murmuré sonriendo:

—*¡Soniche!*[91]

A su vez, se incorporó. Descompuestas las facciones,

91. *¡soniche!*: expresión del lenguaje de germanía, de maleantes, que significa 'silencio'.

en sus ojos brilló una chispa mala, venida de muy lejos. La mirada del que asesinaría, si pudiese...

¿A mí por el terror? Resistí la mirada, y con cuajo frío, sentencié:

—Ahora le digo a usted que me voy, no por la tarde, sino inmediatamente, a pie, a Loja. De allí, en un coche, a donde me plazca. Ahí queda mi criada, que arreglará el equipaje. Y cuidado con que nadie me siga, ni me estorbe. Adiós, tío Juan. Por si no volvemos a vernos, la mano...

Estrujó iracundo la mía y la sacudió. Logré no gritar, no revelar el dolor del magullamiento.

—¿No vernos? ¡Ya nos veremos! Eso te lo fío yo... Y cuando rompí a andar, puso el dedo en la frente, como diciendo que no me cree en mi cabal juicio.

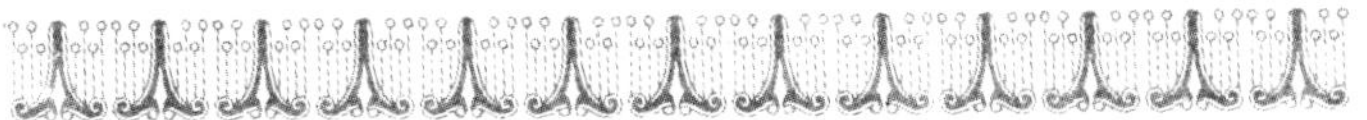

V

Intermedio lírico

Llego a Madrid de sorpresa, y la alarma de Farnesio es indecible.

—¿Pero qué ha sucedido? ¿No te encontrabas bien? ¿Algún disgusto?

—Nada... Convénzase usted de que yo estoy donde me lo dicta mi antojo.

—Es que tu tío me escribió que te quedarías con ellos hasta el otoño, y que ibais a dar una vuelta por Biarritz y París.

—Esos eran sus planes. Los míos fueron diferentes.

La cara de D. Genaro adquirió una expresión de ansiedad tal, como si viese abrirse un abismo.

—¿De modo que... lo de José María...?

Hice con los dedos el castañeteo elocuente que indica «Frrrt... voló».

Violento en la mímica, por su origen italiano, Farnesio se cogió la cabeza con ambas manos, tartamudeando:

—¡Dios mío! ¡Dios mío! ¡Qué va a pasar aquí!

—¡Nada! —respondo al tun tun, puesto que en sustancia desconozco lo que puede pasar, aunque sospecho por donde van los terrores de mi... intendente.

—¡Sea como tú quieras! —suspira desde lo hondo D. Genaro.

—Así ha de ser... Oiga usted: es preciso remitir hoy mismo a mi prima Angustias, los pendientes y el broche de esmeraldas que fueron de mi... de mi tía, doña Catalina, que en gloria... ¡Ah! Deseo preguntar por teléfono al Conserje del Consulado inglés si pueden encargar para mí a Inglaterra una buena doncella, lo que se dice superior, sin reparar en precio. Lo mejor que se gaste. Propina fuerte para el intermediario...

—Ya me parecía a mí que la tal francesita... ¡Qué fresca! Bien me lo avisó Eladia... Hasta a mí me hacía guiños... Tuve que tomar con ella un aire... ¿Dónde se ha quedado semejante pécora?

Sonrío y me encojo de hombros.

—Llegará en el tren de la tarde con mis baúles. Me hace usted el favor de ajustarle la cuenta, gratificarla y despacharla. Es que deseo practicar un poco el inglés.

A solas, repantigada en mi *serre* diminuta, recuerdo el breve episodio granadino. No para exaltar mi indignación contra lo demás, sino para zampuzarme en mí misma. ¿Cómo me dejé arrastrar por el instinto? Al rendirme —porque moralmente rendida estuve— a un quidam, pues José María no es un infame, como diría una celosa, pero es el primero que pasa por la acera de enfrente yo también me conduje como cualquiera... ¿Fue malo o bueno ese instinto que por poco me avasalla? Quizás sea únicamente inferior; una baja curiosidad. ¿Y no hay más amor que ese?

Si eso fuese amor, yo me reiría de mí misma, y con tal desprecio me vería que... Y si fuesen celos, la repugnancia que me infunde la hipótesis de Octavia abrochándome mi collar de perlas, de su mano rozando mi piel; si fuesen celos estos ascos físicos, me encontraría caricaturesca. De todos modos, he descubierto en mí una bestezuela brava..., a la cual me creía superior. A la primer mordida casi entrego mi vida, mi alma, mi porvenir, a cambio...

¿A cambio... de qué? ¿De qué, vamos a ver, Lina?

¡Es gracioso, es notable! Lo ignoro. Nada, que lo ignoro. ¿Será ridículo? ¡Pues... lo ignoro, ea!

Soy una soltera que ha vivido libre y que no es enteramente una chiquilla. He leído, he aprendido más que la mayoría de las mujeres, y quizás de los hombres. Pero ¿qué enseñan de lo íntimo los libros? Mis amigos de Alcalá han tenido la ocurrencia de llamarme sabia. ¡Sabia, y no conozco la clave de la vida, su secreto, la ciencia del árbol y de la serpiente!

¡De esas analfabetas que en este momento atravesarán la calle; modistuelas, criadas de servir, con ropa interior sucia y manos informes..., pocas serán las que, a mi lado, no puedan llamarse doctoras! Y lo terrible para mí, lo que me vence, es el misterio. ¡Mi entendimiento no defiende a mi sensitividad; ignoro a dónde me lleva el curso de mi sangre, que tampoco veo, y que, sin embargo, manda en mí!

Cierro los ojos y vuelvo a oír el balbuceo de José María, que halaga, que sorbe golosamente mis párpados con su boca...

—¡Sangresita mía...!

¡Ah! ¡Es preciso que yo indague lo que es el amor, el amor, el amor! Y que lo averigüe sin humillarme, sin enlodarme. ¿Pero cómo?

¿Adquiriendo ciertas obras? Entre lo impreso y la realidad hay pared. ¿Disfrazándome a lo Maupín...?[92] No,

92. *Madame d'Aubigy de Maupin* (1673-1707): fue una aventurera y cantante francesa, famosa entre otras cosas por haber tomado parte en varios desafíos disfrazada de hombre. Inspiró la obra de Teófilo Gautier *Mademoiselle de Maupin* (1835) que escandalizó en su época por su contenido y por el prólogo, en el cual el autor defendía la libertad del artista para tratar los asuntos más escabrosos.

porque yo no busco aventura, sino desengaño. Quiero viajar, y antes, como se traga una medicina, tragar el remedio contra las sorpresas de la imaginación.

Asociando la idea de la lección que deseo a la de una droga saludable, me acude la memoria de una lectura, la del *Médico de su honra.*[93] La intervención del Doctor en un asunto de honor y celos; la ciencia médica como solución de los conflictos morales, me había sorprendido. No podía ser un verdugo cualquiera el que «sangrase» a doña Mencía de Acuña, sino Ludovico, el médico. Y evocaba también a los personajes y reyes que del médico se sirvieron en críticos trances, para las eficaces mixturas deslizadas en un plato o en una copa... El médico, actor en el drama físico, como el confesor en el moral...

El médico... ¿Pero cuál? Doña Catalina había tenido varios: algunos, eminentes; otros, practicones. Ninguno de ellos, sin embargo, me pareció a propósito para recurrir a su ciencia. ¡Ciencia! Me reía a solas. ¡Si eso lo sabe el mozo del café de enfrente, el tabernero de la esquina! ¡Vaya una ciencia, la de la manzana paradisiaca!...

Supuse, no sé por qué, que la explicación me sería más fácil con un doctor desconocido del todo. Decidí fiar a la casualidad la elección del que había de batirme las cataratas. Y una tarde salí al azar, recordando unas señas, un anuncio, leído la víspera en un diario. No eran señas de especialista —¡oh, qué anticipada repugnancia!— sino de quien solicita clientela; probablemente, un joven... En tranvía, luego a pie, hago la caminata. Calle retirada, casa mesocrática, portera de roja toquilla. He aquí el templo de los misterios eleusiacos...[94]

93. Drama de honor de Calderón de la Barca en donde el marido, para vengar una afrenta en su honor, manda que un médico aplique una sangría a la esposa infiel hasta matarla.

94. Misterios de Eleusis, dedicados al culto de Ceres, diosa de los cereales y las cosechas. En el texto se refiere a los misterios de la reproducción.

Trepo al tercero, con honores de segundo, en que vive tanta gente de medio pelo. Una cartela de metal —Doctor Barnuevo, de tres a cinco...— La suerte me protege; no hay nadie en la consulta. Es probable que esta suerte frecuente la antesala del doctor Barnuevo...

Una criada moza, lugareña, me hace entrar; el médico me mira impresionado por mi aspecto de mujer elegante, vestida en París, que lleva un hilo de perlas medio escondido bajo la gola de la blusa. Todo esto, quizás no lo analiza el doctor al pronto, pero lo nota en conjunto; y, respetuoso, me adelanta una silla.

El doctor es todavía joven, efectivamente, pero calvo, precozmente decaído, de sonrisa forzada, de ojos entristecidos, de barba oscura, en que ya hay sal y pimienta. Se le nota la juventud en los blancos dientes, en la voz, en todo a pesar del desgaste y de la fatiga tan visibles. Inicia un interrogatorio.

—No, si no padezco nada... Vengo a pedirle a usted un servicio... extraño. Muy grande.

Una zozobra, un recelo repentino, hacen que se enrojezca un poco la tez de marchita seda del doctor. Sonrío y le tranquilizo.

—Señora...

—Señorita...

—Bien, pues señorita...

—No se trata sino de que usted me explique algo que no entiendo...

Y me explayo, y manifiesto mi pretensión y la razono y la apoyo y argumento: es probable que me case pronto, es casi seguro...

—¿Quién se puede comprometer a lo que desconoce? ¿No lo cree usted así, doctor? Y de estas cosas no se habla tranquilamente con un novio... ¿A que soy la primera mujer que dirige a un médico tal pregunta?

En la sorpresa de Barnuevo creo percibir una especie de admiración. Insisto, intrépida, redoblando sinceridades. Refiero lo de Granada sin muchas veladuras. Y, según crece mi franqueza, en el espíritu del médico se derrumban defensas. Voy apoderándome de él.

—No sé si lo que usted me pide es bueno o malo... De fijo es singular...

—Arduo, ¿por qué? Malo, ¿por qué? ¿Es usted un esclavo del concepto de lo malo y lo bueno? Nosotros, a nosotros mismos, nos cortamos el pan del bien; nosotros nos dosificamos el tósigo del mal.

—Seguramente es usted una señora...

—¡Señorita!

—¡Ah, claro! ¡Naturalmente! —sonrió. —Una señorita excepcional. Por eso me prestaré a lo que usted quiera. ¿Hasta qué límite han de llegar mis lecciones?

—Hasta donde empieza mi decoro... el mío, entiéndame usted bien, el mío propio, no el ajeno. Y mi decoro no consiste en no saber cómo faltan al decoro los demás. El límite de mi decoro no está puesto donde el de otras; pero, en cambio, es fijo e inconmovible; creo que usted, doctor, entiende a media palabra.

Abozalada así la fatuidad inmortal del varón, avancé con más desembarazo.

—Alguna observación personal, Sr. Barnuevo, ha sustituido ya en mí a la experiencia... que acaso no tendré nunca.

—Debo advertirle a usted que la experiencia en la plena acepción de la frase, es algo quizás insustituible... al menos en este terreno que pisamos. Todas mis... enseñanzas, no romperán cierto velo...

—Puede que sea así; pero ya, al través de ese velo, la verdad resplandece. ¡Si casi diría que ha resplandecido, aun antes de oír sus doctas explicaciones de usted! Permítame, doctor, que le entere de lo que he percibido yo, profana... Pues he notado que el sentimiento más fijo y constante que acompaña a las manifestaciones amorosas es *la vergüenza.* ¿Me equivoco?

—No le falta a usted razón... ¡Es una idea!...

—¿Y no encuentra usted que esa vergüenza tan persistente, tan penosa, tan humillante, es como una sucia mosca que se cae en el néctar de la poesía amatoria y lo inficiona, y lo hace, para una persona delicada, imposible de tragar?

—Señor... ita, ¡hay quien no conoce ni de nombre la vergüenza!— arguyó festivo.

—¡Ay, Doctor, voy a contradecirle! Perdone; en cuanto me explique, usted va a estar conforme, porque es más observador que yo, pobrecilla de mí... Excepto algún caso que será ya morboso, esta dolorosa vergüenza no se suprime ni en medio de la abyección. Se ocultará bajo apariencias, pero existe, y a veces ¡se revela tan espontánea!

—¡Pues lo confieso! —asintió—. ¡Hay cinismos, en ciertas profesiones, que no son sino vergüenza vuelta del revés!

—¿Y eso, no significa...? Doctor, ¿se avergüenza nadie de lo hermoso?

—La función, señorita, no será hermosa; pero es necesaria. Por necesaria, la naturaleza la ha revestido de atractivo, la ha rodeado de nieblas encantadoras. La especie exige...

—Yo no quiero nada con la especie... Soy el individuo. La especie es el rebaño; el individuo es el solitario, el que vive aparte y en la cima. Y, a la verdad, me previene en contra esa vergüenza acre, triste, esa vergüenza peculiar, constante y aguda. Por algo pesa sobre ello la reprobación religiosa; por algo la sociedad lo cubre con tantos paños y emplea para referirse a ello tantos eufemismos... No se coge con tenacillas lo que no mancha.

—Tal vez hipocresía... Usted, señorita, antes de entrar en los infiernos adonde voy a guiarla, ¡acuérdese del Paraíso! ¡De la maternidad! ¡La sagrada maternidad!

Una ironía cruel me arrancó una frase, cuyo alcance el Doctor no pudo medir.

—¡También yo he tenido madre... madre muy tierna!

El médico, de una ojeada, me escrutó.

—¿Está usted de prisa?

—Nadie me aguarda...

Tocó un timbre, y la criada lugareña se presentó, clavándome unos ojuelos zaínos, de desconfianza.

—Cipriana, no estoy en casa. Venga quien venga, que no entre.

Se acerca a sus estantes, hace sitio en la mesa, trae un rimero de libros gruesos, en medio folio. Empieza a volver hojas. Los grabados, sin arte, sencillos en su impudor, atraen y repelen a la vez la mirada. La explicación, sin bordados, escueta, grave, es el complemento, la clave de las figuras. Bascas y salivación me revelan el sufrimiento íntimo; el médico, a la altura de las circunstancias, sin malicia, sin falsos reparos, enseña, señala, insiste, cuando lee en mis turbias pupilas que no he comprendido.

A veces, la repulsión me hace palidecer tanto, que interrumpe, me da un respiro y me abanica con un número de periódico...

¡Qué vacunación de horror! Lo que más me sorprende es la monotonía de todo. ¡Qué líneas tan graciosas y variadas ofrece un catálogo de plantas, conchas o cristalizaciones! Aquí, la idea de la armonía del plan divino, las elegancias naturales, en que el arte se inspira, desaparecen. Las formas son grotescas, viles, zamborotudas. Diríase que proclaman la ignominia de las necesidades... ¿Necesidades? Miserias...

—Siento náuseas —suspiro al fin. ¿A dónde cae esta ventana, doctor?

—A un patio interior... No soy rico... Mi sueño sería tener un jardín del tamaño de un pañuelo... Espere usted, abriremos la puerta...

De mi saco de malla entretejida con diamantitos, extraigo el frasco de oro y cristal de las sales. Respiro.

Adelante... El mal camino, andarlo pronto...

—Creo, señorita, que está usted haciendo una locura. Tengo escrúpulos.

—Adelante he dicho... No va usted a dejarme a la mitad de la cuesta.

Y me acerco al libro, rozando el brazo de este hombre que no es viejo, ni antipático, y con el cual me siento tan segura, como pudiera estarlo en compañía del sepulturero.

Él vuelve a echar paletadas de tierra más fétida. Agotadas las láminas corrientes, vienen otras, y tengo que reprimir un grito... También son de colores... ¡Qué coloridos! ¡Qué bermellones, qué sienas, qué lacas verduscas, qué asfaltos mortuorios! ¡Qué flora de putrefacción! ¡Y el relieve! ¡Qué escultor de monstruosidades jugó con sus palillos a relevar la carne humana en asquerosos montículos, a recortarla en dentelladuras horrendas!

—Esto está mal —insiste Barnuevo, cerrando un álbum de espantos—. ¡Me estoy arrepintiendo, señorita!

—¡Doctor, lo que usted siente, y yo también, no es sino la consabida vergüenza! ¡Vergüenza, y nada más! Nos avergonzamos de pertenecer a la especie. ¡A beber el cáliz de una vez! ¿Falta algo, doctor...? No omita usted nada. ¿Las anormalidades?

—¿También eso?

—También.

—¡Qué brutalidad... la mía!

—La mía, si usted quiere. Pronto, por Dios, Sr. de Barnuevo.

Y se descubre el doble fondo de la inmundicia, en que la corrupción originaria de la especie llega a las fronteras de la locura; las anomalías de museo secreto, las teratologías[95] primitivas, hoy reflorecientes en la podredumbre y el moho de las civilizaciones viejas; los delirios infandos, las iniquidades malditas en todas las lenguas, las rituales infamias de los cultos demoniacos...

Por mis mejillas ruedan lágrimas, que me salvan de un ataque nervioso. El Doctor, conmovido, interroga:

—¿Basta?

—Basta. Deme usted la mano, con...

El encuentra la frase delicada y justa.

—Con el sentimiento más fraternal.

—¡Y quién podrá jamás cultivar otro! —grito, en un arranque—. Doctor, debo a usted gratitud... Permítame... que no le envíe nada por sus honorarios.

—No voy para rico, señorita; tengo mala suerte en mi profesión... ¡Pero si usted me enviase algo..., créame que soy capaz de... no sé..., de sentir mayor vergüenza aun, de esa que a usted tanto la mortifica! ¡Y de llorar..., como usted!

—¿No aceptaría usted un retrato mío? ¿Para acordarse de una cliente tan... insólita?

—¡Siempre me acordaría!... El retrato lo espero con ansia. Y perdón, y... nada de vergüenza. ¿Puedo ofrecerla un sorbo de Málaga? Está usted tan desencajada... Acaso tenga fiebre.

—Gracias... Se me hace tarde...

95. *teratologías*: estudio de las anomalías y monstruosidades del organismo.

Era uno de esos anocheceres rojizos, cálidos, de la primavera madrileña. Al llegar a las calles concurridas, el gentío me hostigaba con contactos intolerables. Me codeaban. Sentí impulsos de abofetear. Corrí, huyendo de las vías céntricas. Me encontré en el paseo de la Castellana, donde empezaban a encenderse los faroles. El perfume de las acacias exasperaba mi naciente jaqueca. Ni me daba cuenta de lo imprudente de pasear sola y a pie por un sitio que iba quedándose desierto, con un hilo de perlas sobre el negro traje. Un coche elegante cruzó, con lenta rodadura. El cochero me miraba. Comprendí.

—¿Puede usted llevarme a casa?

—Suba la señora...

La portezuela estaba blasonada, el interior forrado de epinglé blanco, y olía a cuero de Rusia. ¡Qué chiripa, haber dado con un cochero particular que se busca sobresueldo! Un simón me sería insufrible, hediondo...

En casa, me bañé, me recogí... La frescura de las sábanas me desveló. El ventilador eléctrico, desde el techo, me enviaba ondas de aire regaladamente frío. Mi calentura aumentaba. Después he comparado mi estado físico al de una persona que asiste por primera vez a una corrida de toros. Toda la noche estuve volviendo a ver los grabados, y abochornándome de haber nacido. He aquí lo que sugerían los árboles viejos de la Alhambra, el romanticismo del agua secular en que se disolvieron lágrimas de sultanas transidas de amores, la gentileza de los zegríes, el olor de los jazmines, el enervamiento de las tardes infinitas, el cántico de los surtidores y el amargor embrujado de los arrayanes!

Y dando vueltas sobre espinas, repetía:

—¡Nunca! ¡Nunca!

VI

El de Carranza

I

Una fiebre nerviosa, no grave, me postra varios días. Convalezco serenamente. Farnesio está como loco. De una parte, cree que me muero; de otra cree que el tío Clímaco ha venido resuelto a hacer una. Sólo es verdad que el tío está en Madrid y no me ha visitado.

—Tendrá sus asuntos. No le podemos negar el derecho de viajar a ese señor.

Un fruncimiento de cejas de D. Genaro; su cara más alargada y preocupada que de costumbre, me indican que el recelo le socava y le mina el espíritu. Ya me figuro lo que teme. Sin embargo, la empresa no ha de ser tan liviana. Sabré defenderme, ahora que las fantasmagorías de amor se han desvanecido, y sólo me queda el ansia de una vida fuerte, intensa, con otros goces y otros triunfos; los que mi brillante posición me asegura, a mí que ya traigo en la lengua, si no la pulpa, por lo menos el jugo acre y fuerte de la poma del bien y del mal...

Llega, sudoroso, el viejo y polvoriento estío de Castilla. Me dedico a planear mi veraneo. Me acuerdo, con fruición, del calor sordo de los veranos alcalaínos. El bullir de mi sangre pedía otros aires, otros horizontes, y me ataba al pueblo muerto y callado la falta de dinero. El agua se recalentaba en el botijo. No se oía en la casa sino el andar chancletudo de la fámula, que arrastraba zapatos desechados míos. No podía yo conseguir que no se me presentase despechugada, con las mangas enrolladas hasta más arriba del codo. No tenía ni el consuelo de la compañía de mis amigos: Carranza se había ido de vacaciones a su tierra, la Rioja, donde posee viñas, y Polilla a la sierra, a casa de una cuñada suya, a cuyos hijos daba lecciones... Y cuando estoy enfrascada en rememorar mis tedios antiguos y mis glorias nuevas, el criado, con un recadito:

—Que está aquí el Sr. de Carranza. Que si la señorita está ocupada, aguardará. Y que si no hay inconveniente, almorzará con la señorita.

—Que le pongan cubierto. Que pase al gabinete.

De bata, de moño flojo, con fueros de convaleciente, salgo y estrecho la mano gruesa, recia de músculos, a pesar de la adiposidad, del canónigo. No acertaría a explicar por qué me siento enteramente reconciliada con él.

—Dichosos los ojos. Pudo usted venir antes.

—Vengo a tiempo. Vengo cuando hay algo importante que decir. Son las doce y media y no me falta apetito. Almorzaremos en paz, y después... ¿Podremos charlar sin testigos?

—¡Ya lo creo! —exclamo afirmando mi independencia.

Orden al jefe de que se esmere. Desesperación en la cocina: ¡esmerarse tan tarde y con una señorita que desde hace una quincena no prueba sino leche, caldos y gallina cocida!

A la una y media, sin embargo, sirven un almuerzo pasable, vulgar, al cual Carranza hace cumplido honor. El melón con hielo en medio, el *consommé* frío, los huevos a la Morny, los epigramas de cordero, el valewsky...[96] todo le encanta. Gastrónomo y no gastado, goza como un niño. Hasta beber a sorbos el café, con sus licores selectos, y apurar el Caruncho de primera, no se decide a entablar la plática.

—Hija mía, es mucho lo que traigo en la cartera. Haré por despachar pronto: contigo se puede ir derecho al asunto... Ante todo, has de saber que tu tío Clímaco ha estado en Alcalá unos días. Y creo que también dio su vueltecita por Segovia...

Ante mi silencio y el juego de mi chapín de raso sobre el tapete, apretó el cerco, descubriendo ya sus baterías.

—Mira, Lina, te he juzgado siempre mujer de entendimiento nada común. Se te puede hablar como a otra no... Estás en grave peligro. Tu tío quiere atacar el testamento y probar que no eres hija de Jerónimo Mascareñas, ni cosa que lo valga; que hubo superchería, y que el verdadero dueño de la fortuna de doña Catalina Mascareñas, viuda de Céspedes, es él. Parece que tu tío anda furioso contigo, porque no quisiste aceptar por novio al primo José María, que es un gandul. Ya ves si Carranza está bien enterado —se enorgulleció golpeando sus pectorales anchos, la curva majestuosa de su estómago—. Como que el gitano del Sr. de Mascareñas se ha ido de Alcalá en la firme persuasión de que tiene en mí un aliado. Pero a mí no me vende él el burro ojiciego con mataduras. A un riojano neto, no le engaña un almiforero[97] de ese jaez.

96. Doña Emilia publicó en 1913 (dos años después de *Dulce Dueño*) dos libros de cocina: *La cocina española antigua* y *La cocina española moderna*. En este último se encuentra la receta del "valewsky", un helado hecho con leche, huevos y nata, ingrediente fundamental, según la autora, para conseguir un helado fino. Hay una edición moderna de estos libros en Ediciones Poniente, colección Arte Cibaria.

97. *almiforero*: ladrón que hurta caballos o mulas (*DRAE*).

Me he propuesto estropearle la combinación y sacarte del berengenal, sin que salga a luz nada de lo que... de lo que no debe salir. Conque, anímate, no te me pongas mala... y ríete de *pindorós,* como les dicen a tales gitanazos.

—Carranza, mil gracias. Me parece que es usted sincero... en esta ocasión.

—Nada de reticencias... Hay tiempos diferentes, dice el Apóstol: hubo una época en que... convenía... cierto disimulo... Ahora, juego tendido. Yo te profeso cariño, pero al demostrártelo, salvándote, no te negaré que también hay en mí un interés... un interés legítimo, en que a nadie perjudico. Esto no se ha de censurar. ¿Verdad?

—No por cierto. Sepa yo cómo me salvará usted.

—De un modo grato. Te propongo un novio.

—¡Llega usted en buen momento! Me repugna hasta el nombre; la idea me haría volver a enfermar.

—Hola, hola. ¿Eras tú la que tenía horror al convento?

—¿Quiere usted oírme lo mismo que en confesión?

Un pliegue de severa inquietud en la golosa boca rasurada... Carranza escucha; su oreja, en acecho, parece captar, beber mis palabras singulares. Le refiero todo, en abreviatura, desde los fugitivos ensueños del caballero Lohengrin, hasta la visita al médico...

—Comprendo —asiente— que estés bajo una impresión de disgusto y hasta de asco. Esas cosas, desde el punto de vista que elegiste, son odiosas. Te conozco desde hace bastantes años, y nunca he visto en ti sino idealidad. Tu imaginación lo eleva, lo refina todo. Sin embargo, debes reflexionar que si estudiásemos en esa forma otras funciones, verbigracia, las de la nutrición, nos dejaríamos morir de hambre. Y sería lástima, que almuerzos como el tuyo... En serio, que la situación es seria. O el claustro, o el matrimonio.

—Soltera, viviré muy a mi placer.

Patio de los leones. Alhambra de Granada. Grabado de David Roberts.

Castillo de Chillón y lago de Ginebra. De la obra *Europa pintoresca* (1882).

—Te volverás a Alcalá, pobre nuevamente, y acaso ni te den la rentita que entonces disfrutabas. Ni tú, ni don Genaro, ni yo, podemos defender esta causa mala y perdida. Han aparecido testimonios de la suplantación, de los amaños; la cosa no se hizo, a lo que parece, con demasiada habilidad; no se presintió que un día, muerto Dieguito, la cuestión de la herencia podría plantearse. A D. Juan Clímaco no le faltan aldabas. El castillo de naipes se viene a tierra. Existe, sin embargo, quien lo sostendrá con sólo un dedo.

—¿Tanto como eso?

—¡Vaya! Tu futuro, el novio que te propongo yo. Agustín Almonte, hijo de D. Federico Almonte.

El nombre no era nuevo para mí. En Alcalá, mil veces Carranza hablaba de Almonte padre, paisano suyo, a quien debía, según informes de Polilla, la canongía y una decidida protección.

—Almonte, ¿no era ministro el año pasado?

—Ya lo creo. De Hacienda. Pero su hijo mayor, Agustín, que también el año pasado era subsecretario de Gobernación, ha de ir mucho más allá que el padre. Pasa algún tiempo en La Rioja; le conozco bien; charlamos mucho... y que me corten la cabeza si en la primera subida de su partido no ministra. ¿Tú sabes las campañas que hizo en el Parlamento? El padre va estando viejo; padece de asma. En cambio, el hijo... Porvenir como el suyo, no lo tendrá acaso ningún español de los que hoy frisan en los treinta y tantos. Reúne mil elementos diferentes. Sus condiciones de orador, su talento, que es extraordinario, ya lo verás cuando le trates... y el camino allanado, porque desde el primer momento, la posición de su padre le hizo destacarse de entre la turba. El padre es como la gallina que ha empollado un patito y le ve echarse al agua; la altura de Agustín, sus vuelos, van más allá de D. Federico. Así es que, al saber que tú eres tan instruida, el muchacho se ha electrizado. Él, justamente, deseaba una mujer superior...

—¿Soy yo una mujer superior, según eso?

—Vamos, como si te sorprendiese. Tus cualidades...

—¡Pch! mi primera cualidad, será mi dinero...

—¡Tu dinero, tu dinero! No eres la única muchacha rica, criatura. Sin salir de la misma Rioja, hubiese yo encontrado para Agustín buenos partidos. El dinero es cosa muy necesaria, es el cimiento; pero hacen falta las paredes. ¡Y, además, Lina querida, tu dinero está en el aire! No lo olvides. Si Agustín no lo arregla, cuando menos lo pienses... Tienes mal enemigo. D. Juan Clímaco está muy ducho en picardihuelas y pleitos... Piénsalo, niña.

—Tráigame usted a D. Agustín Almonte cuando guste.

Carranza clavó en mí sus ojos sagaces, reposados, de confesor práctico. Me registró el alma.

—¿Qué es eso de "tráigame usted"? —bromeó—. ¿Es algún fardo? Es un novio como no lo has podido soñar. Quiera Dios que le gustes; porque, criatura, nadie es doblón de a ocho. Si le gustas (él a ti te gustará, por fuerza, y te barrerá del pensamiento esas telarañas románticas de la repugnancia a lo natural, a lo que Dios mismo instituyó)... entonces... supongo que no pensaréis que os eche las bendiciones nadie más que este pobre canónigo arrinconado y escritor sin fama...

—Sólo que —objeté— siendo los novios tan altos personajes como usted dice, parece natural que los case un Obispo...

Un gesto y una risada completaron la indicación. Carranza me dio palmadicas en la mano.

—Por algo le dije yo a Agustín que tú vales un imperio...

II

¿Qué aspecto tiene el nuevo proco? A fe mía, agradable hasta lo sumo. Buena estatura, no muy grueso aún, por más que demuestra tendencia a doblar; moreno, de castaña y sedosa barba en horquilla; tan descoloridas las mejillas como la frente, de ojos algo salientes, señal de elocuencia, de pelo abundante, bien puesto, con arranque en cinco puntas, fácilmente parecería un tenor, si la inteligencia y la voluntad no predominasen en el carácter de su fisonomía. Desde el primer momento —es una impresión plástica— su cabeza me recuerda la de San Juan Bautista en un plato; la hermosa cabeza que asoma, lívida, a la luz de las estrellas, por la boca del pozo, en *Salomé*. Cosa altamente estética.

El pretexto honroso de la visita es que, informado por Carranza del riesgo que pueden correr mis intereses y la odiosa maquinación de que quiere "alguien" hacerme víctima, para despojarme de lo que en justicia me pertenece, viene a ofrecerse como consejero y guía, y cuando el caso llegue, como letrado, a fin de parar el golpe. Esto lo dice con naturalidad, con esa soltura de los políticos, hechos a desenredar las más intrincadas intrigas y a buscar fórmulas que todo lo faciliten. Sin duda los políticos son gentes que se pasan la vida sufriendo el embate de los intereses egoístas y ávidos, tropezando con el amor propio y la vanidad en carne viva, amenazados siempre de la defección y la puñalada artera. Nada se les ofrece de balde a los políticos, y todos, al dirigirse a ellos, hacen un cálculo de valor, de conveniencia. Así es que pesan la palabra y comiden la acción. Almonte no pronuncia frase que no responda a un fin... Y si yo soy la desilusionada, él debe ser el escéptico. Nuestros ojos, al encontrarse, parecen decirse:

"Una misma es nuestra pena..."[98]

Nuestros dos áridos desencantos se magnetizan. Él me encuentra a la defensiva; me estudia. Yo le considero como se considera a un objeto, a un mecanismo. Es una máquina que necesito. Soy un campo que le ofrece la cosecha. Él ha visto el fondo de la miseria humana en su aspiración al poder y en los primeros peldaños de su ascensión; yo lo he visto en el gabinete de un médico.

¡Así está bien! Apartemos la cuestión de amor, la cuestión repugnante... y podré complacerme en el trato, en la compañía y hasta en la vista de este hombre, que no es cualquiera. ¡Si llegase a tener en él un amigo! Un amigo casi de mi edad; ¡no un vejete iluso como Polilla, ni un zorro sutil como Carranza! ¡Me encuentro tan sola desde que mi ensueño se ha quedado, pobre flor ligera, prensado y seco entre las hojas de los horribles libros del Dr. Barnuevo, museo de la carne corrompida por el pecado! ¡Un amigo! ¡Un amigo... que no sea un esposo!

Mi proco —bien se advierte—, posee ese don de interesar conversando, de que han dejado rastro y memoria al ejercerlo los Castelar, los Cánovas, los Silvelas. Este es don y gracia de políticos. Refiere anécdotas divertidas; se burla suave, donairosamente de Carranza, al mismo tiempo que hace refulgir próximo el dorado de la mitra; traza una serie de cuadros humorísticos, de unas elecciones en la Rioja; y mi cansancio de enferma, misantrópico, desaparece; me río de buen grado, de cosas sencillas, sedantes para los nervios. Recuerdo el mutismo árabe de mi primo José María. Almonte, por lo menos, me entretiene. Sin saber cómo, y, afortunadamente, sin conato de galantería por parte de él, diría que nos entendemos ya en bastantes respectos.

98. Verso de Espronceda, del poema "A Jarifa en una orgía".

Le refiero el caso de Hilario Aparicio, y lo celebra mucho. Él conoce un poco al amigo de Polilla; y con su equidad de hombre habituado a discernir, en medio de las chanzas, le defiende, le encomia.

—No crea usted, es muchacho que ha estudiado, que vale.

—¿Me querría usted hacer el favor de protegerle, de ponerle en camino?

—De muy buena gana. Es fácil que sea una adquisición. A esos muchachos, se les distingue a causa de lo que han escrito, con la esperanza de que, una vez en situación mejor, harán exactamente todo lo contrario de lo que escribieron. Su rasgo de usted, Lina, es de una malicia donosísima; es delicioso.

—Mi conciencia lo reprueba a veces.

—No se preocupe usted. Haremos por el *kirkegaardiano* —¿no ha dicho así?— cuanto quepa. Verá usted cómo le volvemos al ser natural, despojándole de la piel falsa de sus filosofías. Y, por otra parte, a usted le consta que no es ni sincero en las utopías que profesa.

Le invito a almorzar con Carranza al otro día. Se excusa porque se va aquella misma tarde a Zaragoza, adonde le llama una cuestión de sumo interés; y añade sin reticencia:

—¿Dónde se propone usted veranear?

—Confieso que todavía no lo he determinado.

Y después suplico:

—¿Por qué no me hace usted un plan de viaje?

—Con sumo gusto. Conozco a Europa; salgo cada año dos meses a respirar en ella. Forma parte de mis deberes y de mis estudios, eso que han dado en llamar *europeización*. Antes de que lo inventasen, yo lo practicaba. ¡Sucede así con tantas cosas! Usted, Lina, podría pasar quince días en París —las señoras en París tienen siempre mucho que hacer—. Antes debe usted detenerse en Biarritz y San Sebastián... Escribiré a la Duquesa de Ambas Castillas, que está allí y es muy buena amiga mía, para que la vea a usted y la acompañe. Este período que usted entretenga agradablemente, yo lo consagraré a imponerme bien de sus asuntos y a dejar jaloneada la defensa de su patrimonio. ¡No faltaba más! El bueno de D. Juan Clímaco Mascareñas y yo nos conocemos; he intervenido bastante en las cuestiones de su senaduría vitalicia; a mi padre se la debe. Voy a enterarme como Dios manda; el Sr. Farnesio me ilustrará. Y ya se andará con tiento el gitano. Tengo armas, si él las tiene. De eso respondo. No se preocupe usted. Desde París puede usted seguir a Suiza. Yo suelo dirigirme hacia ese lado. Allí tendría la honra de presentarla mis respetos... De Zaragoza regreso el día 15. ¿Cree usted haberse puesto en viaje para entonces?

—No es probable. Espero a una doncella inglesa que me envían, y sin la cual...

—¡En efecto! Pues siendo así, el 15... ¿Insiste usted en invitarme a almorzar?

Cuando, de regreso, se presenta el proco, ya tengo a Maggie, la doncella, no inglesa, sino escocesa, pero vezada y amaestrada en Londres, nada menos que en la casa de Lady Mounteagle, lo más superfirolítico. Esta mujer, a juzgar por las señales, es una perla. Chata, cuarentona, de pelo castaño con reflejo cobrizo, de tez rojiza, de ojos incoloros, posee en el servir un *chic* especial. Se siente uno persona elevada, al disponer de tal servidora. Indirectamente, con un gesto, rectifica mis faltas de buen gusto, cuanto desdice de mi posición y de mi estado; y, sin embargo, Maggie no se sale de sus atribuciones, y me demuestra un respeto inverosímil. Jamás familiaridades, jamás entrometimientos, jamás descuidos. Me recomienda a un criado inglés bastante joven, y que, en el viaje, nos será utilísimo. Pagará cuentas, facturará, pensará en el bienestar de Daisy, el *lulú*, se ocupará de detalles enojosos. Maggie chapurrea medianamente el francés; el criado, Dick, lo parla con suma facilidad. Con los dos, espero un viaje cómodo.

Almonte opina lo mismo; sin embargo, y conviniendo en que Maggie es una adquisición, me aconseja cuidado.

—Crea usted que los ingleses también tienen sus macas.[99] Yo he sido cándido, y he creído en la superioridad de los anglosajones; niñerías... Una de las cosas que la civilización tiene a la vez más perfeccionadas y más corrompidas, es el servicio doméstico. Hoy se sirve a maravilla, pero el odio es el fondo de esas relaciones. Les exigimos tanto, en nuestro egoísmo, que a su vez la idea de interés es la única que cultivan. ¿Me perdona usted, Lina, estas advertencias? Con relación a usted soy viejo... es decir, lo soy interiormente; usted, en lo moral, es una niña, llena de candor.

Me ofendo como si me hubiese insultado. Se sonríe, tomando a cucharaditas el helado *praliné*.

—¿No le gusta a usted ser candorosa? ¡Pero si el candor, en ciertas épocas de la vida, es el signo de la inteligencia!

Siempre evitando esa personalización a que propenden los que asedian a una mujer, Agustín refiere historias de la corte, los anales de una sociedad que yo no conozco sino por los diarios —peor que no conocerla—. De estas pláticas parece desprenderse que el amor no existe. Dijérase que es un terrible mito antiguo, fabuloso. Agustín presenta las acciones de los hombres desde el punto de vista de la conveniencia, la utilidad, la razón. Sin duda la atracción de los sexos ejerce influjo, pero la clave secreta

99. *macas*: 'defectos'.

suele ser el interés, la vanidad, la ambición, mil resortes que actúan, no sólo en la edad pasional, sino en todas las de la existencia. La palabra de Agustín, nutrida, segura, se vierte sobre mi espíritu dolorido, magullado de la caída, como un bálsamo calmante. Me consuela pensar que hay más que ese amor que anhelé con loco anhelo. Me rehabilita ante mí misma convenir con mi proco en que tan insensato afán no es sino un accidente, una crisis febril, y que la vida se llena con otras muchas cosas que le prestan atractivo y hasta sabor de drama.

—¡La conquista del poder! —sugiere Agustín. —¡Eso, no sabe lo que es quien nunca lo ha probado! Como se funda en la realidad, no en fluidas *revêries* de venturas místicas —porque usted es una mística, Lina; la han llevado a usted al misticismo y al romanticismo sus años de soledad y de injusto aislamiento; —digo que, como se funda en la realidad, en las realidades más concretas, y al mismo tiempo en las honduras de la psicología positiva... tiene el encanto de la guerra, el sabor violento de la conquista. ¡Ah, si usted lo probase!

—No sé cómo lo había de probar.

—Yo sí lo sé —responde él, sin la menor intencionalidad picaresca—. De esto hemos de hablar mucho. Me precio de que la convenceré. No hay cosa más fácil que convencer a la gente de talento... y de una sensibilidad despierta para sentir los horizontes bellos, prescindiendo, como usted sabe prescindir, de madrigales y de romanzas cursis.

Le miro con risueña benignidad. ¡Le agradezco tanto que, aunque sea con artificios, me escamotee el horripilante recuerdo, del cual estoy enferma aún! Tiene el arte de tratarme como yo deseo ahora ser tratada; de engañar mi melancolía de convaleciente con perspectivas que, sin arrebatarme, me distraen.

—Amiga Lina, hay cosas que, antes de conocerlas, parecen encerrar el secreto de la felicidad, y cuando se conocen, son más amargosas que la muerte. De esas cosas es preciso huir. Todos hemos tenido veinticinco años, y sufrido vértigos y rendido tributo a la engañifa, a las farsas, a los faroles de papel con una cerilla dentro... Ya vemos más claro. Otra lucha, ardiente, nos llama. Otro *sport,* como ahora dicen... ¿Usted supone que la mujer no puede jugar a ese juego? Vaya si puede. Detrás de cada combatiente suele haber una amazona; detrás de cada poderoso, una reina social. Consiéntame usted que, por lo menos, la inicie. Después, si no se pica usted al juego, nuestra amistad persistirá: siempre tendré igual empeño en que no se salga con sus malos propósitos Mascareñas. Le ajustaré las cuentas, no lo dude usted...

Al despedirme al día siguiente en la estación, me deslizó al oído, entregándome una primorosa caja de chocolates:

—Una postalcita... Deseo saber qué impresión la causa París.

¡Ah, Carranza! Reconozco tu mano eclesiástica, diplomática, de futuro cardenal, en la manera de haber adoctrinado a este proco. Le has revelado mi herida y la precaución que se ha menester para no irritar la viva llaga... Le has descubierto mi espíritu crispado de horror, mis nervios encalabrinados, mi mente nublada por sombras y caricaturas goyescas, por visiones peores que las macabras —¡oh, la muerte es menos nauseabunda!— Y, tal vez así...

III

Una magia es Biarritz, con su aire salobre, vivaz, su agua marina encolerizada, la alegría de sus edificaciones modernas, y el apetito que he recobrado, y el humor juvenil de moverme, de hacer ejercicio, de bañarme en el mar, sin necesidad probablemente. Por otra parte, en Biarritz empiezo a entrever esa actividad intensa, sin lirismo, esos resortes y esos fines que no evocan lo infinito, sino lo que está al alcance, no de todas las manos —despreciable sería entonces— sino de pocas y sabias y hábiles...

Entreveo ese juego atrayente, de que es imagen muy burda el otro juego, del cual se habla aquí y en que salen desplumados los "puntos". Así se lo escribo a Agustín, no en la postalcita que humildemente pidió, sino en una carta amistosa, en que apunta el compañerismo. El pretexto para convencerme de que debo escribirle pronto y largo, es que parece natural enterarle de la acogida que me dispensa la Ambas Castillas, mediante la esquela de presentación, redactada en términos de apremiante interés. La duquesa, a quien envío la esquela por Dick, contesta por él mismo, anunciando inmediata visita; y a la media hora se presenta, ágil y airosa y envelada la cara de tules, a fin de disimular y suavizar el estrago que los años han ejercitado, impíos, en su belleza célebre. Los rasgos permanecen aún, bajo el estuco; el pie es curvo, la mano elegante al través de la Suecia; el busto, atrevido, obedece a la obra maestra del corsé; y en su maceramiento de sesentona, persiste una gracia arrogante que yo desearía imitar. Envidio los gestos delicados, de coquetería y de hermosura triunfante, de gentil aplomo y gentil recato altanero; envidio este aire que sólo presta cierto ambiente... el ambiente que debe llegar a ser mío.

Corta es la visita. Por la tarde, en su automóvil, me lleva a recorrer caminos pintorescos, hasta San Sebastián. Nos cruzamos con otros autos, con mucha gente, mujeres maduras, niños de silueta modernista, hombres que saludan con respeto galante; dos autos se detienen, el nuestro lo mismo; la Ambas Castillas hace presentación; me flechan agudas curiosidades; oigo nombres, cuyo run run había percibido desde lejos. Con nosotros viene una hermana de la Ambas Castillas, insignificante, callada y al parecer devota, pues se persigna al cruzar por delante de las iglesias. La duquesa me envuelve en preguntas. ¿Desde cuándo conozco a Agustín Almonte y a D. Federico?

—A D. Federico no le conozco. D. Agustín va a ocuparse en asuntos míos que revisten importancia.

—¿Es su abogado de usted?

—Sí, duquesa.

Después, salen a plaza los trajes. Mi atavío gris, de alivio, mi sombrero, sobre el cual vuela un ave de alas atrevidas, ave imposible, construida con plumas de finísima batista, enrizada no sé cómo y salpicada de rocío diamantesco, mis hilos de perlas magníficas, redondas; los detalles de mi adorno fijan la experta atención de la duquesa. Me encuentra a la altura; lo que llevo es impecable.

—¿Quién la viste?

Pronuncio negligentemente el nombre del modisto.

—¡Ah...! —la exclamación es un poema—. Claro, ese habrá de ser... Pero el bocado es carito...

Las preguntas, delicadamente engarzadas, continúan. ¿Tengo hermanos? ¿Vivo sola en Madrid? ¿Sigo a París? ¿A dónde iré a terminar el verano? Los proyectos de Suiza determinan una sonrisa discreta.

—Nuestro amigo Almonte también creo que suele ir por ese lado a descansar de sus fatigas políticas, parlamentarias y profesionales... ¡Qué porvenir tan brillante el de Almonte! Llegará a donde quiera. Su padre (en confianza), no ha alcanzado la talla de otros grandes políticos de su época: Cánovas, Sagasta, y aquel Silvela tan simpático, tan hombre de mundo... Pero como ahora unos se han muerto y otros están más viejos que un palmar, ¡pobres señores! —añadió la dama con juvenil, casi infantil alarde, que a pesar de todo no la sentaba mal— crea usted que Almonte... Yo no entiendo de eso; lo que pasa es que oigo; mi marido es muy aficionado, va al Congreso mucho... El sol que nace, es Almonte.

Completé el elogio. La duquesa me hizo coro. La hermana insignificante suspiró.

—Es lástima que sus ideas...

—¡Hija, sus ideas! —se apresuró la duquesa— Manolo, mi marido, asegura que Agustín, cuando mande, respetará lo que debe respetar!

Y variando de tono:

—Es seguro que al formarse Almonte una familia, eso también ejercerá en su modo de ser provechoso influjo. ¡Oh, la familia! Si encuentra una mujer de talento y buena... Y la encontrará. ¿No opina usted lo mismo, Lina?...

La familiaridad del nombre propio era un halago en la elegante señora, árbitra sin duda de la sociedad, aunque ya su sol declina. Puesto del todo este sol, que fue esplendoroso, aún quedará un reflejo de su irradiar. El propósito de halagarme, por si soy para Almonte algo más que una cliente rica, se revela en el empeño de acompañarme y pilotearme en el Casino —sin oficiosidad inoportuna— de inventarme excursiones entretenidas, de relacionarme. Debieron de correr voces, un santo y seña, porque hubo atenciones, encontré facilidades, me vi rodeada, mosconeada, invitada a diestro y siniestro, a almuerzos y *lunchs*. Pregusté el sabor de los rendimientos que el poder inspira; sentí la infatuación de la marcha ascendente por el florecido sendero. No tuve, en pocos días, tiempo de profundizar la observación de lo que me salía al paso. Mi goce se duplicó por el bienestar físico que me causaba la tónica balneación, y por el femenil gusto de vestir galas y

adquirir superfluidades en las ricas tiendas. También sentí orgullo al convidar a la duquesa, a su hermana, a algunos de los que me han obsequiado, a almorzar en mi hotel. Se enteraron de Dick, de Maggie, y vi el gesto admirativo de las caras cuando agregué:

—Bah, mi escocesa... Salió, para venir a servirme, de casa de lady Mounteagle. En efecto, sabe su obligación...

¡Al cabo, Biarritz es un pueblecillo! En una semana, no había nadie que no me conociese. De mi *yo* verdadero nada sabían; en cambio, conocían hasta el número de frasquitos de *vermeil*[100] cincelado que contenía mi maleta de viaje, traída por Maggie de la casa *Mapping and Web*, reina de las tiendas caras y primorosas, en que se expenden tan londonianos artículos. No todo el mundo, sin embargo, me hizo igual acogida. Hubo sus frialdades, sus distanciaciones, sus impertinencias, aristocráticas y plutocráticas. Con mi fina epidermis, sentí algunos hielos, algunas ironías, mal disimuladas por aquiescencias aparentes; hubo sus corrillos que se aislaron de mí, sus saludos envarados, peores que una cabeza vuelta para no ver. Y entonces sí que empecé a "picarme al juego". A vuelta de correo, Agustín me contestaba:

—Esa es la lucha. Eso es lo que le prepara a usted un deleite de victoria. Apunte usted nombres. Verá usted qué delectación exquisita la de recordarlos después... Cuando llegue la hora, amiga Lina... Y váyase usted pronto a París. Conviene que haya usted pasado por ahí como un meteoro...

Seguí el consejo. No sufrí la fascinación de París. Es una capital en que hay comodidades, diversión y recreo a la vista, pero no sensaciones intensas y extrañas, como

100. *vermeil*: voz francesa: 'plata sobredorada'.

pretenden hacernos creer sus artificiosos escritores. El caso es que yo traía la imaginación algo alborotada a propósito de *Notre Dame.*[101] Este monumento ha sido adobado, escabechado, recocido en literatura romántica. Sin duda su arquitectura ofrece un ejemplar típico, pero le falta la sugestión de las catedrales españolas, con costra dorada y polvorienta, capillas misteriosas, sepulcros goteroneados de cera y santos vestidos de tisú. *Notre Dame...* Un salón. Limpio, barrido, enseñado con facilidad y con *boniment,*[102] por un sacristán industrial, de voz enfática y aceitosa. Falta en *Notre Dame* sentimiento. Yo rompería algunas figurillas del pórtico, plantaría zarzas y jaramago en el atrio. Y, sin embargo, aquí han sentido profundamente los del Cenáculo. Ellos sacaron de sí mismos a *Notre Dame*. Yo, española, no puedo sentir hondo aquí, ni aun por contraste con las calles infestadas de taxímetros, de *autobús* y otras cosas feas. Vale más, seguramente, que no sienta. El lirismo, como un licor fuerte, me daña.

Patullo en la prosa parisiense. Manicuras, peluqueros, modistas, reyes del trapo, maniquíes vivientes, desfilan en actitudes afectadas. Mis uñas son conchitas que ha pulido el mar. Mi peinado se espiritualiza. Mi calzado se refina. Dejo a arreglar en la calle de la Paz las pocas joyas anticuadas de doña Catalina Mascareñas que no transformé en Madrid, para que me hagan cuquerías estilo María Antonieta o modernisterías originales. Voy a los teatros, donde los intermedios me aburren. Me doy en el Louvre una zambullida de arte y de curiosidad. ¡Cuánto se divertiría aquí D. Antón de la Polilla! Pude hacerle feliz quince días... Sólo que me aburriría a mí, porque lo admiraría

101. *Notre Dame*: la catedral de París.
102. *boniment*: según el dic. de Larousse 'palabras artificiosas para convencer y seducir'.

todo en esta ciudad y en este modo de ser de un pueblo aburguesado y jacobino.[103] ¡Me daría cada solo volteriano inocente! ¡Y si al menos él tuviese gracia! Pero un Voltaire pesado, curado al humo en Alcalá...

Y lo que me asfixia en París, lo que me hace de plomo su ambiente, es la continua exhibición de la miseria humana, la suciedad industrializada, fingida, afeitada, cultivada lo mismo que una heredad de patatas o alcacer.[104] Las desnudeces y crudezas de los teatros; las ilustraciones iluminadas de los kioscos; los títulos de guindilla de los tomos que sacan a la acera las librerías; los anuncios con mostaza y pimienta de Cayena, me renuevan la náusea moral, el sufrimiento de la vergüenza triste, de la repugnancia a tener cuerpo. Vuelven las horas de aburrimiento, y al regresar al hotel me dejo caer en la meridiana, mientras Maggie me dá consejos higiénicos, me recomienda la poción que tomaba para sus vapores lady Mounteagle...

—¡A Suiza! —ordeno lacónicamente—. Vamos directamente a Ginebra... Prepare usted el equipaje.

IV

Noto en Suiza lo contrario que en Granada. A Granada pude yo hacerla para mí. Suiza está hecha: tan hecha, que nada nuevo íntimo descubro en ella. La sedación de Suiza, su frígida pureza de horizontes, me hacen, eso sí, un bien muy grande. Comprendo que aquí se busque reposo después de una caída de las de quebrantahuesos. Reposo activo; no la disolvente languidez de la Alhambra.

103. Los jacobinos eran el partido más sanguinario y violento de la Revolución francesa.

104. *alcacer*: cebada verde y en hierba (*DRAE*).

Como Agustín me escribe que todavía le detendrán una quincena los quehaceres y que en Ginebra nos reuniremos, dedico este tiempo a ciudades y lagos. De los Alpes, visito todo lo que no obliga a alardes de alpinismo. ¡Soy de la meseta castellana! Subo, por dentro, a las montañas inaccesibles; con los pies, no. He visitado Friburgo y Berna, encontrando superiores los hoteles a las ciudades; Lucerna y Zurich, y, por Schaaffhausen, me he dirigido al lago de Constanza, punto menos infestado de turistas ingleses que el resto de Suiza. El Rin, que forma estos dos lagos entre los cuales Constanza remeda el broche de una clámide, es al menos un río cuya imagen he visto en mis deseos, un río de leyenda. Constanza es poco más que un pueblecillo; sin embargo, los hoteles no ceden a los de ninguna parte. Suiza ha llegado, en punto a hoteles, a lo perfecto. Y es una sensación de calma y de goce físico, reparadora, la que me causa, después del enervamiento del tren, esta vida solitaria y magnífica, con Maggie que no me da tiempo a formular un deseo, y pasándome el día entero al aire libre, el aire virgen, purificado por las nieves eternas, en un balcón o veranda sobre el lago, que enraman las rosas trepadoras y los cabrifollos gráciles. A mi lado, sentada perezosamente, una inglesita lee una novela; de vez en cuando sus ojos flor de lino buscan, ansiosos, los ojos de un inglesón de *terra cotta,* que sin ocuparse de su compañera, se mece al amparo de la sábana de un periódico enorme. Pobre criatura, ¿sabrás lo que anhelas? ¡Qué fuerza tendrá el engaño para que tu cabecita de arcángel prerrafaelista, nimbada de oro fluido, se vuelva con tal insistencia hacia ese pedazo de rubicunda carne, amasada con lonchas de buey crudo, e inflamada con mostaza desolladora y picores de rabiosa especiería!

De Constanza, me agrada también el que sus recuerdos no me producen lirismo... Aquí no flotan más sombras

que las de herejes recalcitrantes asados en hogueras, y emperadores, condes y barones a quienes hubo que embargar sus riquezas porque no pagaban el hospedaje a los burgueses de la ciudad. Bien se echa de ver que los suizos están convencidos, al través de las edades, de dos cosas: que hay que ser independiente y cobrar a toca teja las cuentas del hotel.

El Rin me atrae; de buen grado pasaría la frontera y recorrería Baviera y el Tirol, aunque me sospecho que pudieran parecerse exactamente a Suiza; los mismos glaciares, los mismos precipicios, y esas montañas donde los que logran alcanzar la cúspide, echan sangre por los oídos. No realizo la excursión, porque experimento cierta inquietud de volver a ver a Agustín; me agrada la perspectiva de su presencia. Ninguna turbación, ninguna emoción desnaturaliza este deseo sencillo, amistoso.

Una postal me avisa, y retorno por el lago de Como a Ginebra, donde al venir no he querido detenerme. Me instalo, no en el mejor hotel, sino en el que domina mejor vista sobre el lago Azul. No es una frase: en el lago Léman, las aguas del Ródano, al remansarse, sedimentan su limo y adquieren una limpidez y un color como de zafiro muy claro. Hay quien cree que no basta esta explicación, y que algún mineral o alguna tierra de especial composición se ha disuelto en ellas, para que así semejen jirón de cielo.

Me acuerdo de aquellas aguas de Granada, seculares, donde el pasado hace rodar sus voluptuosas lágrimas... y me parece que este lago es como mi alma, donde el limo se ha sedimentado y sólo queda la pureza del reposo.

No me canso de mirarle y de comprenderle. Forma una media luna, y en uno de sus cuernos se engarza Ginebra, como un diamante al extremo de una joya. Ningún lago suizo, ni el de Constanza, donde desagua el Rin, le vence en magnitud. Con razón le califican de Océano en miniatura. El barquero que me pasea por él en un botecito repintado de blanco, graciosa cascarita de nuez, me informa, con sinceridad helvética, de que el lago es peor que el mar: sus traiciones, más inesperadas. En días tormentosos, el nivel del Léman, súbitamente, crece dos metros; de pronto, se deshincha; media hora después, vuelve a hincharse. Y creyendo que me asusto, añade el pobre hombre:

—Pero hoy no hay cuidado. Nosotros sabemos cuándo no hay cuidado.

Sonrío desdeñosa, porque el peligro eventual no me ha parecido nunca muy digno de tenerse en cuenta, entre los mil que acosan a la vida humana, sabiendo que, al cabo, es presa segura de la muerte. Estoy tan enterada como el barquero del singular fenómeno, que se nota sobre todo en las dos extremidades del lago, y, por consiguiente, cerca de Ginebra. Cuando venga Agustín, le contagiaré: pasearemos por este mar diminuto y felino, y haremos la excursión alrededor de él, por sus márgenes pintorescas.

Un telegrama... Llega esta tarde Almonte. Naturalmente, no lo espero: él es quien, atusado y limpio ya, solicita permiso para presentárseme. Mando que le pongan cubierto en la mesa que ocupo, cerca de una ventana, por la cual entra la azulina visión del lago. Y, familiarmente, comemos juntos, como si fuésemos ya marido y mujer...

Vuelvo a probar la grata impresión de Madrid, que no tiene ninguno de los signos característicos del amor, y por lo mismo no me renueva las heridas aun mal cicatrizadas. Agustín es el *amigo*... Los dos tenemos planteado el problema de la vida, con magnífica curva de desarrollo; los dos necesitamos eliminar el veneno lírico, en las gimnasias y los juegos de la ambición. Él me lo dice, refiriéndome añejas historias de amarguras y desencantos, que se parecen a la mía...

—Todas las aventuras llamadas amorosas son muy semejantes, Lina. Uno de los espejismos de esa calentura es suponer que hay en ella un fondo variado de psicología. No hay más que la sencillez del instinto, del cual dimana.

La comida es plácida, llena de encanto. Averiguamos nuestras predilecciones, nos comunicamos secretos de paladar. Agustín apenas bebe un par de copas de Burdeos; yo una de Rin, con el pescado, una de Champagne, muy frío, con el asado. Nos gustan a los dos los exquisitos peces de agua dulce, que en Constanza eran mejores, porque estábamos al pie del Rin, y truchas y salmones y anguilas tenían especial sabor. Todo esto reviste suma importancia: Agustín cree que, en las horas de descanso apacible, se debe refinar, disfrutar de las delicias de tanto bueno como hay en el mundo.

—Sí, Lina, ese es el sistema... Cuando se lucha, se acomete y se resiste sin importársenos de los golpes, del dolor, del riesgo. Pero cuando nos rehacemos con un paréntesis de bienestar y de olvido, entonces ¡venga todo el epicureísmo y el sibaritismo! ¡Tenemos en las manos una dulce fruta: a no perder gota de su zumo!

Desde el primer momento establecemos y definimos nuestra situación. El mundo es una cosa, nosotros otra. Somos dos aliados, dos fuerzas que han de completarse. Da por supuesto que la dirección la imprime él. Y me asombro de encontrarme tan propicia a una sumisión, de aceptar una jefatura, y de aceptarla contenta. Me someto a este hombre a quien no amo; me someto a él porque puede y sabe más de la ciencia profana que eleva a sus maestros. Analizado y destruido mi antiguo ideal, él me promete una vida colmada de altivas satisfacciones; una vida "inimitable", como llamaron a la suya Marco Antonio y la hija de los Lagidas, al unirse para dominar al mundo.

Y me induce también a admirarle por guía la presciencia o el tacto que revela al echar a un lado la cuestión amorosa, las flaquezas del sexo. El penoso encogimiento de la vergüenza me lo ha suprimido así. Me ha comprendido, ha penetrado en mi abismo. Como no es fatuo, admite la hipótesis de no causarme cierto orden de impresiones. Y, como tiene la viril paciencia de los ambiciosos, aguarda. Y, como se propone algo más que el vulgarísimo episodio de unos sentidos en conmoción, me respeta, y nos entendemos en la infinidad de terrenos en que el hombre y la mujer pueden entenderse, cuando han acertado a pisotear la cabeza de la sierpe, antes que destile en el corazón su ponzoña.

Se regulan las horas, se hace programa de la estancia en el oasis. Nos vemos incesantemente. No sólo comemos y almorzamos juntos, sino que en la veranda tomamos a la vez el mismo poético desayuno, el té rubio con la aromosa y blonda miel, que aquí, como en Zurich, se sirve en frasquitos de una limpieza seductora. Venden esta miel las aldeanas en Zurich, llevando en uno de los capachos del borriquillo las flores montesinas de donde la liban las abejas. La idea de una loma florida, de un cuadro idílico, va unida a este té tan gustoso. Un día, riendo, Agustín me hace observar que, al cabo, nos unimos para el cultivo de la sensación; sólo que es una sensación gastronómica.

—Esas no abochornan —respondo—. Y él aprueba. ¡Ha aprobado!

Largas horas pasamos contemplando el panorama, las ingentes montañas sobrepuestas, queriendo cada una acercarse más al firmamento; y, coronándolo todo, el Mont Blanc, el coloso, que sugiere pensamientos atrevidos, deseos de escalarlo... Nos confesamos, sin embargo,

que no tenemos vocación de alpinistas, ni hemos pensado parodiar a Tartarín.[105]

—El frío... El cansancio... Las grietas, los aludes, el hielo en que se resbala. A otro perro con ese hueso —declara él—. No crea usted, Lina, que tengo un pelo de cobarde; pero, como sé que en mi carrera no faltan peligros, y que si se les teme no se llega adonde se debe llegar, yo evito los otros, los peligros de lujo.

—El peligro tiene su sabor...

—¡Ah, lírica, lírica! ¿Es que ha soñado usted que yo le traiga un *edelweiss* cogido por mí al borde de un precipicio espantoso? Vamos, no está usted enteramente curada aún. Deje usted eso para los ingleses, gente sin imaginación ninguna. Nosotros, cuando subimos, es más arriba de las montañas; es a cimas de otro género. Esto no nos sirve sino de telón de fondo. Y los ingleses suben, y suben, ¿y qué encuentran? Lo mismo que dejaron abajo. Es decir, peor. Nieve y riscos inaccesibles. Ahí tiene usted. El que trepa, debe trepar para llegar a algo. Si no, es un tonto.

Nos reímos. Los ingleses son nuestros bufones. A toda hora nos ofrecen alguna particularidad ultra-cómica. Sus mujeres son sencillamente caricaturas enérgicas, a menos que sean ángeles vaporosos. Convenimos en la fuerza física de la raza. En cuanto a su mentalidad, no estamos muy persuadidos de que llegue a la mediana mentalidad ibérica.

—Me atrae su aseo —declaro—. No debe de oler una multitud inglesa como una multitud de otros países. El vaho humano, en esa nación...

—Eso creía yo mientras no pasé una temporadita en

105. Personaje creado por el escritor francés Alphonse Daudet (1840-1897). Aparece en las novelas *Tartarín de Tarascón* y *Tartarín en los Alpes*.

Londres, y, sobre todo, mientras no visité Escocia. El olor de la gente en Escocia es punzador. Conviene que salgamos de casa para aprender lo que debemos imitar y lo que debemos recordar, a fin de no ser demasiado pesimistas. Lina, a mí se me ha puesto en la cabeza que he de dejar huella profunda en la historia de España. Que la hemos de dejar; porque desde que la conozco a usted, con usted cuento. En nuestro país se están preparando sucesos muy graves. ¿Cuáles? Por ahora... Pero que se preparan, sólo un ciego lo dudaría. ¡El que acierte a tomar la dirección de esos sucesos cuando se produzcan, llegará al límite del poder; no es fácil calcular adónde llegará! Yo aguardo mi hora, no esperando que me despierte la fortuna, sino en vela, con los riñones ceñidos, como los caudillos israelitas. La soledad completa me restaría fuerza, y una compañera sin altura, ininteligente, me serviría de rémora. ¿Si usted...?

—La cosa es para pensada, Agustín... Para muy meditada.

—No, no es para meditada, porque yo no pido amor. Lo que solicito es una amiga, a la cual interese mi empresa. Ya sabe usted que a su tío, D. Juan Clímaco, le dejo muy abozalado. No ladrará, ni aun gruñirá. Él sabe que conmigo no puede permitirse ciertas bromas. ¡Ah! No crea usted; la red estaba bien tejida. Entre las mallas se hubiese usted quedado. El hombre armó su trampa con habilidad de gitano en feria. Compró testimonios que comprometían gravemente a D. Genaro Farnesio; hubiese ido... ¡quién sabe! a presidio. Se me figura que a él y a usted les he salvado. ¿Merezco alguna gratitud?

—Mucha y muy grande —contesto, tendiéndole la mano, que estrecha y sacude, sin zalamerías ni insinuaciones—. Sólo que... es delicado decirlo, Agustín...

—No lo diga... Si ya lo sé. Y lo acepto. Estoy seguro de que usted cambiará.

—¿Y si no cambio?

—Ni un ápice menos de respeto ni de amistosa cordialidad. Creo que el trato es leal. Lo único que pido, es que la prohibición a que suscribo para mí, no se derogue en beneficio de otro. Si para alguien ha de ser usted más que amiga...

—¡Ah! ¡Eso no! Eso no lo tema usted.

—Pues no temiendo eso... Crea usted, Lina, que haremos una pareja venturosa. Demos al tiempo lo suyo. Todo pasa; somos variables en el sentir. Yo fío siempre en la inteligencia de usted, que es para mí el gran atractivo que usted reúne. Antes de conocerla, su fortuna me pareció una base necesaria para mis aspiraciones —no se quejará usted de que no soy franco— pero ahora, se me figura que hasta sin fortuna desearía su compañía y su auxilio moral. Para un hombre político, es un peligro la soltería. Existe en su porvenir un punto obscuro; lo más probable es que halle una mujer que o le disminuya o le ponga en berlina.

—Es cierto, y, ya que usted ha sido tan sincero, le digo que tampoco conviene a un político una mujer pobre. Yo encuentro que la cuestión de la honradez de un hombre político es algo pueril; el menor error, en materia de gobierno, importa doble y perjudica doble al país que una defraudación. Sólo que es arsenal para los enemigos, y piedra de escándalo para los incautos. Por eso un político debe estar más alto, poseer millones legítimamente suyos. Eso le exime de la sospecha.

—¡Palabras de oro! —bromea él—, y no sé de dónde ha sacado usted tal experiencia... Hubo en la historia de España un hombre que fue, en un momento dado, árbitro, como rey. Pero tenía mujer; y ella, por la tarde, vendía los cargos y honores que al día siguiente él concedería. Y el lodo le llegaba a la barba; y su poder duró poco y cayó entre escarnio. Nuestra fuerza, nos la dan las mujeres. Si no me auxilia usted por amor, hágalo por compañerismo. Subamos de la mano...

Creo que este diálogo lo pasamos una noche, en que el lago reflejaba una luna enorme, encendida todavía por los besos del poniente. Estábamos en la veranda, muy cerca el uno del otro, y los camareros, cuando pasaban llamados por algún viajero que pedía *wisky and soda,* cerveza o aperitivos, apresuraban el andar, por no ser molestos a los enamorados españoles. Y, sin embargo, en el momento sugestivo, no se aproximaban temblantes nuestras manos, ni se inclinaban nuestros cuerpos el uno hacia el otro.

V

Y avanza el singular noviazgo, frío y claro como las nieves que revisten esos picachos y esas agujas dentelladas, que muerden eternamente en el azul del cielo puro. Aun diré que era más frío el noviazgo que las nieves, ya que éstas, alguna vez, se encendían al reflejo del sol. Me lo hizo observar un día Agustín. Él no lamentaría que la situación cambiase; pero lo procuraba con labor fina, sabiendo que yo estaba a prueba de sorpresas. Aplicaba a la conquista de mi espíritu la ciencia psicológica y matemática a un tiempo conque estudiaba al resto de la gente, piezas de su juego de ajedrez. Dueño de largas horas y propicias ocasiones, teniendo por cómplices los azares de un viaje, supuso —después lo he comprendido— que siempre llega el cuarto de hora. Debo reconocer que esta idea, algo brutal en el fondo, la aplicó el proco con artística finura.

Su actitud fue la del hombre que busca un afecto, y, para conseguirlo profundo, lo quiere completo, sin restricciones. Estaba seguro de mi amistad, contaba conmigo como asociada... pero ¿y si, abandonando él en mí lo que no debe abandonarse, otro hombre...?

—Ni en hipótesis —confirmo tercamente.

Para demostrarme con un alto ejemplo histórico su pensamiento, me recordó el lazo entre el conquistador Hernán Cortés y la india doña Marina.

—¿No es verdad que al pensar en esta pareja, no vemos en ella a los amartelados amantes, sino a dos seres superiores a los que les rodeaban, y que se juntaban para un alto fin político? Cortés necesitaba a doña Marina, su conocimiento del ambiente, su lealtad para prevenir emboscadas y traiciones. La india se había penetrado de los propósitos del conquistador. Sin embargo, el modo de que las dos voluntades se fundiesen, fue la unión natural humana. En ello, Lina, no hay ni sombra de nada repugnante. Es un hecho como el respirar. Por distintos caminos que usted, yo he llegado a despreciar también la materia, la estúpida ceguedad del instinto. Pero en la vida de dos personas como usted y yo, esta comunión sería más espiritual que otra cosa... ¿Me niega usted el derecho de defender mis ideas...? —se interrumpió con grata sonrisa sagaz, de italiano discípulo de Maquiavelo.

—No —asentí—. Es probable que no llegue usted a persuadirme; pero si cierro los oídos, se pudiera inferir miedo. Expláyase usted y persuádame, si es capaz.

Se tejió este diálogo en el castillo de Chillón, que siguiendo al rebaño, tuvimos la ocurrencia de visitar en nuestra excursión a Vevey, comprendida en la vuelta que dimos al lago. El sitio es, sin duda, pintoresco, entre salvaje y sosegado; la torre y los calabozos sólo recuerdan episodios políticos; Almonte me hace notar cómo ha cambiado este aspecto de la vida: por cuestiones políticas ya a nadie se suele echar grillos; y los judíos, a quienes estos pacíficos suizos y saboyanos sacaron de la fortaleza para quemarlos vivos, como hubiesen hecho unos terribles inquisidores españoles, hoy son partidarios de la libertad de conciencia...

—Los recuerdos de Chillón no le serán a usted molestos. Por aquí no revolotea el cupidillo...

—Sí que revolotea. Por aquí sitúa Rousseau escenas de su *Nueva Heloísa*, que es un libro pestífero, y, después de pensar quien lo ha escrito, muy empalagosamente asqueador.

Combatiente diestro, aprovechándose de la ventaja que se le concedía, Almonte supo disertar. En nuestro periplo alrededor del misterioso lago, desplegó los recursos de su arte. A su voz no le había yo prohibido el contacto material. Su voz hermosa, llena, de gran orador, tenía por auxiliares los ojos, algo salientes; pero de un negror y blancor expresivos. Poco a poco la voz va entrando en mi alma. Experimento un goce sutil en oírla, diga lo que diga; solamente al llamar al camarero. Me place que desenvuelva sus planes, haciendo lo contrario de Mefistófeles con Fausto; presentándome, como remate del vivir, en vez de la perspectiva amorosa, la del triunfo de una ambición intensa. Escucho interesada las inauditas y dramáticas historias que me refiere de gente conocidísima, y él, para justificarse, alega:

—La política es cada día más una cuestión de personas. No hay nadie que no tenga en su vida un interés, un resorte secreto. El que los conoce es dueño de mucha gente, si creen que puede realizar esos anhelos que no se exhiben, generalmente, ante el público, y aunque se exhiban...

La sociedad altanera, frívola y disoluta que he visto de refilón en Biarritz la diseca Agustín con instrumento de

oro, entre gestos seguros, de hombre de ciencia... de esa ciencia.

—¿Fulano? Hacia la senaduría. ¿Mengano? La rehabilitación de un título con Grandeza. ¿Perengano? Cosa más sólida; un célebre asunto en lo contencioso... Millones. ¿Perencejo? Toda la vida ha querido ministrar... y no siendo más inepto que otros, no lo ha logrado. ¿Ciclanito? Eso es serio; pica alto, alto...

Y, comentario:

—A lo alto llegaremos nosotros. ¡Sabe Dios a qué altura! Por mucha que sea, ni usted ni yo somos de los que sufren vértigo... Aquí no nos armamos de *alpenstock,*[106] porque no nos divierte. Desde abajo vemos los juegos de la luz... En fin, yo quiero que usted sea la segunda mujer de España... a no ser que para entonces los sucesos hayan tomado tal giro, que pueda ser la primera. ¡Así, la primera! No tomarán ese giro; yo, por lo menos, no lo creo; pero ello es que hay muchos modos de ocupar primeros lugares... Si yo soy el dueño, la dueña usted... Siendo yo Cayo, tú serás Caya... como decían los romanos en las ceremonias nupciales. ¡Ah! Perdón, Lina... la he tuteado...

—Era un tuteo histórico.

—No importa; me va a fastidiar ahora mucho volver a... Lina, yo te creo una mujer superior. ¿No se tutean los amigos?...

—En realidad...

Y el tuteo no fue embarazoso, sobre esta base de la amistad franca. Al contrario; estableció entre nosotros algo tan grato, que yo no recordaba nunca un período en que tan gustoso me hubiese sido vivir. Los planes, los pro-

106. *alpenstock*: es el nombre alemán de los bastones de punta metálica que se utilizan para escalar o andar sobre la nieve.

yectos, las esperanzas, todos saben cuánto superan en deliciosa sugestión a la realidad, aun cuando salga conforme a esos mismos planes o los mejore. Un anhelo de interés me hacía desear locamente lo más loco de cuanto se desea: el acercarse a la muerte: que los años hubiesen volado, y que Agustín y yo fuésemos ya los amos, los árbitros, aquellos ante quienes todo se inclinaría... Él, sonriente, moderaba mi impaciencia.

—Calma... calma... Y atesorar mucha fuerza y felicidad para que no nos coja débiles el momento de la apoteosis... que es seguro.

—El caso es, Agustín, que yo tengo ideal, y que, si llega ese instante, quisiera que, mañana, la historia...

—El ideal, en la política, se construye con realidades pequeñas. Nace de los hechos, sin cultivo, como esos *edelweiss* peludos sobre la nieve... Entretanto, Lina, seamos egoístas, pensemos en nosotros...

Y noté, efectivamente, que mi amigo empezaba a prestar al "nosotros" un sentido nuevo, diferente del que yo le había atribuido hasta entonces. Como en las altas cumbres que el sol teñía de amatista pálida y de los anaranjados del oro encendido por el fuego —al avanzar el verano, el hielo se derretía—. Desde el tuteo, Agustín iba, poco a poco, mostrándose enamorado, traspasado, rendido. Era una inconsecuencia, era una transgresión, era faltar a lo tratado; y, sin embargo, yo fluctuaba. Una indulgencia que me parecía criminal ante mí misma, me invadía como un sopor. Lo que más contribuía a hacerme indulgente —reconozco que es extraño el motivo— era que yo no compartía la turbación que iba advirtiendo en Almonte. El enervamiento de la Alhambra y de Loja, no se reproducía ante el Mont-Blanc. Y como no era *en los demás*, sino *en mí,* donde encontraba especialmente repulsiva la suposición de ciertos transportes, no me alarmaba ni me

sublevaba como me hubiese sublevado al comprobar que yo los sentía.

—Que arda, bueno... La culpa no es mía... No soy cómplice.

Recuerdo que nuestra situación se precisó cuando, dirigiéndonos a Chambery, nos detuvimos en Annecy, viejo y curioso pueblecillo, donde fueron enterrados los restos de dos amigos de distinto sexo y muy puros, el amable y ameno San Francisco de Sales y la nobilísima Madre Chantal. ¿Por qué —pensaba yo acordándome del Obispo de Ginebra y de su colaboradora— no se ha de reproducir esta unión espiritual? ¿Sin duda no es locura mía aspirar a ella, cuando ya se ha visto en la tierra algo tan semejante a lo que yo sueño? Esta baronesa mística, que se grabó en el seno, con hierro ardiente, el nombre de Jesús, ¿no enlazó castamente toda su voluntad, toda su existencia, a la de un hombre, el elegante y delicado autor de *Filotea*? ¿No tuvieron un fin, todo lo espiritual que se quiera, pero humano? No abandonó la Chantal, por este enlace, familia, hijos, sociedad, y no se consagró a fundar la orden de la Visitación? He aquí los frutos de las amistades limpias, serenas...

Íbamos por las orillas frescas del diminuto lago de Annecy —al lado del Léman, un juguete— y nos habíamos desviado algo del paseo público, perdiéndonos en un sendero orillado de abetos, muy sombrío a aquella hora de la tarde. Agustín me daba el brazo. De pronto, sentí una especie de quejido ahogado, sordo, y le vi que se inclinaba, intentando un abrazo de demencia... Balbuceaba, temblaba, palpitaba, jadeaba, y en un hombre tan dueño de sí, tan avezado a conservar sangre fría en las horas difíciles, la explosión era como volcánica.

—No puedo más... No puedo... Haz de mí lo que quieras... Recházame, despídeme... Has vencido o ha vencido el diablo; estoy perdido... Te has apoderado de mí... Cuanto he prometido, los convenios hechos, eran absurdos, necedades... Imposible que yo cumpliese tales condiciones... y si hay un hombre en el mundo que lo haga, entonces me reconozco miserable, me reconozco infame, lo que quieras! Lina, es igual: aquí no discutimos, no hay argumentos. Lo que hay es la verdad, lo hondo de las cosas. Prefiero romper el contrato. Sí, lo rompo. Se acabó. Y me voy, me alejo esta misma noche, para siempre. Lo que combinábamos juntos, era un contrasentido. Tú no lo comprendes; yo no sé qué ofuscación padeces, para haber dislocado las nociones de la realidad y pedir la luna... Eres de otra manera que el resto de los humanos. Bueno. Yo no. Despidámonos aquí mismo, Lina; despidámonos... o abracémonos, así, en delirio...

Los brazos eran tenazas. Entre ellos, yo permanecía cuajada, como el magnífico hielo de los glaciares.

—Basta..., Agustín..., oye...

Hizo el gesto de locura de emprender carrera.

—No te reconozco... ¡Es increíble! ¿No decías...? ¿No opinabas...?

—Opinase o dijese lo que quisiera. Es que yo no contaba con una complicación inesperada, con un suceso ridículo y fatal. Me he enamorado. Es una razón estúpida, convengo. No encuentro otra. Me he enamorado. No creas que así de broma. Me he enamorado tanto, que comprendo que, en bastante tiempo, no podré resignarme a la vida. ¡Tú serás capaz de extrañarlo! No lo extrañes, Lina —suspiró con pena romántica—. ¡Tú no te has dado cuenta de tu valer! Inteligencia, cultura, alma, belleza... Todo, todo, reunido por mi mala suerte en una mujer singular, que ha resuelto...

—Pero si yo...

—Tú, tú... Tú me permites... que me abrase... Ahí está

lo que me permites... Tu compañía, tu amistad, la perspectiva de un enlace..., Verte incesantemente, andar juntos y solos por estos sitios que convidan a querer... Yo no soy un fenómeno, yo soy un hombre... ¡Cómo ha de ser! Al separarme de ti, destruyo un gran porvenir, el porvenir de los dos; era algo espléndido... Pero estoy en esa hora en que se arroja por la ventana, no digo el interés, ¡la existencia! Comprendo que procedo en desesperación. No es culpa mía.

Me detuve, y le hice señas de que se calmase y escuchase. El lago rebrillaba bajo un sol tibio. Me senté en el parapeto. Hice señas a Agustín de que se sentase también.

—¿Era una pasión, lo que se dice una pasión? ¿La pasión se manifestaba así? ¿Se limitaba la pasión a estas llamaradas? ¿O sería él capaz, por mí, de sacrificios, de abnegaciones?

—De todo... ¡Hasta qué punto! No lo dudarías si comprendieses cuán diferente eres de *las demás*... Te rodea un ambiente especial, tuyo, que ninguna otra mujer tiene... ¡Ah! ¿Sacrificios, dices? Lo repito en serio: ¡La vida! ¡La herida está muy adentro!

—Siendo así... ¿Pero mira bien si es así?... ¡Cuidado, Agustín, cuidado!

—¡Así es! Ojalá no fuese.

VI

Y dispusimos la boda. Se escribió para los papeles indispensables. Permaneceríamos en Ginebra hasta mediados de septiembre, mientras se arreglaba todo. Nos casaríamos en París.

Al evocar aquel período, recuerdo que me sorprendió

algún tanto la placidez que demostró Agustín, después de sus arrebatos de Annecy, revestidos de un carácter de violencia sombría y halagadora. Placidez apasionada, galante, tierna, pero placidez. ¿Esperaba yo que me aplicase antorchas encendidas? ¿Quería un martirio ferozmente amoroso? Hubo monerías, hubo mil gentilezas. Brasas bien contenidas dentro de una estufa correcta, con guardafuego de bronce.

—Acuérdate, Agustín, de que eres mi novio...

Cambiaba con estas palabras el giro de la conversación. Salían a relucir por centésima vez mis cualidades, lo que me diferenciaba del resto de las mujeres del mundo, lo que explicaba aquel sentimiento único, elevado a la máxima potencia, inspirado por mí... Almonte sabía expresar a la perfección los matices de su sentir. Hubo momentos en que se me impuso la convicción. Sin duda, en realidad, yo le había caído muy hondo. No usaba, para probármelo, de excesivas hipérboles, ni de imágenes coloristas, a lo árabe; su modo de cortejar tenía algo de sencillo, natural y fuerte.

—Lo eres todo para mí. Haz la prueba de dejarme. Allí se habrán concluido la carrera y las ilusiones de Agustín Almonte. Únete conmigo, y verás... Nadie abrirá huella como la que yo abra. Cada hombre encuentra en su camino cientos de mujeres, y sólo una decide de su existir. Hay una mujer para cada hombre. Esa eres tú, para mí. ¿Te extraña que no te deshaga en mis brazos, sin esperar...? Es que te respeto, ¡con un respeto supersticioso! Y es que, a fuerza de quererte, sé quererte de todas maneras... La manera de amistad, la que primero contratamos, persiste. Sólo que va más allá de la amistad, y es un cariño... un cariño como el que se tiene a las madres y a las hermanas, por quienes no habría peligro que no arrostrásemos... ¡Qué dicha, arrostrar peligros por ti! ¡Salvarte, a costa de mi existencia!

He recordado después, en medio de otras orientaciones, esta frase del proco. Las ondas del aire, agitadas por la voz, deciden del destino. Parece que la palabra se disuelve, y, sin embargo, queda clavada, hincada no se sabe dónde, traspasando y haciendo sangrar la conciencia.

En la mía, algo daba la voz de alarma. Por mucho que había querido yo mantenerme más alta que las turbieces del amorío, era como si alguien, envuelto en barro, pretendiese no mancharse con él. Ejemplo de esta imposibilidad me la había dado un espectáculo natural, el de la junción del Arve, que baja de los desfiladeros, con el Ródano. Es el Arve furioso torrente que desciende de los glaciares del Mont Blanc, engrosado por el derretimiento de las nieves, y cruza el valle de Chamounix. Arrastra légamo disuelto; su color, de leche turbia y sucia, y la espuma amarillenta que levanta, contrastan con el Ródano cerúleo, zafireño, en cuyo seno va a derramar la impureza. Introducido ya el torpe río, violando con ímpetu la celeste corriente, no quiere ésta sufrir el brutal acceso, y no mezcla sus aguas, de turquesa líquida, con las ondas de lodo. La línea de separación entre el agua virginal y el agua contaminada, es visible largo tiempo. Al cabo, triunfa el profanador, mézclanse las dos linfas, y la azul, ya manchada y mancillada, no recobrará su divina transparencia, ni aun próxima a perderse y disolverse en el mar inmenso…

—Tal va a ser mi suerte… —pensaba, releyendo estrofas de Lamartine, ni más ni menos que si estuviésemos en la época de los bucles encuadrando el óvalo de la cara y las mangas de jamón. ¡Bah! En secreto, aún se puede leer a Lamartine…[107] Mi desquite es leerlo a solas… Agus-

107. *Lamartine*: poeta romántico francés (1790-1869). Uno de sus más famosos poemas es "El lago", que aparece citado aquí.

tín acaso me embromaría, si le cuento este ejercicio *rococó*.

Arrebujada en mis encajes antiguos avivados con lazos de colores nuevos, de blanda y fofa cinta *liberty*; mientras Maggie, silenciosa, dispone mi baño y coloca en orden la ropa que he de ponerme para bajar a almorzar, mis atavíos de turista, mis faldas cortas de sarga o franela tennis, mis blusas "camisero" de picante airecillo masculino, mi calzado a lo yankee, yo aprendo de memoria, puerilmente.

> "Ainsi, toujours poussés vers de nouveaux rivages,
> dans la nuit éternelle emportés sans retour,
> ne pourrons nous jamais, sur l'ócean des âges
> jeter l'ancre un seul jour...?"
>
> ....
>
> "¿Un jour, t'en souvient il? nous voguions en silence..."

Parecía el poeta traducir la sorda inquietud de mi espíritu, que tantas veces se preguntaba por qué todo es transitorio. Y si la idea de lo inmundo no puede asociarse a la del amor, tampoco podrá la de lo transitorio y efímero. ¡Un amor que se va de entre los dedos! La pena de lo deleznable, aquí la situó Lamartine, en este lago Léman por él tan de relieve pintado, al suplicarle que conserve, por lo menos, el recuerdo de lo que pasó, de lo que creyó llenar el mundo.

> "Q'uil soit dans ton repos, q'uil soit dans tes orages,
> beau lac, et dans l'aspect de tes riants coteaux,
> et dans ces noirs sapins, et dans ces rocs sauvages,
> qui pendent sur tes eaux!..."

¿Fue la lectura... la lectura, la melodía, el suspiro contenido, nostálgico, de este sentir anticuado ya, lo que me

hizo culpable de un pecado tan grave, tan irreparable?... ¿Podrá serme perdonado nunca?

Yo no sé cómo nació en mí la inconcebible idea. Mejor dicho: no considero que se pueda calificar de idea; a lo sumo, de impulsión. Y ni aun de impulsión, si se entiende por tal una volición consciente. Fue algo nubloso, indefinido; no me es posible recoger la memoria para retroceder hasta el origen de la serie de hechos que produjo la catástrofe. Ningún juez del mundo encontraría base para imputarme responsabilidad. Todos me absolverían. Sólo yo, aunque no acierte a precisar circunstancias, conozco que hubo en mí ese hervor que prepara sucesos y que, en vaga visión, hasta los cuaja y esculpe de antemano. Hay un extraño fenómeno psicológico, que consiste en que, al oír una conversación o presenciar el desarrollo de una escena juraríamos que ya antes habíamos escuchado las mismas palabras, asistido a los mismos acontecimientos. ¿Dónde? ¿Cuándo? ¿En qué mundo? Eso no lo sabríamos explicar; es uno de los enigmas de nuestra organización. Tal hubo de sucederme con lo que pasó en el lago. No sólo no me sorprendió, sino que me parecía poder repetir, antes de que hubiese sucedido, frases, conceptos y detalles relacionados con un hecho tan extraordinario y, si se mira como debe mirarse, tan imprevisto... Porque ¿quién afirmaría que lo preví? ¿Que pude preverlo ni un solo instante? Y si no lo preví, si no cooperé a que sucediese por una serie de flexiones y de movimientos de la voluntad, ¿cómo pudo volver a mi conciencia en forma de estado anterior de mi conocimiento? Repito que mis nociones se confunden y mi parte de responsabilidad constituye para mí terrible problema...

Lo que sé decir es que, según avanzaba nuestro noviazgo y se acercaba la fecha de que se convirtiese en tangible realidad; según mi futuro —ya no debo llamarle *proco*—, extremaba sus demostraciones y apuraba sus finezas; a medida que debiera yo ir penetrándome del convencimiento de que en él existía amor, y amor impregnado de ese anhelo de sacrificio que ostenta los caracteres del heroísmo moral, una zozobra, una impulsión indefinible nacía en mí, que revestía la forma de un ansia de vida activa y agitadamente peligrosa, en medio de una naturaleza que cuenta al peligro entre sus elementos de atracción. En vez de gustarme permanecer horas largas y perezosas en la veranda o en el salón de lectura, ataviada, adornada, perfumada, escuchando a Agustín, en plática alegre y reflexiva, experimentaba continuo afán de conocer los aspectos de la montaña, de recorrerla, de afrontar sus caprichos aterradores.

—¿No habíamos quedado en que no éramos alpinistas? ¿Que no le haríamos competencia a Tartarín? —preguntaba Almonte sin enojo—. ¿Quieres que justifique mi apellido? Hágase como tú desees... pero permíteme lamentarlo, porque así pierdo algún tiempo de cháchara deliciosa.

Y, provistos de guías, realizamos expediciones alpestres. Me lisonjeaba la esperanza de tropezar con cualquiera de las variadas formas del alud, fuese el alud polvoriento, esa lluvia de nieve fina como harina, que entierra tan rápidamente a los que alcanza, fuese el que precipita de golpe un enorme témpano, fuese el lento desgaje casi insensible y traidor, el alud resbalón que, con pérfida suavidad, se lleva los abetos y las casas; fuese el más terrible de todos, el sordo, el que está latente en el silencio y estalla fulminante, con espantosa impetuosidad, al menor ruido, al tintinear de la esquila de una cabra. Como no estábamos en primavera, no me tocó sino el alud teatral e inofensivo, el *sommer-lauissen*, semejante a un río de plata, rodeado de espuma de nieve. Cuando le anunció un redoble hondo, parecido al del trueno, miré a Agustín, por si palidecía. Lo que hizo fue fruncir las cejas imperceptiblemente.

Sufrimos, eso sí, una borrasca de nieve, y regresamos al hotel perdidos, excitando la respetuosa admiración de Maggie, para quien sólo merece ser persona el que corre estos azares.

La borrasca de nieve no fue un peligro; fue una aventura tragicómica; estábamos ridículos, mojados, tiritando, con la nariz roja, la ropa ensopada, el pelo apegotado y lacio. En desquite, los Alpes nos ofrecieron su magia, sus cimas iluminadas por el poniente, inflamadas y regias. Al ocultarse el sol, el firmamento, a la parte del oeste, en las tardes despejadas, luce como cristal blanco, y en las nubosas, sobre el mismo fondo hialino,[108] se tiñe de cromo, de naranja, de rubí auroral, transparente. Volviéndose hacia el este, densa tiniebla cubre la llanura, mientras las cúspides de las montañas resplandecen como faros, y la zona distante de las cumbres intermedias adquiere una veladura de púrpura sombría. Y la sombra asciende, asciende, no lenta, sino con trágicos, rápidos pasos, y la lucería de la montaña muere, cediendo el paso al tinte cadavérico de su extinción. Ya el sudario obscuro envuelve la montaña, y el cielo, en vez de la blancura reluciente de antes, ostenta un carmín sangriento; la cabellera negra de la sombra hace resaltar los bermejos labios. Un azul de metal empavonado asoma después en el horizonte, y por un momento la montaña resucita, resurge, vuelve a ceñirse el casco de oro. ¡Misterioso fenómeno, sublime! Una noche en que lo presenciábamos, mi pecho se hinchó, mi garganta se oprimió, mis ojos se humedecieron, y tarta-

108. *hialino*: 'diáfano'.

mudeé, estrechando la mano de Agustín, acercándome a su oído, con ojos delicuescentes:

—¡Dios!

—¿Quieres saber lo que te pasa, Lina mía? amonestó luego él, en la veranda. —Que te estás embriagando de poesía, y se te va subiendo a la cabeza. ¡Oh, lírica, lírica incorregible! Y el caso es que me parecía haberte curado o poco menos... Niña, en interés tuyo, dejemos los Alpes; vámonos al muy prosaico y complaciente París. Así como así, tienes que dar allí muchos barzoneos por casas de modistos intelectuales...

—¡No sigas, Agustín! —imploré—. No sigas...

—¿Qué te pasa?

—Que todo eso que me estás diciendo ya me lo habías dicho... no sé cuándo... no sé dónde. —Y con voz ahogada, palpitando, reconocí:

—*¡Tengo miedo!*

—¡Miedo tú! —sonrió Agustín.

—Miedo a lo desconocido... ¿No comprendes que entramos en la región de lo desconocido, de lo extraño?

—Lo que comprendo es que no te conviene Suiza. Este país pacífico te alborota, Lina; es preciso que yo dé un objeto concreto a tu grande alma, para que no sea un alma enfermiza, torturada y con histérico. Piensa en ti misma, Lina. Piensa en nuestro amor...

¿Por qué habló de amor y jugó con la palabra sacra? Sería que su destino lo quiso así. Recuerdo haberle respondido:

—Nos iremos pronto... Antes quiero despedirme del Léman, al cual conozco que profesaré siempre una fanática devoción. ¿No te gusta a ti el lago?

—Me gusta lo que te guste —fue su aquiescencia, demasiado pronta, demasiado análoga a la que se manifiesta a los antojos de las criaturas.

Entonces, obedeciendo a un estímulo ignorado, reservadamente, llamé al barquero que solía servirnos, un mocetón rubio, atlético, y le interrogué con habilidad refinada y discreta, para averiguar cuándo existen contingencias de tormenta en el océano en miniatura.

—Ahora es el momento —respondióme el mozo helvético, con cara cerrada e insensible, de hombre acostumbrado a seguir las manías arriesgadas de los ingleses. —Estos días hay *lardeyre,* y cuando lo hay…

—*¿Lardeyre?* —repetí.

—El flujo y reflujo del lago, que es señal de tempestad.

—Quinientos francos si me avisas cuando esté más próxima y nos previenes la barca.

Cuarenta y ocho horas después vino el aviso. Me acuerdo de que por la mañana Agustín me propuso pasar la jornada en Coppet, para ver la residencia y el retrato de madama de Staël.[109] Vivamente, sin razonar, me había negado. Bien engaritados en nuestros gruesos abrigos de paño, caladas las gorrillas de visera, de cuarterones, que habíamos comprado iguales, tomamos asiento en la barca. Soplaba cierzo de nieve. El agua, siniestramente azulosa, palpitaba irregularmente, como un corazón consternado. Sentía la proximidad de la convulsión que iba a sufrir, y se crispaba, turbada hasta el fondo.

Bogábamos en silencio, como los amantes inmortalizados por Lamartine, aunque el líquido ensueño del agua que duerme no nos envolvía. Agustín parecía preocupado. Aprovechándome de que el barquero no sabía español, entablé la conversación, advirtiéndole que, en efecto, no faltaría algún motivo de aprensión a quien no tuviese

109. *Germaine Necker, Madame de Staël* (1766-1817): escritora francesa en cuyos salones se reunían personalidades del mundo político y cultural. Escribió ensayos y novelas.

el alma muy bien puesta. El latigazo hizo su efecto. Las mejillas pálidas de frío se colorearon y las cejas se juntaron, irritadas.

—Yo no soy de los que eligen un porvenir sin lucha ni riesgo, Lina... En cada profesión hay su peculiar heroísmo... Buscar peligros por buscarlos, es otra cosa, y creo que debiéramos volver a tierra, porque el lago presenta mal cariz... A no ser que halles placer. Entonces... es distinto.

—Hallo placer.

Calló de nuevo. Insistí.

—¿Qué puede suceder?

—Que venga la crecida y se nos ponga el bote por montera.

—En ese caso, ¿me salvarías?

—¡Qué pregunta, mi bien! Agotaría, por lo menos, los medios para lograrlo.

—¿Es cierto que me quieres?

Suspirante, caricioso, llegó su cuerpo al mío, y efusionó:

—¡Tanto, tanto!

De seguro le miré con un infinito en la delicuescencia de mis pupilas. Era que *creía*. ¡Qué bueno es creer! Es como una onda de licor ardiente, eficaz, en labios, garganta y venas... Tuve ya en la boca la orden de volver al muelle, del cual nos habíamos distanciado hasta perderlo de vista... La lengua no formó el sonido. Muda, me dejé llevar. Una voluptuosidad salvaje empezaba a invadirme; percibía con claridad que era el momento decisivo...

¿En qué lo conocí? No sé, pero algo de físico hubo en ello. Una electricidad pesada y punzadora serpeaba por mis nervios. Densos nubarrones se amontonaban. La barca gemía; miré al barquero; en su rostro demudado, las mordeduras del cierzo eran marcas violáceas. Me hizo una especie de guiño, que interpreté así: "¡Valor!" Y en el mismo punto, sucedió lo espantable: una hinchazón repentina, furiosa, alzó en vilo el lago entero; era la impetuosa crecida, súbita, inexplicable, como el hervor de la leche que se desborda. El barco pegó un brinco a su vez y medio se volcó. Caí.

Desde entonces, mis impresiones son difíciles de detallar. Conservé, sin embargo, bastante lucidez, y como en pesadilla vi escenas y hasta escuché voces, a pesar de que el agua se introducía en mis oídos, en mi boca. Mecánicamente, yo braceaba, pugnaba por volver a la superficie. A mi lado pasó un bulto, luchando, casi a flor de agua.

—¡Agustín! —escupí con bufaradas de líquido—. ¡Sálvame, Agustín!

Una cara que expresaba horrible terror flotó un momento, tan cercana, que volví a dirigirme a ella, y sin darme cuenta, me así al cuello del otro desventurado que se ahogaba. Dos brazos rígidos, crispados, me rechazaron; un puño hirió mi faz, un esguince me desprendió; la expresión del instinto supremo, el ansia de conservar la vida, la vida a todo trance, la vida mortal, pisoteando el ideal heroico del amor... Antes de advertir en mi cabeza la sensación de un mar de púrpura, de un agua roja y hormigueante, como puntilleada de obscuro, tuve tiempo de soñar que gritaba (claro es que no podría):

—¡Cobarde! ¡Embustero!

Y lo demás, por el barquero lo supe. El forzudo suizo, despedido también en aquel brinco furioso de dos metros de agua, pero maestro en natación, trató de pescar a alguno de los dos turistas locos, que con los abrigos, densos como chapas de plomo, se hundían en el lago. Pudo cogerme de un pie, dislocándomelo por el tobillo. La barca, felizmente, no estaba quilla arriba. Me depositó en ella y trató de maniobrar para descubrir a mi compañero. Pero

Agustín derivaba ya hacia los lagos negros, límbicos, en que nadan las sombras dolientes de los que mueren sin realizarse...

Y cuando después de mi larga, nueva fiebre nerviosa, mucho más grave que la de Madrid, volví a coordinar especies, encontré a mi cabecera a Farnesio, envejecido, tétrico. De la catástrofe había hablado la prensa mundial en emocionantes telegramas de agencias; éramos "los dos amantes españoles" víctimas de una romántica imprudencia en el lago. En España, mi ignorado nombre se popularizó; mi figura interesaba, mi enfermedad no menos, y el revuelo en el mundo político por la desaparición de Almonte fue desusado. ¡Aquel muchacho de tanto porvenir, de tantas promesas! El desolado padre, llamado a Ginebra por el atroz suceso, se llevó un frío despojo al panteón de familia, en la Rioja... Toda la ambición se encerró en un nicho de ladrillo y cal, en esperanza de un mausoleo costeado por amigos, gente del distrito, núcleo de partidarios fieles...

Y don Genaro, gozoso al verme abrir los ojos, repite:

—No morirás... No morirás... ¡Estabas aquí tan sola! ¿No sabes, criatura? Tu Maggie y tu Dick, cuando te trajeron expirante, aprovecharon la ocasión y desaparecieron con tu dinero y tus joyas... Creo que se entendían, a pesar de la diferencia de años... Ella se emborrachaba... ¡Qué pécora! En América estarán...

—Dejarles —respondo; y tomando la mano de Farnesio, la llevo a los labios y articulo:

—Perdóname... Perdóname...

VII

Dulce dueño

I

Al llegar a Madrid, en enero, todavía muy floja y decaída, me ven sucesivamente dos o tres doctores de fama. Hablan de nervios, de depresión, de agotamiento por sacudimiento tremendo; en suma, Perogrullo. Hacen un plan, basado principalmente en la alimentación. El uno me prescribe leche y huevos, el otro, nuez de kola y vegetales, puches y gachas a pasto, aquél me receta baños tibios, purés, jamón fresco, carnes blancas... y, sobre todo, ¡calma! ¡descanso! ¡sedación! Mi sistema nervioso puede hacerme una jugarreta... En suma, trasluzco que temen si mi razón... ¡La razón! ¡Qué saben ellos de mi arcano!

Por egoísmo —no por atender a la salud— he cerrado la puerta a los curiosos, a los noticieros, a los impresionistas. Así que empiezo a reponerme algo, recobrando, gracias a la proximidad de la primavera, una apariencia de fuerza, no puedo negarme a la entrevista trágica con el padre y la madre de Agustín Almonte. Cuando el padre recogió el cuerpo del hijo, en Suiza, yo deliraba y me abrasaba de calentura en el hotel.

Ellos creen que mi larga enfermedad, mi estado de abatimiento, de "neurastenia", dicen los médicos en su jerga especial, no reconocen otra causa que la impresión de la desgraciada muerte de su hijo, mi futuro. La leyenda ha rodado: es original notar cómo, bajo su varita de bruja, se ha transformado la esencia de los hechos, sin alterarse en lo más mínimo lo apariencial. Los dos enamorados "bogábamos en silencio" —recuérdese a Lamartine— sin otra preocupación que la de soñar que el amor, según nos enseña el poeta, no es eterno, que tan deliciosas horas huyen, y deben aprovecharse con avidez. Éramos una pareja a la cual "todo sonreía", a la cual estaban preparados destinos triunfales. De súbito, el Léman hinchó su seno pérfido, pegó el horrible salto de dos metros cincuenta, y nuestra barca nos volcó. Agustín, aterrado, gritó al barquero la consigna de salvarme, y quiso intentarlo él, a su vez; el grueso abrigo, empapado, le arrastró al fondo, mientras a mí el suizo me libraba de una muerte cierta. Al recobrar el conocimiento y saber la tremenda verdad, el dolor estuvo a punto de acabar también con mi vida. Aquella tristeza honda, aquella postración, eran tributo pagado por mi alma al sufrimiento de tal pérdida. Se había tronchado la flor preciosa de mis cándidas ilusiones. Cosa muy tierna, muy interesante. Los párrafos que nos consagraban los periódicos, al publicar nuestros retratos (obtenido el mío con estratagemas de pieles rojas cazadores, pues yo me resistía horripilada a la "información gráfica"), eran de una sensibilidad vehemente, elegíaca. Recibí entonces, de desconocidos, cartas febriles, en que se traslucía un amor reprimido, pronto a crecer y estallar.

Y fue preciso fijar hora y día para recibir a los padres sin consuelo, que vinieron, acompañados de Carranza, involuntario autor de la tragedia; el que, ceñida la mitra,

empuñado el báculo, había de bendecir nuestros desposorios...

Al asomar en el quicio de la puerta las dos figuras enlutadas, me levanto, me adelanto; y, sin darme tiempo a mi saludo, unos brazos débiles, de mujer enferma y atropellada por los años, se ciñen a mi garganta; y en mi rostro siento el contacto de una piel rugosa, seca, calenturienta, y escucho un balbuceo truncado: "¡Mi hij... mi hij... mío del al... mío!..." y lágrimas de brasa empiezan a difluir por mis propias mejillas, a calentarlas, a quemar mi piel como un cáustico, a llegar hasta mi boca, que la sofocación entreabre, y en la cual un sabor salado, terrible, me introduce la amargura de nuestra vida, la nada de nuestro existir... Y este abrazo, que me mata, dura un cuarto de hora, eterno, sin que cese la congoja de la madre, sin que se interrumpa su mal articulada queja, el correr de su llanto, el jadear de su flaco pecho...

El padre, más sereno —al fin han corrido meses—, convenientemente triste, ahogado por el asma, interviene y desanuda el lazo, cooperando Carranza a la obra.

—Basta, María, un poco de resignación... ¡No ves que la pobre todavía está enferma! La nuestra es una pena misma... Señorita, ¿me permite usted que la dé un beso en la frente?

Y no me lo da, sino que pide ¡socorro! porque parece que, al soltarme la señora de Almonte, sufro un síncope...

Al volver en mí, ya un poco más sosegados todos, en un instante de respiro, entre el olor del éter, se habla largamente, con interrupción de sollozos, suspiros y cabezas inclinadas. Carranza, grave, cejijunto, pero sin perder su continente diplomático, de sagacidad y sensatez, dirige la cruel conferencia. Los padres se despiden al fin. Me mirarán siempre como a una hija. Vendrán a verme algunas veces; soy para ellos algo querido, "lo que les queda" de su pobre Agustín... ¡Si yo supiese lo que Agustín valía! ¡Si yo me penetrase de lo que "habíamos perdido"! Y no sólo nosotros. Porque Agustín era para su patria algo más que una esperanza: iba siendo una realidad, ¡tan extraordinaria, tan superior a todo! Acaso —insistía el padre— el genio maléfico que parece dedicado a encaminar los sucesos de la manera más funesta para España, fuese el que había dispuesto la extraña peripecia del lago Léman. Porque él, después de meditar bastante en la catástrofe, veía en drama tan impensado algo de fatídico, que va más allá de la natural combinación de los sucesos...

—¡No lo sabe usted bien! —respondí sinceramente, como si pensara en alta voz, entre las últimas y largas presiones de manos temblorosas y frías.

Al marcharse los dos viejos, Carranza se queda a mi lado, murmurando frases consoladoras, sin convicción. Despaciosa, me arrodillo en la alfombra, ante el canónigo.

—¿Eh? ¿Qué te pasa, hija mía?

—Me confesaría de buena gana.

—¿Confesarte? —La sorpresa cuajó sus facciones en seriedad berroqueña. Era un medallón de piedra el rostro del Magistral.

—Sí, Carranza; confesarme. No puedo con el peso de lo que hay en mí. Ayúdeme a descargar un poco el espíritu.

Las cejas se juntaron más. Un mundo de pensamientos y de recelos indefinidos cabía en el pliegue.

—Mira, Lina, ya otra vez quisiste... Y entonces, como ahora, te contesto: ¿de cuándo acá, entre nosotros, confesión? Tú has dicho siempre que yo era demasiado amigo tuyo para hacer un confesor bueno. Eso de confesión... es cosa seria.

—Serio también lo que he de decirte.

—No importa... Hazme el favor, Lina, de dispensarme. Para el caso de desahogar tu corazón, es igual que me hables fuera del tribunal de la penitencia. Para los fines espirituales, muy fácilmente encontrarás otro mejor que yo...

—Y el amigo... ¿me guardará el mismo secreto?

—El mismo, exactamente el mismo. Si quieres, la conferencia se verificará en el oratorio. Me consideraré tan obligado a callar como si te confesase... Tengo mis razones...

Nos dirigimos al oratorio de doña Catalina Mascareñas. Yo me había limitado a refrescarlo y arreglarlo un poco. En el altar campeaba, en un buen lienzo italiano, la figura noble de la Alejandrina. Al lado de mi reclinatorio, en marco de oro cincelado, de su estilo, brillaba la famosa placa del XV, que llevé a Alcalá el día en que Carranza nos leyó la historia. ¡Cuánto tiempo me parecía que hubiese transcurrido desde aquella tarde lluviosa y primaveral! Evoqué la misteriosa sensación del canto de las niñas:

"¡Levántate, Catalina,
levántate, Catalina,
que Jesucristo te llama!"

Me senté en mi reclinatorio, y en un sillón el canónigo. Hablé como si me dirigiese a mi propia conciencia. Carranza me escuchaba, demudado, torvo, con los ojos entrecerrados, velando los relampagueos repentinos de la mirada. Al llegar al punto culminante, a aquel en que se precisaba mi responsabilidad, ya no acertó a reprimirse.

—¡Hola! ¡Vamos, si me lo daba el corazón! Te lo juro; yo lo sospechaba; ¡lo sospechaba! No eso mismo precisamente; cualquier atrocidad, en ese género... ¡Ahí tienes por qué no he querido confesarte! ¡No llega a tanto mi virtud! ¡Absolverte yo del... del asesinato...!

—¡Asesinato!

—¡Asesinato! Has asesinado a quien valía mil veces más que tú. ¡No extrañes que me exprese así! Quería yo mucho a Agustín, y será eterno mi remordimiento por haberle puesto en tus manos, conociéndote como te conozco. Te conozco desde que me hiciste otras confidencias inauditas, inconcebibles. ¡Tampoco quise ser confesor tuyo entonces! Mujeres como tú, doblemente peligrosas son que las Dalilas y que las Mesalinas. Estas eran naturales, al menos. Tú eres un caso de perversión horrible, antinatural, que se disfraza de castidad y de pureza. ¡En mal hora naciste!

Callé, y sujeté mi congoja, con férrea voluntad, palideciendo. Carranza insistió.

—En tus degeneraciones modernistas, premeditaste un suicidio, acompañado de un homicidio. Buscaste la catástrofe entre desprendimientos de aludes y desgajes de montañas, y al ver que no la encontrabas así, acudiste a las traiciones del lago. Si esto te falla, habrías echado mano de la bomba de un dinamitero... ¡O del veneno! ¡Eres para envenenar a tu padre!

—Como no estamos confesándonos, Carranza —declaro, sacudido el pecho por el martilleo de la ansiedad— me será permitido defenderme. Algo puedo alegar en mi defensa. Almonte fue menos noble que yo. Habíamos celebrado un pacto; nos uníamos amistosamente para la dominación y el poder, descartando lo amoroso. Y lo quiso todo, y representó la comedia más indigna, la del amor apasionado, ardiente, incondicional... Y me juró que por mi vida daría la suya... ¡Me juró esto!; por tal perjurio murió él, y yo he caído en lo hondo...!

Mi ademán desesperado comentó la frase.

—¡Eres una desdichada! ¿Qué crimen es jurarle a una mujer... esas tonterías? ¿Acaso tú querías a Agustín tanto, tanto, como en las novelas?

—¡Si yo no le he querido jamás, ni a él, ni a ninguno! Y como no le quería, no se lo he dicho. No mentí. ¡Mentir, qué bajeza! Agustín no era caballero, no era ni aun valiente. Por miedo a morir, me dio con el codo en el pecho, me golpeó, me rechazó. Y, la víspera, aseguraba...

Carranza, sin fijarse en el lugar, que merecía respeto, hirió con el puño el brazo del sillón, y masculló algo fuerte que asomaba a sus labios violáceos, astutos, rasurados, delineados con energía.

—¡Mira, Lina, yo no quiero insultarte; eres mujer... aunque más bien me pareces la Melusina, que comienza en mujer y acaba en cola de sierpe! Hay en ti algo de monstruoso, y yo soy hombre castizo, de juicio recto, de ideas claras, y no te entiendo, ni he de entenderte jamás. Te resististe, en otro tiempo, a entrar monja. Bueno; preferías, sin duda, casarte. Nada más lícito. Te regala la suerte una posición estupenda; ya eres dueña de elegir marido, entre lo mejor. Tu posición se ha visto luego amenazada, por las... circunstancias... que no ignoras: te busco la persona única para salvarte del peor naufragio; esa persona es un hombre joven, simpático, el hombre de mañana —¡pobre Agustín! ¡si esto clama al cielo! —y tú no sosiegas, víbora...— ¡Dios me tenga de su mano!— hasta que le matas... ¡Y luego, hipócritamente, recibes a los padres, te dejas besar por la madre, por esa Dolorosa! Tu castigo vendrá, vendrá... En primer lugar, te quedarás pobre... porque ahora no hay quien le meta el resuello en el cuerpo a D. Juan Clímaco... ¡Y, en segundo... no sé si hallarás confesor que te absuelva! ¡Es que esto subleva, Lina! ¡En mal hora, en mal hora te hice yo conocer a aquel hombre, digno de una mujer que no fuese un fenómeno de maldad... y de maldad inútil! ¡Porque ahí tienes lo que indigna, que no se sabe ni se ve el objeto de tus delitos... de tus crímenes!

Sollozando histéricamente, caigo de rodillas, y repito la palabra que está fija en mi pensamiento, la palabra de los vencidos:

—¡Perdón! ¡Perdón!

—¡Perdón! Yo no estoy aquí para eso —insiste Carranza, petrificado en ira—. Estoy para protestar de un crimen que la justicia no castigará, que el mundo desconoce, y que hasta tú eres capaz, con tu entendimiento dañino, de presentar como un poético rasgo de superioridad, como algo sublime... Porque tienes la soberbia infiltrada en el corazón, en ese perverso corazón que no sabe amar, que no sabe querer, que no lo supo nunca, y que no ha de aprenderlo!

Fulminaba ya Carranza en pie, excitándose con sus propias palabras, tronante de indignación. Y amenazó:

—Lo primero que haré, será impedir que esos desdichados padres sigan llamándote *hija,* lo cual es un escarnio... Y no te acuerdes más de tu antiguo amigo Carranza. Me has sacado de quicio; la locura es contagiosa. ¡No sé qué te haría! Se me pasan ganas de abofetearte... Es mejor que me retire... Adiós, Lina; siempre he desconfiado de las hembras... Tú me enseñas que el abismo del mal sólo puede llenarlo la malignidad femenil. Siento haberme descompuesto tanto... Parezco un patán... ¡Agustín, pobre Agustín! ¡Quién me lo diría! ¡Y por mi culpa!

II

El portazo que pegó Carranza me retumbó en la cabeza, que un dardo agudo de jaqueca nerviosa atarazaba.

Quizás se me hubiese quitado con tomar alimento, pero mi garganta, atascada, no permitía el paso ni aun a la saliva pegajosa y ardiente que escandecía, en vez de humedecerlas, mis fauces.

Salí del oratorio. Me recogí a mis habitaciones. Un azogue no me consentía sentarme, ni echarme sobre la meridiana, ni hacer nada que aliviase mi desasosiego. Me contenía para no batir en las paredes la cabeza, para no romper y hacer añicos porcelanas, vidrios, cuadros; para no desgarrar mis propias ropas y el rostro con las uñas... Un reloj de ónix y bronce, con su tic-tac monótono, me exasperaba. De un manotón, lo arrojé al suelo. El golpe paró el mecanismo. Al ruido, acudió mi doncella, la antigua Eladia, triunfadora del extranjero con los dos episodios desastrosos de Octavia y de Maggie...

—¡Jesús mil veces! Creí que era la señorita la que se había caído... ¿Recojo el reloj? ¡Qué lástima! Se ha roto por la esquina...

No contesté. Comprendía que no me hallaba en estado de responder de una manera conveniente. Sólo ordené:

—Mi abrigo de paño, mi sombrero oscuro.

—¿Va a salir la señora? ¿Telefoneo que enganchen?

—¡Mi abrigo, mi sombrero! repito, con tal tono, que Eladia se precipita.

Cinco minutos después, estoy en la calle. Yo misma no sé a dónde voy. La especie de impulsión instintiva que a veces me ha guiado, me empuja ahora. Voy hacia mí misma... Vago por las vías céntricas, en que obscurece ya un poco. Salgo de la calle del Arenal, subo por la de la Montera, mirando alrededor, como si quisiera orientarme. Penetro en una calleja estrecha, que abre su boca fétida, sospechosa, asomándola a la vía inundada de luz y bulliciosa de gente. A la derecha, hay un portal de pésima traza. Una mujer, de pie, envuelta en un mantón, hace centinela. Me acerco resueltamente a la venal sacerdotisa.

—¿Qué se la ofrece a usted, señora? ¿Eh, señoraa?

—¿Quiere usted hacerme un favor?

—¿Yo... a usté? Hija, eso, según... ¿Qué favor la puedo yo hacer? ¡Tié gracia!

El vaho de patchulí me encalabrinaba el alma, me nauseaba el espíritu.

—El favor... ¡no le choque, no se asuste! Es... pisotearme.

—¿Qué está usté diciendo? ¿Señora, está usté buena, o hay que amarrarla? ¡Miusté que... Pa guasas estamos!

—Un billete de cincuenta pesetas, si me pisotea usted, pronto, y fuerte.

Abrí el portamonedas, y mostré el billete, razón soberana. Titubeaba aún. La desvié vivamente, y, ocultándome en lo sombrío del portal, me eché en el suelo, infecto y duro, y aguardé. La prójima, turbada, se encogió de hombros, y se decidió. Sus tacones magullaron mi brazo derecho, sin vigor ni saña.

—Fuerte, fuerte he dicho...

—¡Andá! Si la gusta... Por mí...

Entonces bailó recio sobre mis caderas, sobre mis senos, sobre mis hombros, respetando por instinto la faz, que blanqueaba entre la penumbra. No exhalé un grito. Sólo exclamé sordamente.

—¡La cara, la cara también!

Cerré los ojos... Sentí el tacón, la suela, sobre la boca... Agudo sufrimiento me hizo gemir.

La daifa me incorporaba, taponándome los labios con su pañuelo pestífero.

—¿Lo vé? La hice a usté mucho daño. Aunque me dé mil duros no la piso más. Si está usté guillada, yo no soy

ninguna creminal, ¿se entera? ¡Andá! ¡En el pañuelo se ha quedao un diente!

El sabor peculiar de la sangre inundaba mi boca. Tenté la mella con los dedos. El cuerpo me dolía por varias partes.

—Gracias —murmuré, escupiendo sanguinolento—. Es usted una buena mujer. No piense que estoy loca. Es que he sido mala, peor que usted mil veces, y quiero expiar. Ahora ¡soy feliz!

La mujerzuela me miró con una especie de respeto, asustada, sin cesar de enjugarme la cara y la boca, a toquecitos suaves.

—¡Válgame Dios! ¡Qué cosas pasan en el mundo! ¡Pobre señora! ¡Vaya! Si tuvo usted algún descuidillo... ¡Gran cosa! Pa eso somos mujeres. Miste, ahora me arrancan a mí el alma primero que pegarla un sopapo... ¿Quiere que vaya a buscar un poco de anisado? Está usté helá... ¿La traigo algo de la farmacia? Dos pasos son...

La contuve. La remuneré, doblando la suma. La sonreí, con mis labios destrozados. Y, renaciendo en mí el ser antiguo, la dije:

—¡Otra penitencia mayor!... Deme un abrazo... Un abrazo de amiga.

¿Entendía? Ello es que me estrechó, conmovida, vehemente, protectora. Entré en la farmacia, donde lavaron con árnica diluida mi rostro, vendándolo. Vi la curiosidad en sus agudas miradas, en sus preguntas tercas. Tomé un coche de punto, di las señas de mi casa. Al llegar, dolorida y quebrantada, pero calmada y satisfecha, me miré al espejo; vi el hueco del diente roto... Al pronto, una pena...

—La Belleza que busco —pensé— ni se rompe, ni se desgarra. La Belleza ha empezado a venir a mí. El primer sacrificio, hecho está. Ahora, el otro... ¡Cuanto antes!

Serían las diez, cuando Farnesio acudió a mi llamamiento, y se precipitó a mí, viéndome tendida en la meridiana, vendada la mejilla, con los ojos desmayados y la rendida actitud de los que han agotado sus fuerzas y reposan.

—¿Qué tienes? ¿Dolor de muelas? ¿Llamo al médico? ¡Di, niña!

—Nada... Un caldo... un poco de Jerez en él... Me siento débil. Tráigame el caldo usted mismo...

Contento, afanoso, lo enfrió, dosificó el Jerez. Viéndomelo deglutir, parecía él también reanimarse. Al desviar la venda, al abrir yo la boca, una exclamación.

—¡Estás herida! ¡Pero si te falta un diente! ¡Jesús! ¿Qué ha sucedido, Lina? ¡Pequeña! ¡Criatura! ¿Qué te ha pasado, qué?

—Nada, nada ha sucedido..., Permítame que no lo cuente. Un incidente sin importancia...

—No me digas eso... ¡Herida! ¡Un diente roto!

—Por favor...

Le imploro con tal urgencia, que, aterrado por dentro, se calla. Mi misterio, al fin, ha sido siempre impenetrable para él.

—Hágase como quieras... ¿Estás mejor? ¿A ver estas manecitas? ¿Este pulso? Parece que no lo tienes.

—Tengo pulso; ya no se me caen de debilidad los párpados... Me encuentro fuerte. Oigame, Farnesio, por su vida. Sin esperar más que al correo de mañana, al primero, va usted a escribir a mi tío, el de Granada: a D. Juan Clímaco.

—Pero...

—Sin pero. Va usted a escribirle, diciéndole —¡atención!— que estoy dispuesta a restituirle lo que indebidamente heredé.

Se tambaleó aquel hombre, al peso y a la pujanza del

martillo que hería su cráneo. Sus ojos vagaron, alocados, por mi semblante. Su lengua se heló sin duda, porque no formó sonidos: no hubo protesta verbal. La protesta estuvo en la actitud, semejante a la del que llevan al suplicio.

Me levanté, le eché los brazos al cuello, junté a la suya mi cara dolorida. Las ternezas, las caricias, ablandaron su pena. Recobró el habla. Me insultó.

—¿Pero qué estás diciendo, necia, loca, insensata...? Yo eso no lo escribo. ¡No faltaba más!

—Venga usted aquí... Si usted no lo escribe, lo escribo yo, y es igual. Fíjese bien. El testamento de ... la tía Catalina, no es válido. En mi nacimiento hay superchería. Lo sabe usted mejor que yo, y nada de esto debe sorprenderle. Reflexione usted. De ahí puede salir algo muy serio; corre usted peligro, lo corro yo. Afuera codicia, afuera riquezas temporales. Me pesan sobre el corazón, como una losa. Crea usted que en mi determinación hay prudencia, aunque no es la prudencia lo que me mueve. No le quiero engañar: no es la prudencia. Es... otra cosa...

—Cavilaciones, disparates... ¡Delirios!

—¡No, amigo mío, mi amigo, mi protector, a quien no he agradecido bien su cariño! Disparates fueron otros... ¡Tantos! Crea usted que he despertado de mi pesadilla; que ahora es cuando veo, cuando entiendo, cuando vivo de veras, en la verdad. Y deseo, con ansia sedienta, ser pobre.

—¡Pobre! ¡Pobre tú!

—¿Pero ya no se acuerda usted de que lo he sido muchos años...? Y aquella era una pobreza relativa. Hoy ansío salir por ahí, pidiendo o trabajo o limosna. Limosna, mejor.

Se echó las dos manos a la cabeza.

—Conque, no más discusión. Escriba usted, porque a mí me es molesto haber de ocuparme de asuntos, y, además, así que arregle algunas cosillas, voy a hacer un viaje; mi alma necesita que mi cuerpo se fatigue.

—Iré contigo. No es posible dejarte... así..., en estas circunstancias.

—¿En qué circunstancias?

—Enferma, herida, exal...

—Exaltada, no. Enferma, tampoco. Herida... ¡pch! unas erosiones, que yo considero caricias, y unas cuantas magulladuras y contusiones. Estoy buena, muy buena, y en mi interior, tan dichosa como nunca lo fui. Dentro de mí, hay agua viva... Antes había sequedad, calor, esterilidad... No es exaltación. Es verdad; es lo que en mí siento. No ponga usted esa cara. Jamás he estado tan cuerda.

Suspiró hondísimo. Macilento, mortal, escondió el rostro en la sombra del rincón.

—No quiero que usted se aflija. La primera señal de mi cordura, de que es ahora cuando me alumbra la razón, es que deseo que usted no sufra por mi causa; es que reconozco deberle a usted amor, respeto ... Ya sé que, por usted, estoy perdonada.

Agitó el cuerpo, las manos, tembló. Se echó a mis pies.

—No digas tales cosas. Me haces daño, criatura. Soy yo quien necesita tu perdón; te desterré, te encerré, te abandoné. Quise recluirte. Pensaba que hacía bien. Obedecía a motivos, a escrúpulos... Me equivocaba. Fui... un infame. Tu carácter se torció, tu imaginación se trastornó en aquella soledad... Culpa mía... Maldíceme.

Nos estrechamos; humedad caliente empapaba nuestras sienes. Besé su pelo gris, sus mejillas demacradas.

—Le bendigo. Usted no puede adivinar el bien que me ha hecho. El mayor bien.

—¿No me quieres mal?

Respondieron mis halagos. Respiró.

—Pues una cosa te pido ¡no más! ¡Por mí, por el viejo

Farnesio! Aplaza algo tu resolución de escribir al señor de Mascareñas. Concédeme un poco de tiempo. Yo no digo que no lo hagas; es únicamente un plazo lo que solicito. Antes de adoptar tan decisiva resolución, es preciso poner en orden demasiados asuntos, Tú misma, si estás en efecto tranquila, serena ante el porvenir, debes comprender que estas determinaciones hay que madurarlas algún tanto. De las precipitaciones siempre nos arrepentimos. Tiempo al tiempo. El único favor que Farnesio te suplica...

—No acierta usted. Lo bueno, inmediatamente.

—El único favor. ¿No me lo concedes, *niña mía*?

—No quiero negárselo. Tiene un año de plazo. Entretanto, yo viviré como si no fuese dueña de estos capitales, que ya no considero míos. Me reservo... lo que me daba doña Catalina en vida. Lo estrictamente necesario. Usted, Farnesio, manda y dispone de todo y en todo...

Y después de una pausa:

—Excepto en mí.

III

Salí de Madrid dos semanas después, al anochecer, con una maleta vieja por todo equipaje. Llevaba puesto lo más sencillo que encontré en mi guardarropa: traje sastre, de sarga, abrigo de paño color café con leche. Ni guantes, ni sombrero. Un velillo resguardaba mi cabeza y mi faz, ya deshinchada, en que sólo la mella del diente recordaba el suceso. Mi peinado era todo recogimiento y modestia.

Antes de emprender la caminata, por la mañana, me había arrodillado en la iglesia de Jesús, a los pies de un capuchino joven de amarilla tez venada de azul, barbitaheño,[110] consumido y triste. Oyóme casi impasible; un movimiento ligero de párpados, una palpitación de las afiladas ventanas de la nariz. Un instante sólo le vi alterado, expresando pasión.

—Ese sacerdote que le ha dicho a usted que no la absolverían... ha pecado gravemente contra la esperanza y contra la caridad. ¿Quién es él para poner lindes a la misericordia? ¡No crea usted eso, hermana... Dios perdona siempre!

—El hombre a quien causé la muerte, era necesario a los intereses de ese sacerdote...

—Hábleme de sí misma; no acuse a nadie...

Y proseguí, lenta, balbuciente, registrando, explicando... La oreja de cera que se tendía hacia mi voz la recogía cada vez con atención más viva.

Cuando referí el origen de las señales que se veían en mi boca, el fraile se volvió, me miró, en un chispazo de fraternidad...

—¿Eso ha hecho, hermana?

—Eso hice...

Al llegar a mi conversación con Farnesio, acerca de la herencia, otro respingo.

—¿Eso hizo, hermana?

—Eso he resuelto hacer...

Antes de exhortarme, el capuchino se recogió, cerrando los descoloridos ojos azules. Sus labios se movían, sin que de ellos saliese ningún sonido. Al fin, en voz baja, fatigada, de enfermo, murmuró:

—No soy docto, hermana. Desconozco el mundo, y usted me propone cosas extrañas para mí. Mejor se confesaría usted con el padre Coloma,[111] verbigracia. Supla a mi

110. *barbitaheño*: 'de barba rojiza'.

111. *Luis Coloma* (1851-1915), jesuita español y escritor famoso en su época. Es autor de la novela *Pequeñeces*.

ignorancia Jesucristo, en cuyo santo nombre... Yo veo descollar entre sus pecados una gran soberbia y un gran personalismo. Es el mal de este siglo, es el veneno activo que nos inficiona. Usted se ha creído superior a todos, o, mejor dicho, desligada, independiente de todos. Además, ha refinado con exceso sus pensamientos. De ahí se originó la corrupción. Sea usted sencilla, natural, humilde. Téngase por la última, la más vulgar de las mujeres. No veo otro camino para usted, y tampoco habrá penitencia más rigurosa.

—¿Y... por ese camino... llegaré al amor?

—¿Al amor divino? ¡Quién lo duda! Usted lo ha presentido, hermana, al dejarse pisotear por una mujer de mala vida, y despreciable a causa de ella. Esa acción no significa sino ansia de humillarse. Humíllese, humille esa cerviz altanera... Pero no un instante, no en un acto violento, extremo, repentino. ¡Siempre, siempre!

—¿Nada más?

—Nada más. Basta. No tengo otro consejo que darle...

Y heme aquí en el vagón de tercera, mezquino, sucio, en contacto con la plebe, la gentuza... Sí, esto puedo hacerlo. Puedo sentarme en un banco duro e incómodo; puedo viajar casi sin ropa, mal pergeñada, respirando el olor bravío de dos paletos —una especie de mendigo y una vieja que abraza un cestón enorme—; puedo hasta alargar la mano, solicitar un socorro... Lo que no puedo, lo que el capuchino no ha visto que no puedo, es creerme —dentro de mí— al nivel de estos que van conmigo, del que me diese limosna, del que cruza a mi lado... No me expreso bien. Mientras el tren avanza, tembleuqeando sobre los rieles, yo ahondo, yo sutilizo mi caso. No es tal vez que me crea ni superior ni inferior. Es que me creo *otra*. No reconozco lazo que con ellos me una. No se trata quizás de orgullo, de soberbia, como suponen Carranza y el capuchino. Es que, en el fondo de mi conciencia, en medio de mis actos penitenciales, no me persuado de que haya nada de común entre los demás y yo. Hasta llego a suponer que los demás no existen; que soy yo quien existo, únicamente, y que sólo es verdad lo que en mí se produce; en mí, por mí... Y es en mi interior donde aspiro a la vida radiante, beatífica, divina, del amor. Es en mi interior donde quiero divinizarme, ser lo celeste de la hermosura. ¿Cómo buscar el interior encielamiento? No con actos externos, no con mi cuerpo pisoteado y mi rostro afeado y mi ropa vulgar. Si dentro está el cielo del amor, dentro debe de estar el modo de conquistarlo.

Y me acuerdo de mi Patrona, la Alejandrina. ¡Mujer feliz! Ella no necesitó ni vestirse de burel, ni inclinar su frente principesca, para ser amada, para tener en su mismo corazón al Amante. Con sus ropajes fastuosos, con sus joyas, con su aristocrático desdén de todo lo bajo, de la fealdad, de la miseria, logró conocer ese amor —ahora lo comprendo— el único que merece desearse, soñarse, anhelarse; y se desposó con ese Dueño —¡único que sin vileza se admite y se ansía, cuando se desprecia todo lo que no surge en las fuentes secretas de nuestro ser!—

La noche nos envolvía ya; las voces resquebrajadas de los empleados cantaban nombres. El vacío de las estepas solitarias rodeaban al tren. El viaje terminaría pronto.

Me bajé en la estación de una ciudad vieja, y resolví dormir lo que faltaba de la noche en la fonda de la estación misma. Al despertar, arbitraría el modo de transportarme adonde tenía resuelto vivir.

Una conversación con el dueño de la fonda me fue utilísima. Averigüé que, en el desierto que me había atraído como objeto de mi viaje, existe un convento de Carmelitas, y, a corta distancia del convento, casuchas desparramadas, de las cuales alguna me alquilarían tal vez.

—¿Costará muy cara? pregunto, inquieta, pues ya no soy rica.

—Sí, sí, aún se dejarán pedir... Menos de veinte duros por año, no la cederán.

Un birlocho me lleva, al través de los campos grisientos y silenciosos, salpicados de alcornoques, hacia el desierto, un valle escondido por montañuelas que espejean al sol. Salvados los pequeños mamelones, aparece el valle, y su vista me estremece de alegría, porque es un oasis maravilloso.

Todo él se vuelve flor y plantas fragantes. Romero, cantueso, mejorana, tomillo, mastranzo, borraja, lo esmaltan como vivo, movible tapete recamado de colorines. Y la florida alfombra se mueve, ondula, agitada por el zumbido y el revuelo y el beso chupón, ardoroso, de miles de abejas, cuyas colmenas diviso en los linderos. A la derecha, el campanario del convento se recorta sobre el azul. Las casas —dos o tres— tienen un huerto más riente, si cabe, que el campo mismo. En la revuelta de un sendero, a la puerta de una de estas casucas, está sentada una mujer. Sus ojos, abiertos e inmóviles, no parpadean y los cubre blanca telilla: es una ciega. A su lado, hace calceta una chiquilla de unos doce o trece años, negruzca, de facciones bastas, con dos moras maduras por pupilas.

Me acerco, trabo conversación.

—¿Me alquilarían la casa? ¿Una habitación, por lo menos?

La desconfianza de los menesterosos me sale al paso. ¿Qué pretendo? Yo soy una señorita. ¿Cómo voy a pasarlo allí? Es imposible que me encuentre bien...

—Me encontraré perfectamente. Pagaré adelantado. Haré yo la cocina, mi cama, la limpieza.

La anciana titubea; la extrañeza, la curiosidad, plegan sus labios, de arrugadas comisuras, hundidos por el desdentamiento. La chiquilla no sabe qué decir, y con un pie pega golpecitos en la canilla de la otra pierna. Su pelo, apretujado, me inspira recelo indefinible. Ninguna simpatía me infunden estos dos seres. Y, sin embargo, insisto, para quedarme en su compañía. Saco un par de monedas.

—Agüela, dos duros m'ha dao esta ñora.

La avidez de los ciegos se pinta en la cara huesuda, inexpresiva.

—Daca...

Los guarda en la remendada faltriquera, y rezonga:

—Yo, con toa satisfación... Sólo que, como no hay ná de lo que se precisa...

—No importa. Esta noche dormiré envuelta en mi manta. Mañana traerán...

Queda convenido. Hago mis encargos al cochero. Y, como en casa propia, entro en la vivienda. Es de una pobreza sórdida. Tal vez la avaricia hace aquí competencia a la miseria. La ciega tendrá por ahí escondida una hucha de barro... Quizás por eso recelaba de mí... ¿Seré una ladrona disfrazada?

Gradualmente, se disipa su temor. Cierto respeto hacia mí nace en su espíritu, cuando nota que trabajo, que ayudo a la Torcuata —así se llama la niña— en sus menesteres domésticos, y que hasta sirvo a las dos, cuidándolas, procurando que la ciega no derrame la sopa y que la chica no se atraque de miel, lo cual la hace daño. Porque las dos mujeres viven de la miel y la cera; son colmeneras, como los demás moradores del valle, y sacan también algún fruto de vender cosecha de plantas aromáticas a drogueros y herbolarios. Empiezan a creer que yo soy una especie de santa, no sólo por el cuidado incesante que tengo de complacerlas y de atenderlas, sin exigirles nada, ni aun el menor servicio, sino porque voy a la iglesia del convento diariamente, y muchas tardes me ve Torcuata sentarme, pensativa, a la puerta, haciendo calceta como ellas, con aire resignado. A sus preguntas respondo sin impaciencia.

—La señora, ¿tié familia? ¿Es usted extranjera, o de acá? etc.

A mi vez, pregunto; oigo la historia de los padres de Torcuata, que se murieron, él «gomitando» sangre, ella de un mal parto; y, ufanas de saber más que yo, me explican las costumbres de las abejas, costumbres casi increíbles, portento natural que nadie admira. Los acontecimientos de nuestra existencia, en el valle, son el enjambre que emigra y que es preciso recoger, llamándolo con cencerreo suave y teniéndole preparada la nueva colmena, frotada de miel y de plantas odoríferas; la operación de castrar los panales, los mil delicados cuidados que exige la recolección, el trasvase de la miel a los barreños, y luego a los tarros, el derretido de la cera, su envase en los cuencos de madera, las complicadas manipulaciones de la pequeña industria agrícola. Pronto auxilio yo eficazmente a Torcuata, con grande alegría y maravilla de la ciega, que no cree en tanto bien. Desde que faltaban los hijos, la cosecha disminuía cada año. "¿Qué puede hacer una creatura? Comerse las mieles ná más"...

Así se estableció entre mis huéspedas y yo la cordialidad más completa. Invertidas las relaciones, fui su criada. Sin escrúpulo, desinfecté la cabeza pecadora de Torcuata, lavé su pelo, embutido de aceite, cerumen y tierra, até un lazo azul a sus mechones, ya esponjados, y siempre recios como cola de yegua rústica. Cosí camisas para la ciega. Me dejé explotar. Hice regalos.

—¡Santa! ¡Es santa! —repetía la vejezuela, atónita—. ¡Nos la ha traío la virge el Calmen!

¡Santa! No... En lo recóndito, en el escondrijo de la verdad, ningún afecto sentía por las dos mujeres. Ejemplares ínfimos de la humanidad, barro ordinario que amasó aprisa el alfarero, me eran tan indiferentes como uno de los alcornoques que sombreaban el repuesto valle. Ni ellas serían capaces de ningún acto de abnegación, ni yo sentía el menor goce emotivo al realizarlos por ellas. Mi instinto estético me las hacía hasta repulsivas. Fea era la cara de níspero de la codiciosa vieja, y acaso más fea la adolescencia alcornoqueña de la moza, ¡No importa! Había que proceder como si las amase. ¿No es eso lo que pides, dulce Dueño?

¡Ah! Por las tardes, respirando el olor embeodante de las florescencias, cuyo polen llevaban las abejuelas de una parte a otra, auxiliando la fecundación, me dirijo a ti, Dueño que no vienes... ¿Por qué han pasado los tiempos en que, a precio de la tortura, de la piel arrancada, de la cabeza destroncada, acudías, exacto a la cita, transportado de ardor? ¿Por qué no me es concedido comprarte a ese precio? Lo que estoy haciendo, me cuesta más, mayor esfuerzo, un vencimiento largo, tedioso, sin fin. Como Teresa, la que tanto te quiso, yo estoy sedienta de martirio, y me iría a tierra de moros, si allí se martirizase. ¡Época miserable la nuestra, en que el bello granate de la sangre eficaz no se cuaja ya, no brilla! De las dos sangres excelentes, la del martirio y la de la guerra, la primera ya es algo como las piedras fabulosas y mágicas, que se han perdido; y la otra, también la quieren convertir en rubí raro, histórico, guardado tras la vitrina de un museo! ¡Edad menguada! ¡No poder ser mártir! En una hora, ganarte, unirme a ti... Si tú quisieses, dulce Dueño, yo te ofrecería licor para refrescar el de tus cruentas llagas... Yo te daría con qué renovar el Grial. Soy muy desventurada, porque no me es concedido dejar correr las fuentes de mis venas. ¡No poder sufrir, no poder morir!

IV

Y, poco a poco, mientras ejecuto las cosas prosaicas, comunes, antipáticas a mis sentidos, allá en lo oculto, en lo reservado de mí misma, noto los indicios de una transformación. Bogo hacia mi ideal, trabajosamente, desviando troncos, chocando en piedras. El espíritu de docilidad y el de renunciación, van depositándose en mí, como en la celdilla ya preparada se deposita la miel. Según la miel se purifica, siento que se purifica mi ánimo. Voy cortando los circuitos de mis impurezas, (análogos a los que forman las neuronas, las cuales reproducen el acto vicioso ya con independencia de nuestra voluntad). Lo material de mi expiación, lo cumplo sin pensar en ello, sin atribuirle valor ninguno. Atiendo más bien a lo íntimo. Vivo interiormente.

El convento no influye en esto. Voy a la iglesia, pero evito a los Carmelitas. Lo hago por prudencia, por quitar palabreos entre los paletos maliciosos. Los Carmelitas, supongo que por igual razón, ni parecen sospechar que existo, son pocos y se encierran en su conventillo, cuyas celdas y claustros están forrados de corcho. Silencio, quietud y soledad. No se la he de robar, ni ellos a mí. Tan gran bien es justo que se respete. ¿Y quién sabe si estos frailes se parecen o no a los directores ininteligentes, fustigados por San Juan de la Cruz?

Comprendo que no basta la paciencia. Necesito el amor. Es preciso que lo amargo me sea dulce. Que me sepan a miel estas molestias que me tomo por dos mujeres bajas, burdas. ¿Tendré que amarlas, para amarte a ti, para que tú me ames? ¿Será este el secreto, la palabra del enigma? ¿Y cómo se hace para eso? ¡Estoy tan al principio de mi deificación! Me faltan etapas, me faltan grados. Hay momentos en que desconfío, dudo, y la secura me invade.

Lo primero que necesito es abandonarme, cerrar los ojos... Tal vez me atormento en balde. Tal vez no necesito hacer más de lo que hago, ni sufrir más de lo que sufro: basta que cambie mi corazón. Sólo entonces seré, como dijo el gran poeta, "amada en el amado transformada". No lo soy. No le hallo cuando le busco dentro. No le hallo... ¡Qué tristeza, no hallarle! Acaso estoy unida a Él en conformidad, pero no en unión transformativa. No somos uno. No hay noche nupcial. No hay en mis dedos, que empieza a deformar el trabajo, ni señal de anillo de luz... Y sin embargo, yo debiera obtener algo, porque mi espíritu no es como el de la muchedumbre: yo soy singular. Mi resolución, mi vida, no se parecen a las de las mujeres que no padecen ansias de belleza suprema!

Acaso esto que pienso sea tentación contra la humildad... ¡Pero si es cierto! ¿La verdad te ofende? ¿He de tenerme por cualquiera? ¿Ignoro lo que soy? ¿Me confundiré con la gente que no pasa del sentido, que no entiende ni pregunta la hermosura inefable?

De seguro que la Alejandrina elegante, mi patrona, no se creía igual a Gnetes. Comprendía de sobra la excelsitud de su propio ánimo. Y la diste el anillo. ¿Qué debo hacer? Todo me será fácil, menos creer lo que no creo ¿Qué me pides? Toma mi juventud; ya te he ofrendado mi vanidad de mujer; aféame más, si me embellezco para ti... Toma mi existencia, corta o larga, día por día... ¿No es eso lo que deseas?

Quiero recorrer todas las etapas, andar el camino hasta el fin, gemir, llorar, clamar velar de noche, ayunar de día. Quiero el fuego, el desfallecimiento, el deseo de morir, el vuelo espiritual, el transporte; quiero tu dardo, tu cuchillo... Y se me figura que jamás los obtendré. Me siento sola, abandonada en este florido desierto, entre aromas

de miel intensa, que marean, que llenan de nostalgia y de dolor íntimo. Y, sin embargo, han existido otras mujeres que se unieron a ti, que te tuvieron consigo, a quienes dijiste: "Tú eres yo y yo soy tú..." Otras que en ti habitaron, a quienes tendiste la mano, en ceremonia de desposorios; que en ti bebieron la vida; que en ti fueron deiformes. ¡Y, por muchos que hayan sido mis yerros, no creo que más hondamente pudiesen sentirte y llamarte de lo que te llamo!

Esto cavilaba, en una hora de desolación, cuando, próximo ya a ponerse el sol, las abejas se habían recogido a sus colmenas, y, apaciguado el inquieto devaneo de su libar y revolar, el campo yacía en una calma misteriosa, triste. En el convento tocaron a oración. Al extinguirse las campanadas, me volví con sobresalto. Acababan de ponerme la mano en el hombro.

—¿Ah? ¿Eres tú, Torcuata?

—Sí, ñora... ¿No sabe? Un fraile sa muerto.

—¿Cuándo? —pregunté maquinalmente.

—Ta mañana. He ío a verlo muerto en la igresa, ¿no sabe? Estaba negro, negro tóo.

—¿Negro? ¿Por qué?

—Porque era guiruela, diz que dice, la enfermedá. Guiruela mala. ¡Muy mala!

Nos recogemos a casa. Torcuata está estremecida. Ha visto de cerca, sin comprenderlo, el misterio de la muerte; y su pubertad se ha estremecido, con vago escalofrío de horror. Ni ella misma lo sabe. Las dos moras negrazas de sus pupilas conservan, no obstante, la empañadura inexplicable de la visión fúnebre.

Al medio día siguiente, la chica sufre un desvanecimiento.

—Cosas de la edá. Aluego va a ser mocita —murmura la ciega, estrujando con sus dedos nudosos panales sobre un perol, a fin de que suelten la melaza y reducirlos a pasta derretible.

Una punzada, un presentimiento... ¿Y si fuese así? ¡Bah! ¡Qué me importa!

Dos días después, Torcuata salta de calentura. La acostamos. Me instalo a su cabecera. Despacho un propio a la ciudad para traer médico, medicinas. No dudo: es la viruela, y en este organismo joven, jamás vacunado, viene con una fuerza y una malicia... De mano armada, dispuesta a vendimiar.

Se queja la niña de fuerte dolor en los lomos. Ha sufrido una breve convulsión.

A ratos, delira. La doy de beber limonadas, agua mineral, refrescos. El médico no decide aún, Mientras no brote la erupción... Así que brote, él y yo sabremos lo mismo.

En los momentos lúcidos, la muchacha me habla, hasta me sonríe, con esfuerzo, murmurando:

—Ñora...

Alargando una mano ardorosa, endurecida, coge la mía, la estrecha.

—Ñora... No se vaya... La agüela no ve... No pué estar al cuido mío.

La ciega, acurrucada en un rincón, gime, barbota rezos, y repite a intervalos:

—¡Lo que Dios nos invía! ¡Ahora la Torcuata tan malita! ¡Lo que invía Dios!

—No me voy, chiquilla. Aquí estoy, contigo...

—¡Si está ahí, ñora, pa mí está la Virgen el Calmen!

No sé cómo dijo esto la inocente. Sé que sentí algo, un calor, un golpe, en las mismas entrañas. ¿Sería el cuchillo de la piedad que, ¡por fin!, se hincaba en ellas...?

Ha vuelto el médico. Cesó la incertidumbre. Los puntos rojizos se han señalado. El cuerpo de la enferma tiene el olor característico a pan recién salido del horno. Se presenta la sangre por las narices.

—Viruela, y de la peor... Confluente... Señora, tengo el deber de advertir a usted que el mal es extraordinariamente contagioso, sobre todo en el período que se aproxima...

Gracias, doctor. No me moveré de aquí. Venga usted diariamente... Abono los gastos de coche y demás. No soy opulenta, soy casi una pobre; pero deseo que nada le falte a Torcuata.

La ciega, alzando las manos, insistía:

—Santa es, santa es.

La hórrida erupción brotó con furia. La cara fue presto la de un monstruo. Las moras de las pupilas, de un negro violeta tan intenso, tan fresco, desaparecieron tras el párpado abullonado. La niña no veía.

—Otra cieguecita como la agüela... —suspiró—. Ñora Lina ¿está ahí? Ñora ¿me moriré como el fraile?

Nuevamente percibí la herida en lo secreto del ánima; y más viva, más cortante, más divinamente dolorosa. La piedad al fin; la piedad humana, el reconocimiento de que alguien existe para mí, de que el dolor ajeno es el dolor mío. Un impulso irresistible, ardiente, sin freno de ternura infinita, de amor, de amor sin límites... Sobre la faz de la niña, de la paleta alcornoqueña, gotea la miel de mi caridad, envuelta, desleída en llanto. Y mis labios, besando aquel espantoso rostro, tartamudean:

—No, hija mía, no te mueres. ¡No te mueres, porque te quiero yo mucho!

Por la ventana abierta, entran el aire y la fragancia de la tierra floreciente, amorosa. Cierro los ojos. Dentro de mí, todo se ilumina. Alrededor, un murmurio musical se alza del suelo abrasado con el calor diurno; mi cabeza resuena, mi corazón vibra; el deliquio se apodera de mí.

No sé dónde me hallo; un mar de olas doradas me envuelve; un fuego que no destruye me penetra; mi corazón se disuelve, se liquida; me quedo, un largo incalculable instante, privada de sentido, en transporte tan suave, que creo derretirme como cera blanda... ¡El Dueño, al fin, que llega, que me rodea, que se desposa conmigo en esta hora suprema, divina, del anochecer!...

Entrecortadas, mis palabras son una serie de suspiros. Mi boca, entreabierta, aspira la ventura del éxtasis. Imploro, ruego, entre el enajenamiento del bien inesperado, fulminante.

—No me dejes, no me dejes nunca... Siempre tuya, siempre mío... Quítame lo que quieras, haz de mí lo que te plazca, venga cuanto dispongas, redúceme a la nada, que yo sea oprobio, que yo sea burla, que me envilezca, que me infame... Venga ignominia, fealdad horrible, dolor, enfermedad, ceguera; venga lo que sea, hiéreme, hazme pedazos... Pero no te apartes, quédate, acompáñame, porque ya no podría vivir sin ti, sin ti, sin ti...

Y, palpitando en mis labios, la queja deliciosa repite, sin pronunciarlo, sin rasgar el aire:

—Dulce Dueño...

VI

En este asilo, donde me recluyeron, escribo estos apuntes, que nadie verá, y sólo yo repaso, por gusto de convencerme de que estoy cuerda, sana de alma y de cuerpo, y que, por la voluntad de quien puede, soy lo que nunca había sido: feliz.

Mi felicidad tiene, para los que miran lo exterior (lo que *no es*), el aspecto de completa desventura.

En lo mejor de mis años, me encuentro encerrada, llevando la monótona vida del Establecimiento; sometida a la voluntad ajena, sin recursos, sin distracciones, sin ver más que médicos, enfermeros y dolientes... En comparación con mi suerte actual, el convento en que antaño pretendieron que ingresase, sería un paraíso.

Y yo soy feliz. Estoy donde Él quiere que esté. Aquí, me visita, me acompaña, y la paz del espíritu, en la conformidad con su mandato, es mi premio. Aún hay regalos doblemente sabrosos, horas en que se estrecha nuestra unión, momentos en que, allá en lo arcano, se me muestra y comunica. ¿Qué más puedo pedir? Todo lo acepto... todo lo amo, en Él y por Él. Amo estas paredes lisas, que ningún objeto de arte adorna; este mobiliario sin carácter, como de hospital o sanatorio; estos árboles sin frondosidad, este jardín sin rosas, este dormitorio exiguo, esta gente que no sospecha lo que me sirve de consuelo, y se admira de la expresión animada y risueña de mi cara, y me llama —lo he averiguado— "la Contenta..." Y, mientras mis dedos se entretienen en una labor de gancho, mi alma está tan lejos, tan lejos... Por mejor decir, mi alma está tan honda...! Recatadamente, converso con él, le escucho, y su acento es como un gorjeo de pájaro, en un bosque sombrío y dorado por el sol poniente... Otras veces, le aguardo con impaciencia de novia, deseosa de oír crujir la arena bajo un paso resuelto, juvenil... y le pido que no tarde, que no me haga languidecer. Y languidezco, y a veces, un desvanecimiento, un arrobo, me sorprenden en medio de la ansiosa espera.

Farnesio ha venido a visitarme, en un estado de alteración y angustia, que da lástima.

—¿Lo ves? —repite.— ¿Lo ves? Si tenía que suceder... ¡Si ya lo decía yo! ¡Si te lo había anunciado! Es horroroso... ¡Y no poder, no lograr evitar estas cosas!

—Pero ¿qué es lo que usted quería evitar?

—¡Y me lo preguntas! Voy temiendo que sea cierto que se haya trastornado tu razón. ¿Qué es lo que quería evitar? Que te trajesen a la casa de locos. ¡Qué infamia! ¡A la casa de locos!

—Me encuentro perfectamente en ella.

—¡Válgame Dios, niña! No puede ser; y aun cuando así fuese, ¿voy yo a consentirlo? ¿Voy a permitir que el malvado de tu tío te encierre aquí, por toda la vida acaso?

—Según eso, ¿fue mi tío? ¡Bah! Le perdono.

—¿Perdonar? Como no salgas pronto de aquí, ha de saber quién es Genaro Farnesio. ¡Gitano inmundo! Estaba yo con él en negociaciones para transigir, y rescatar, por lo menos, la mitad de tu fortuna —porque no te figures que él tenía el pleito fácil, ni que nos arrollaría tan sencillamente—, cuando se le ha ocurrido otra combinación más sustanciosa: declararte demente y administrar legalmente tus bienes, mientras llega el instante de heredarlos o él o su prole. ¡Nos veremos las caras! ¿Loca tú? Esto clama al cielo. Tengo yo mis amigos en la prensa; tengo mis valedores; conozco políticos. Vamos a armar un escandalazo.

—Don Genaro querido, no haga usted tal. Mire usted que no hay cosa más verosímil que esto de mi locura. Si usted no me quisiese tanto, haría coro, diciendo que estoy...

Me toqué la frente con el dedo.

—¡Disparates! Cosas que tú lanzas en broma... Mira, mira como no se puede soltar prenda... ¡Es increíble! ¡Qué red, qué maraña, qué serie de emboscadas, qué negra conjuración contra ti, pobrecilla, que a nadie hiciste daño!

—Se equivoca usted. Daño, lo hice. Bien me pesa. ¿Qué menor castigo he de sufrir por lo que dañé?

—Vaya un daño el que tú harías... Y todos contra ti,

confabulados... ¿Querrás creer? Hasta el mentecato de Polilla declara que has cometido ciertos actos de extravagancia impropios de una señorita formal... Carranza es el peor. Ese te declara loca peligrosa, maligna. Te cree capaz hasta de crímenes. Dice que haces el mal por el mal. Se ve que te odia. ¡Qué desengaños se sufren en el mundo! ¡Carranza! Yo creo que ha mediado...

Hizo, frotando el pulgar y el índice, ese ademán expresivo que indica *dinero.*

—No lo suponga usted. Carranza no es capaz de eso. Me tiene una prevención... sobrado justa.

—¡Bueno! Tu tío le habrá sobornado. ¡Sí, que se para en barras él! Hay detalles atroces. Tú no sabes de la misa la media. Hay una declaración de una mujer de mala vida y un boticario...

—Ya sé. La que me pisoteó, a ruegos míos. ¿Cómo han logrado averiguar?...

—Por lo visto, te espiaban. Te seguían los pasos. Esa noche fatal, tú entraste en la botica a que te pusiesen tafetanes, o no se qué. Dijiste que te habías caído. Luego te subiste a un coche, diste las señas de tu casa. El boticario las oyó. Todo se ha descubierto. ¡Qué idea! ¡Qué chiquillada!...

Bajando la voz:

—También ha declarado el barquero que os paseaba a ti y a Almonte por el lago... Dice...

—Cuanto diga, es cierto.

—¡Bigardo! ¿Y la bribona de Eladia... lo creerás? Esa sí que me consta que tomó cuartos... La he despedido, y si no me contengo, la harto de mojicones. Es que me han sacado de mis casillas. La muy bruja, que si tiraste un magnífico reloj a propósito, que si la tratabas mal, que si esto, que si lo otro... Que toda la noche duraba en tu cuarto la luz encendida, que el baño era todo de esencias...

—Semejantes niñerías, Farnesio, no merecen que usted se enoje, ni que maltrate a nadie. Créame. Déjelos tranquilos. Allá mi tío... Peor para él.

—¡Y los médicos! ¡Deliciosos! En cuanto se pronunció la palabra "locura" les faltó tiempo para asegurar que ya lo habían ellos notado, y se lo callaban por prudencia. Así, así, como lo oyes. La neurastenia aquí, la vesania allá. Sabe Dios de qué medios se ha valido el gitano...

—De ninguno. Los médicos están de buena fe. De la mejor fe. Son personas dignas, respetables. Yo comprendo su error, que, dentro de su concepto científico, no es error probablemente.

—Ahora, ¿sabes con lo que salen? Conque tus monomanías adquirieron últimamente forma religiosa, mística. Que te fuiste vestida como el pueblo, en tercera, a practicar penitencia en un convento de Carmelitas, en el desierto. Que viviste de hacer miel, y que adoptaste a una chiquilla paleta, muy fea, y otras mil rarezas, no atribuibles sino al extravío de tu mente. Ya comprenderás que se refieren a la Torcuata... En fin, que han conseguido tejerte una malla espesa... Pero la desbarataré. No temas; la desbarato.

—Por su vida, estése quieto, D. Genaro, no desbarate cosa ninguna. Hay que dejar nuestra suerte en manos del que la conoce. Él, y sólo Él...

—¡Ea, que no! —gritó impetuosamente, abrazándome—. No es Dios quien te ha metido aquí: son las bribonadas de los hombres. Y no lo aguanto. Tú fía en mí, y muéstrate tranquila, y hazlo todo a derechas... Se me parte el alma de verte aquí. ¡No sabes lo que Farnesio te quiere!

—Lo sé... —exclamo, con acento significativo—. Lo que no hace falta, es compadecerme. Soy aquí dichosa.

Ahogado de emoción, el viejo callaba, acariciándome.

—¿Y Torcuata? —pregunto.

—Llévesela el diablo... Por tus bondades con ella... Está hecha un trinquete. Eso sí, con mil hoyos en la cara. Quiere verte. La traeré.

—No las desampare usted, ni a ella, ni a la ciega. Mire usted que se lo encargo mucho.

—Ya lo creo que las he de amparar, aunque sólo fuese porque son las únicas que hablan de ti con entusiasmo.

—¿De veras?

—¡Vaya! Como que afirman que eres santa, santa, de ponerte en los altares...

—Pues lo que ellas dicen y lo que dicen los otros... tal vez es igual. La declaración de mi santidad, para el caso, no crea usted que no sería lo propio que la de mi locura... Si quiere usted sacarme de aquí, Farnesio, no me santifique.

—Veo que no has perdido el buen humor...

Cuando se retiró, decidido a rescatar a la princesa del poder de malignos encantadores, suspiré. ¡Ojalá no lo consiga! Mejor me encontraba en el puerto, sin luchas, sin huracanes. ¿Logrará el que me trajo al mundo material, llevarme otra vez al mundo del peligro y de las tentaciones?

¡Estaba tan bien a solas contigo, Dulce Dueño! Hágase en mí tu voluntad...

Índice de láminas

ESTE LIBRO
SE TERMINÓ DE IMPRIMIR
EL DÍA 23 DE ABRIL DE 1989